少年屠龙传8

一个平凡少年成长为屠龙英雄的热血传奇

管平潮 著

ZHEJIANG UNIVERSITY PRESS
浙江大学出版社

目录

鲜血之城

原来在这一瞬间，苏渐看到了那鸾辇纱帐中，端坐的竟然正是人族的生死大敌——隐龙君雪洌迩！

几乎同时，雪洌迩也看到了他。

这位巫龙王亲妹，这时的心情也十分奇特，因为她发现自己只是随便朝路边一瞥，就看见自己的生死大敌正乐呵呵地混在围观人群中，朝自己乱看。

两位生死仇敌，乍然四目相对，心中蓦然升起的念头，竟然不谋而合："怎么会这么巧？莫非咱俩真是前世的冤家宿敌？"

碰到宿敌，苏渐虽然不知对方怎么想的，但浑身的筋肉立即紧绷，那脑筋也如风车般急速转动起来。

雪洌迩的武力智谋如何，他苏渐太清楚不过了；将二三十个人族的王侯将相捆在一起，恐怕也不及这位龙族女人。

"她太可怕了！"

一瞬间，苏渐根本来不及想别的，立即紧急应对，脸上的笑意更浓，摆出一副高深莫测的姿势。

他这使的是空城计，接下来还有声东击西、金蝉脱壳、李代桃僵等种种后手计谋，当务之急是从雪洌迩面前脱身。

只是让他再次没想到的是，匆匆一瞥间，他分明看到雪洌迩脸上表情一阵变化，最后那一抹笑容，竟似云淡风轻，别说仇恨了，就连蔑视也没有一丝一毫。

于是在如临大敌的少年面前,隐龙君坐在凤驾鸾辇里,竟在天雪国皇家禁军的簇拥当中,继续吹吹打打地一路往天雪城中而行。

“怎么会这样?”苏渐简直不敢相信自己的眼睛。

“她竟然将我放过了?!”苏渐心中惊疑不定地想,“不可能啊,以我和她之间的血海深仇,她根本不会放过我,也不会‘徐徐图之’,而应该在刚才就立即出手。

“要知道我已经两次三番地坏她的大事,几个月前的灵洲上,更是让她伤得不轻。刚才看她气色,分明已经养好了伤,这样一来以她的卓绝力量,要在眼前出手重创我,简直是眨眼间的事——她怎么就这样走了?”

心中实在匪夷所思之际,他还愣愣地转过头,问了幽小眉一句:“小眉,那队伍,走了?”

“对啊。”幽小眉奇怪地看着他,“是走了啊。怎么了苏哥哥,莫非你有些眼瞎?”

“哪里话!当然没瞎,只是……算了,小眉,”苏渐道,“你知道刚才那鸾驾上面,坐的是什么人吗?”

“什么人啊?小眉没看见。你看见了?”幽小眉毫不在意地问道。

“我看见了。”苏渐表情凝重,轻声说道,“是那个雪冽迩,隐龙君。”

“啊?!”幽小眉一声惊呼,然后看看左右,立即用手捂住嘴巴,在指缝中小声说道:“就是那个坏女人吗?哥哥不是已经打伤她了吗?她怎么还会在这儿?还被天雪国的人护卫着?啊!不对啊,哥哥可是她的大仇人,她怎么没动手呢?”

“对。”苏渐忧心忡忡道,“我担心的就是这个。”

“这有什么担心的?”幽小眉还没反应过来,奇怪地看着苏渐道,“她不出手,不正好吗?”

“不好,非常不好。”苏渐两道俊朗的剑眉,拧成了结,“小眉,你忘了吗?之前你有个事情,不也觉得很奇怪?”

“我有什么事情……啊,对了!”幽小眉醒悟道,“就是先前那个姓厉的坏家伙,看见小眉也跟没看见一样。哎呀,现在这个坏女人,看见哥哥也跟没看见一样，他们两个真的很奇怪呢。”

“对吧，真的很奇怪。”苏渐皱眉说道，“而且，小眉，你觉得无论是厉华楚，还是雪冽迩，会怕咱俩吗？”

“不会怕。”幽小眉冷静地做出了判断。

“所以啊，问题就出在这里，”苏渐道，“他们根本不怕我们，却对我们视若无睹，尤其雪冽迩见了我这个生死大仇人，竟然都无暇顾及，那他们到底要干什么？有什么事，让他们连报仇都顾不上了？”

听到苏渐这么一说，没心没肺的小魔女也变得有些忧心忡忡起来。

忧心之下，他们两人也随着人潮，进入到天雪城中。

这已经不是苏渐第一次来到天雪国都，但每一次仰望这座巍峨雄丽的北方王城，他都忍不住心神震撼。

进城之时，仰望着二十丈高的城墙和如林密布的碉堡敌楼，苏渐在想：“为了在荒芜的北方冰原上建造这座雄伟王城，当初天雪国人究竟花了多少人力物力？”

进天雪城后，他便和幽小眉一起投了一家客栈。

苏渐自然不会老实安眠。

待夜色降临，他便拉着幽小眉一起来到街上，走街串巷，想寻找出蛛丝马迹。

作为天雪国的都城，天雪城十分繁华。入夜之后，满城灯火，连绵延展，宛如星河坠地。更有寻欢作乐的去处，夜色越浓，越是酒绿灯红。

虽然夜色之中，看不出白石筑就、有“白玉城”之称的颜色之美，但灯光耀映之时，白玉般的建筑被灯光照亮，显出一种晶莹剔透的光润质感，远远望去，便宛如琼楼玉宇。

而天雪城不仅城墙雄伟，色泽好看，整座城池从里到外，还按军事用途分成四个城区。

从核心的皇城开始，往外依次是内城、瓮城、外城，全都密布敌楼、角楼、箭楼、瞭望台，并且每一层城池，都套着一圈宽大的护城河，只用吊桥相连。

外城之外，更有北方大河天雪川绕城而过，最宽处有数十里之遥，最窄处也有两三里，让天雪城更加易守难攻。

如此一来，与其说天雪城是国之王都，还不如说是一座巨大的战争堡垒。

昏暗夜色中，在街市中探察的苏渐，看着这些层层叠叠的要塞角楼，心中惊叹无比。

他不自觉地拿天雪城和京华城相比，觉得“不落王都”这个称号，果然还是应该安在天雪城的头上。

与此同时，他也想到另一个问题：

“为什么华夏国京华城，没有天雪国都这样雄大巍峨，却依旧成为八大古国之首？”

刚升起这个念头，他便听到远处传来无数呐喊声！

也许一般人，听到这片喊声，还可能觉得是错觉，但苏渐对此极为敏感，才听得一两声，心里便咯噔一下：“不好！怎么有喊杀声？”

当苏渐事后再回想起这一刻时，便知道当自己听到喊杀声之时，天雪城各处城门关隘，都已经洞开了。

隐龙君以雪贵妃的身份安插的那些奸细叛贼，在一刻之前已经一起发动，杀翻了天雪国的将士，打开了城门，放下了吊桥！

不落王都，陷落了！

“龙族来了！龙族来了！”无数凄惶的叫喊声，鬼哭狼嚎般回荡在天雪城的上空中。

正在街头探察的苏渐、幽小眉二人，听到整座天雪城中喊杀声震天，看到四门洞开，无数潜藏的、伪装的龙族精英武士，从各处蜂拥而入，朝更多的要塞冲去！

饶是苏渐胆大，亲临其境看到这个场面，心里第一反应也是：“太吓人了！”

当他升起这个念头时，天雪城中已是火光四起，烽烟冲天；在残暴强大龙族的猛烈冲击下，没过得片刻，天雪城中的惨叫声，便已经超过了刚开始的喊杀声。

不用看见具体的战况，光听到这个声响上的变化，就知道天雪城已经完了！

大难突来之际，苏渐本着同盟之谊，想着帮天雪守军的忙。

没想到号称八大古国战力第一的天雪军，竟然第一时间仓皇逃窜，败兵充塞街巷，苏渐就算有心冲过去和龙族厮杀，也完全没法越过败兵乱军的洪流。

龙族的攻击，蓄谋已久。而天雪守军却毫无察觉，又是在夜色当中，龙族还有着长久以来的强大震慑力，因此这一场偷袭攻城战，在还没打响时，就已经注定了结局。

更何况，还有隐龙君和鄂伦埋下的“星毒灵液”这颗“钉子”。

当夺城战斗开始时，鄂伦便和门人一道，施展秘术，引发了部分天雪守军体内的星毒，让他们血肉爆裂、五脏六腑崩碎，简直惨不忍睹。

于是还不到午夜，天雪城的防守就接近崩溃；苏渐刚刚还夸赞和仰慕的雄伟王城，在龙族犀利、迅猛、狡猾的攻击下，瞬间土崩瓦解。

城墙仍高，只是敌人从门而入；要塞仍在，只是换了主人。

大局如此，苏渐也毫无办法。

他死死地护住幽小眉，随着乱军和难民人潮，朝城外涌去。

随人潮外涌之时，苏渐想起今晚的事情，越想越觉得惊心动魄。

“到底出了什么问题？”他想，“就算风暴之墙并不完全连续，龙族有缝隙渗透进来，但从双方国境到这里，中途还有许多城池关隘，怎么突然就冒出这么多龙族人？”

“一定是哪里出了问题——或者说，龙族这样的渗透，已是长年累月，我们都没有察觉！”

想到这里，苏渐不寒而栗，都不敢再往深里去想。

到这时，他才意识到，这么多年，除了梦泽国鲁莽出击导致的二次人龙大战，其他时候，虽然有局部战事，但整个人类王国，也都算顺风顺水。

本来大家都以为，这是人族精诚团结、努力备战、不屈抗争的结果；但从眼前人族最强堡垒天雪城的陷落，便可以隐隐地察觉到，龙族对人族来说，很可能如同猫戏老鼠，不是解决不了，而是留着戏弄。

这很可能是一个惊人的真相……

想到这里，苏渐浑身发抖。

当他随着败兵跑出西城门，看到城外的官道时，苏渐突然一个激灵，刚才心中那个疑问，忽然似乎有了解释："是隐龙君！我怎么忘了她?!"

毫无疑问，天雪城的陷落，即使不全是隐龙君的"功劳"，大部分也是拜她所赐。

想到这一点，苏渐之前心里的疑团——为什么雪洌迩、厉华楚，无论看到苏渐还是幽小眉，都无动于衷——顿时解开。

在大仇未报的情况下，他们这么做，唯一的解释就是，他们此行有着比对付苏渐和幽小眉更重要的目标。

这个目标，之前他不知道是什么，但现在，他知道了。

想到这里，苏渐忽然觉得自己无比可笑。

在今天之前，他还以为自己是追逐猎物的猎手；没想到，对方却将他所在的整个种族，作为狩猎的目标。

觉得可笑和讽刺过后，苏渐心中剩下的，是无尽的悲哀。

因为，他回头看到了现在的天雪城。

此时的天雪国都，城中四处烈火熊熊，赤色的火光映红了半边天空。

凄厉的惨叫声回荡不绝，中间还夹杂着老弱妇孺的哭叫。

苏渐回头望时，让他觉得最震撼的，还是原本如同无瑕白玉的天雪城建筑，已被泼洒飞溅了无数殷红的鲜血。

这一夜，有着"白玉城"美称的北国王都，已变成了"鲜血之城"。

苏渐对今夜天雪城陷落的判断，基本接近了事实。

原来，隐龙君雪洌迩，在海外灵洲被苏渐用黑暗星流术打伤之后，确实伤了元气。

这大半年的时间里，她都用雪贵妃的身份，躲在天雪国的深宫中养伤。

懦弱畏罪的二皇子雷冰烨，没敢在第一时间将当天的事实告诉天雪皇。

当他终于下定决心，想跟父皇坦白发生的一切，揭穿"雪贵妃"的真面目时，被早就盯牢他的鄂伦巫师第一时间下毒残害，让雷冰烨身染"怪病”，卧床不起，口不能言，整日不死不活。

说起来，若不是苏渐打伤雪冽迩，按照他们的原计划，一夺取白骨圣杯，就要发动对天雪城的攻击。

不过祸福相倚，正因为雪冽迩养了大半年的伤，才让龙族渗透进来的力量又多了很多，让这一夜的偷城行动，更加稳当快捷。

事实上，在巫龙之王撒菩勒伯的筹划下，对天雪国的攻击，已准备了多年。

别说天雪城和一路上的关隘了，就连作为第一道防线的风暴之墙，也被他们安插人渗透了。

因此，当夺城计划发动时，从风暴之墙开始，一路都有内部之人打开关锁的城门，放龙族大军进入。

从这一点来看，倒是部分回答了苏渐今夜的疑问：

为什么天雪国的都城如此雄伟，却依旧还是让华夏国成为八大古国之首？

自古以来最强大的防卫，不是肉眼可见的要塞雄城，而是强大的整体战争实力，这才是保家卫国最可靠的屏障。

换句话说，哪怕绵延万里的雄关，只要有一里之地被敌人突破，其他九千九百九十九里，也都失去了意义。

在逃离陷落之城的途中，苏渐也想到了这个道理，于是产生了满心的慨叹和悲凉。

从这一夜起，以巫龙军为主的龙族力量，源源不断地涌入了天雪城。

没有人能想到，当年天雪皇被蒙蔽的后果，竟是如此严重惨烈；这一两年间，雪冽迩利用雪贵妃和巾帼侯的双重身份，也借着雷烈心对她的倚重，在各路要害城关中，已安插了许多巫龙族人。

同时，天雪皇悍然入侵大漠国，耗费了大量人力物力，特别是新占的土地消耗了很多军政官员，这也让雪冽迩在天雪国本土安插龙族奸细有了极大的余地。

龙族的这一次侵略，步骤极为分明。

先是隐龙君雪冽迩从内部发难，发动渗透力量，指引奔袭而来的少量龙族精锐，里应外合，攻占了天雪城的要害部分，并让奸细内应打开了从东方边境到天雪城的关隘城门。

紧接着巫龙执政官狂禅率领巫龙大军抢关夺寨，一路攻进了天雪城，将原本城中的天雪军全部挤出城外，彻底占领了这座占地广阔的人族第一雄城。

然后，真正发动这场“意外之战”的巫龙之王撒菩勒伯，施施然而来。

他带来了幽冥、白骨二圣杯，开始在天雪城中作法，动用数百名龙族巫师，启动了蓄谋已久的“恸天灭地血祭大阵”，几乎将整座天雪城变成了一座大法阵。

撒菩勒伯的阴谋，终于拉开了序幕！

正如当年狂禅跟亲信蟠泽所说那样，他们这次对天雪城的侵攻，是撒菩勒伯正式实施“净化之日”计划的第一步。

选择天雪城作为血祭大阵所在地，有很多原因。

其中之一，便是撒菩勒伯看中了这里强大坚固的城池要塞；毕竟在接下来的日子里，他要面对来自人族无穷无尽的攻击骚扰，更重要的是，很可能还会面对魔族的反击。

所以他必须为这座血祭大阵，找一个颠扑不破的坚固之地。

再者，所谓“净化之日”，就是撒菩勒伯想通过血祭大阵，彻底毁灭他眼中的那颗毒瘤，也就是魔界所在的混乱界域、湮灭之地；天雪城地处神州大陆北方，正是从更大尺度上看到的离世界北方边缘魔界领地最近的雄关大城。

在撒菩勒伯的眼里，魔界魔族邪恶、残忍、悖乱，无论怎么对待他们都不为过，但光暗圣龙皇达纳瑞姆，当年却只是将他们封印，实在过于仁慈。

对自己这位兄长和君主，撒菩勒伯别的方面没有意见，就是在对魔界魔族的处理上，他从一开始便极为不满。

为了“拨乱反正”，这两百多年来，撒菩勒伯所做的一切，都是为毁灭魔界而努力。

为了毁灭魔界这个信念，他不惜顶着背叛、犯上的心理压力，巧妙布局，用极为隐匿的方式，让圣龙皇从来不否定他的建议，成为另一种意义上的傀儡。

这样的努力极为成功，甚至当撒菩勒伯发现月歌公主成为自己计划最大的阻碍之时，他毫不犹豫地动用了这种布局，让圣龙皇亲手封印了他自己的亲生女儿。

对亲生女儿都这样，那对撒菩勒伯为毁灭魔族所做的其他任何努力，圣龙皇都不会有任何意见。不知不觉中撒菩勒伯畅通无阻，而且权势越来越大。

可以说，现在在龙境之中，可能有新生代的龙族之人不知道圣龙皇，但不可能有人不知道龙族摄政王撒菩勒伯。

所以，撒菩勒伯毁灭魔界的计划，极为顺畅地进行着。

如果说有什么意外，那便是在夺取法阵关键所需的白骨圣杯时，自己的亲妹妹雪冽迩，竟然被一个人族的无名小卒打伤，差点功败垂成。

当然，苏渐现在在人族王国中，也有了一定的名声；但撒菩勒伯是站在整个世界生灵顶端的王者，别说苏渐了，连那些人族的王侯将相，在他眼里也都是无名小卒。

从人族的角度，如果自私点讲，撒菩勒伯和龙族想毁灭魔界，那就毁灭吧，反正历史上魔族也不是什么好鸟，整个上古的黑暗时代，就是由毁灭公序良俗的恶魔之族造成的。

但问题是，撒菩勒伯想毁灭魔界，需要用血祭大阵，而血祭大阵要用人族的千万生灵为引！

也就是说，很可能在撒菩勒伯达到彻底毁灭魔界的目标之前，人族便已经先灭绝了。

用狂禅曾跟蟠泽透露的话来说，撒菩勒伯筹划的“恸天灭地血祭大阵”，需要以千万血肉精魂为薪柴，以万里大地山河为炉鼎，由光暗双杯启动，之后爆发出浩瀚无边的决死之力，向魔界射出净化之光，彻底毁灭魔族世代所居的湮灭地带。

从这个角度来说，巫龙之王撒菩勒伯，自始至终就没把人族的生死考虑在内。

在他眼中，人族就如同龙族蓄养的猪狗类家畜，想要拿来牺牲时，便直接拿来。

从这一点意义上讲，被撒菩勒伯痛恨的魔族，地位反而比人族要高太多。

事实上，就如狂禅之前跟蟠泽所说，在强大的龙族眼里，还真没有攻不破的要塞城墙；就算攻不下，绕道海上而行，二百多年前仆后继，也总能将苟延残喘的人族征服。

在这种情况下，留着人族不灭，正是因为撒菩勒伯以天下为棋局、以万族为棋子，要在龙族有限度的逼迫下，让人族优胜劣汰，代代改善更迭，最后得到符合“恸天灭地血祭大阵”条件的人。

如果让苏渐和其他人族众人知道了撒菩勒伯所有计划的细节，绝对会惊出一身冷汗。

那时候他们便会发觉，人类历史上所有奸贼佞臣，无论再凶残、狂妄、狡诈，把他们所有的坏心思加在一块儿，也不及撒菩勒伯的分毫……

现在，天雪城虽然已经大部分陷落，但这座北方的王城毕竟占地广大，不少没来得及撤出去的天雪军精锐，仍借助着熟悉的地形，在暗中抵抗。

不过对于撒菩勒伯来说，能不能完全占据天雪城，已经不重要了，对他来说最重要的是，不影响他的法阵。

原本天雪皇宫中便有观星台，当撒菩勒伯到来后，这座高台被改造、增高，现在已经高耸入云，成为龙族巫师们作法的核心祭台。

数百名巫师，在撒菩勒伯的带领下，层层站立在环绕高台四周的阶梯上；那些法力最强大的巫师，则站在祭台顶上。

白骨和幽冥二圣杯，此时正悬浮在祭台顶上，相互缭绕旋转，昼夜不停。

云蒸雾绕中，身穿紫衣黑袍的龙族巫师们一起施法，以圣杯为中心，散发出螺旋状的耀眼红光，红光越扩越大，最终将整座天雪城都笼罩在内。

此时的天雪城上空，仿佛罩了一只硕大无朋的光幕罩子，上面流动着无数神秘而繁复的精致徽纹。

随着法阵光辉的旋转，天雪城四周的荒野和冰原，逐渐发生异变。

亘古不化的雪丘冰原开始融化，炽热奔流的地底岩浆开始升腾。

在法阵启动的第八天下午，在持续了半天的可怕巨响之后，整个天雪城的周边方圆二三十里之内，都陷落成血色的大湖！

血湖之中，迷雾缭绕，瘴气蒸腾，水底时有神秘黑影掠过，十分可怖。

到这时，天雪城已经彻底成了一座孤岛。

当周边陷落成血湖，“恸天灭地血祭大阵”开始日夜向天空抛洒色泽诡秘的血色光辉，犹如极光染血，直冲霄汉。

亘古罕见的强力法阵，似乎已经改变了这方天地；从那以后，即使在丽日晴空的日子，这片血光笼罩的区域，也都是阴霾密布，有如黑夜。

流转的血色光辉，到了入夜之时，颜色还会发生异变，转换成幽暗的蓝紫之色。

这样的色泽，阴沉恐怖，总让人想起传说中的九幽炼狱。

已成孤岛的天雪城，这时候到处充斥着龙兵龙将以及龙族术士，看起来倒好像这里不是人族的疆土，而是龙族的领地。

到这时，残存的天雪守军，和曾经敌对的幽州国雪杀组，前嫌尽弃，一起在暗中组织抵抗，偷袭龙族人马，并解救和护送滞留城中的重要人物。

作为同族，这些残存之军，看着那些老百姓不断哀号死去，有心解救，但也有心无力。

现在城外的血湖越陷越大，残留的出路越来越少，并且残存的人族军队本身人数也少，确实没办法护送普通民众出城，只能优先输送那些王公大臣，以及名士大儒。

虽然常说众生平等，但现实终究无奈，乱世之中，尤其如此。

乱世之劫难，如一辆狂奔的马车，一旦冲来，最先被碾在滚滚车轮底下的，还是那些普通百姓。

最鲜明的例子，便是这一次，最先从天雪城中脱逃的，还是以雷烈心为首的整个天雪皇族。

当残存的人族力量还在忙着自救出逃时，更可怕的事情发生了。

血祭大阵启动后第十二天，日夜向天空抛洒的血色之光，忽然好像具备了某种节奏，一吞一吐，一弱一强，一低一高，并且还伴随着“呼呼”的声音，倒好似有人在呼吸喘气。

这样的变化极为惊悚，但更惊悚的是，随着血光的吞吐，周围方圆百里内的民众，身体开始产生异变。

他们变得狂乱，不是胡言呓语，便是手舞足蹈，无法自控。

无论症状如何，他们最终都是：神气恹恹，卧床不起，眼睁睁地等死。

刚开始时，还有人请大夫来看，却看不出个所以然；等王国的术士闻讯赶来后，一望便知，这些人并非身染怪病，而是代表三魂六魄的魂气，正在被不断地抽离。

看清症状，人族术士们也试图努力对抗这股邪恶力量，但最终却发现只是徒劳。

他们唯一的成果便是确定了导致这样可怕异变的根源——那座王城中日夜吐息的冲霄血光。

而这令人魂飞魄散的范围，还在逐渐扩大。

情势，越来越危急。

到了法阵启动之后第二十天，巫龙之王撒菩勒伯为了加速血祭大阵的进程，更是亲自上场，幻化出巨大的幽幻龙影，笼罩在整个天雪城的上空，加重加深冲天的血光。

撒菩勒伯亲自作法之时，雪冽迩和狂禅，正站在观星祭台之下。

无论是撒菩勒伯的亲妹，还是他的亲信，看着弥漫苍穹的幽沉雄大巨影时，眼神都十分迷醉。

看了一时，拥有冰火双瞳的狂禅，忽然忍不住开口，由衷说道：“雪冽迩，依我看，龙之帝国的帝座，就该由你的兄长来坐。”

“呵，”雪冽迩闻言一声轻笑，“狂禅，你跟了我哥哥这么多年，却还不知道他的心意。你太小看他了。”

“小看他了？不敢。但你此言是何意？”狂禅不解其意，转过脸来看着她。

血色光辉的映照中，狂禅看见，拥有奇异之美的巫龙王之妹，脸上正泛着一种特殊的神采。

“是的，你小看他了。”雪冽迩轻轻地道，“我哥哥的志向，岂止是区区一个王位？他是我见过的，唯一真正胸怀天下之人。

“那魔族邪恶，魔界秽乱，人人不以为意，只有我哥哥，毕生以毁灭魔界魔族为己任。你说，这等大义目标，何等雄伟？岂止是区区一个王座可以相比的？”

“是，是。”听得女子之言，桀骜不驯的龙魔混血者，也禁不住低下巨大的头颅，心悦诚服道，“贵兄妹志向远大，绝非狂禅可及。”

两人这番交谈之后，又开始专注地看着撒菩勒伯施法的身影。

过了一会儿，雪冽迩先打破了平静，用一种痴迷的语气说道：“狂禅，你不觉得，这净世之光很美吗？”

“美？”狂禅一愣，摇了摇头，“我可不觉得美。这可是灭世灭族之光，凶怖可怕，怎么会美呢？”

“唉，所以说你不懂得欣赏。”雪冽迩摇了摇头，“你不觉得，毁灭才是最高境界的美吗？

“你看，当血祭大阵吸收了足够的魂气，积蓄了足够的能量，再加上关键枢纽的启动，光暗双杯相克相生的力量就会被彻底激发。

“到那时，净化之日到来，血祭大阵会喷洒物质与精魂双重交缠的强大光柱。净世之光真正成形后，将穿云破雾射向北方魔界，引动魔界地底的火山熔浆来配合净世之光，将魔族生存的混乱界域彻底炸裂。

“与此同时，作为净世之光能量之源的人族，全都会失魂落魄地死去；到那时，反噬之力也会将天雪国方圆数万里之地，也就是整个人族的疆域，全都变成火海炼狱——你想，那情景，难道不美吗？”

摇曳的血色光影中，巫龙王之妹描绘这般图景时，脸上正泛着兴奋狂热的红光。

要说巫龙执政官狂禅也是个极其狂妄凶狠的角色，但此时听了雪冽迩的这番话，那戴着“暴风之戒”的大手，也忍不住不停地颤抖。

“太邪恶了，太邪恶了……”狂禅不仅手在颤抖，心也在颤抖。

看着神采飞扬的妖丽女子，狂禅心中转念道：“唉，有一件事，我狂禅做得果然没错。雪冽迩啊，虽然你哥哥位高权重，好几次都暗中撮合你和我，好在我坚持装糊涂。

“现在看，这么做，果然没错。我还是只喜欢冰龙之王厄古烈的侄女。你看看人家，虽然法力智谋和你一样天赋绝伦，却比你温柔善良得多。

“嗯，也好久没看到她了，过些天，我便趁回国押运粮草晶石的机会，顺道去冰龙国一趟。沧雪，你别急，再过些天，我俩就能见面了！”

狂禅浮想联翩之际，雪冽迩看到他有些恍惚的神态，便误解了他的心情。

雪冽迩笑道：“怎么？勇猛无双的巫龙执政官，也会可怜人族？哈哈！别可怜他们了，这般孱弱落后的种族，能够参与我族伟大的计划，用整个种族的生命完成毁灭邪恶魔族的使命，也算是他们无上的荣耀了！

“这些孱弱的虫子，以前浑浑噩噩数千年，正因我族现在给了他们这次伟大的机会，他们才能认识到自己种族诞生的终极意义啊——我兄长，就是这么说的。”

说到最后，雪冽迩补充般说了一句。

对于她这一观点，狂禅倒是完全赞同，点头称是。

不过，在观星祭台下达成一致的这两位龙族高位者，却忘了一件事——

他们这么做，和他们眼中残忍嗜杀的邪恶魔族，又有什么区别？

在如此天地为之变色的惊天大灾劫中，苏渐成为极少数目睹全过程的华夏人。

这种目睹，并非在外围随大流旁观，而是真正深入到血祭大阵的核心地带。

任凭龙族之人如何警惕，他们也根本想不到，滔天巨变之前，血光耀映之中，人人都在惊恐外逃之际，居然还有人胆大包天地往城中央而行，直至血祭大阵核心地带的观星祭台之下，才停止。

这人正是苏渐。

在血光照不到的阴影中，他小心地潜伏，将无名山庄和玄武卫训练的技能发挥到极致。

此时，他不仅半点动静也无，几乎连呼吸也都停止：和平时不同，现在二三十次呼吸的时间，他才轻轻地一吸一呼。

这时候，雪冽迩和狂禅，正站在离他不到三十步距离的地方，根本就没想到，如此近的地方，竟然还有人族之人静静地潜伏着。

他二人的话，苏渐听得一清二楚。

更是心惊肉跳。

但他依旧强行压制住加速的心跳，保持着超越极限的安静。

两位龙族的上位者，一番对谈后，暂时陷入了沉默。

他们一齐仰脸，带着骄傲而兴奋的神情，仰望着冲天的血光。

过了一阵，狂禅仿佛忽然想起什么，转脸看向雪冽迩道："雪冽迩，你刚才说，血祭大阵吸收了足够的魂气后，还需要关键枢纽的启动，才能彻底启动光暗双杯的力量，形成真正的净世之光——这'关键枢纽的启动'，是什么啊？怎么我从来没听摄政王大人说过？"

"你没听说过的事情多了。"雪冽迩抿嘴一笑，骄傲得意地说道，"'恸天灭地血祭大阵'，简直是这世间最奇妙、最强大的事物。

"狂禅，你想想，能用一族之精魂，去毁灭一族之世界，这法阵岂是平凡简单之物？可以说，它已超脱这个世间，如同鸿蒙宇宙造物主的毁灭之锤。

"所以，如此美妙之物，要完整运转，必定艰难繁复，否则这世界早就毁灭不知多少遍了。

"所以，'恸天灭地血祭大阵'，还需要关键枢纽的启动。哥哥说，中枢之锁已备，就等那把钥匙前来配对。"

"这、这，真是神奇。"狂禅啧啧称奇。

不过转念一想，他又有些疑虑地问道："那把钥匙，不在摄政王大人的手中吗？"

"在，又不在。"雪冽迩笑答道。

"什么？什么在又不在？到底是什么？"狂禅一脸迷惑，已经被雪冽迩说糊涂了。

"你想知道吗？"雪冽迩看着龙魔混血者。

"想！"狂禅毫不犹豫地答道。

“好，我告诉你，”雪冽迩神秘一笑，“那钥匙，是‘宿命’。”

“宿命？这、这……”得到答案的巫龙执政官，反而变得更加糊涂了。

“能再说具体一点吗？”狂禅渴望地看着雪冽迩。

“可以啊，”雪冽迩道，“它是一种可能，却已经注定。看，简单吧？”

第一百三十二章

覆巢之下

说完这句后，雪冽迩已转身翩然离去，只留下了一头雾水的龙魔混血者呆在原地。

愣怔良久后，狂禅如梦初醒。

他看了看头顶的血光，又望了望雪冽迩消失的背影，忽然咧嘴一笑，自嘲说道："狂禅，你何苦想这么多？这兄妹两人，一身智谋，几乎比肩仙神，他们有什么事儿交代下来，你只管做便是；想多了，平白头疼。"

说罢，他好像要将脑子里糨糊一样的纷乱念头甩干净，在离去之时，不停地甩动他那颗巨大的头颅。

甩头离去时，狂禅根本没发现，在他身后的暗影中，正有一双湛然的眸子，盯着他远去的背影，若有所思。

"唔……这么说，这座血祭大阵，还缺一个关键之物？"

这几天苏渐听了巨量的信息，却只有这一条情报，对他、对整个人族而言，具备实际意义。

"那个启动中枢之钥，雪冽迩说得这么玄乎，到底是什么呢？"苏渐忍不住陷入了沉思。

雪冽迩的说辞，十分玄虚，如同老僧打机锋说禅语一样，根本没能对苏渐弄清那把关键之钥，提供任何有价值的线索。

虽然弄不懂，但苏渐还是把这条宝贵而特别的情报，深深地记在了心底。

此后苏渐从观星祭台下小心地离开，一路细心躲避龙族。

往日回到落脚点，可谓轻而易举，但此时已如同“畏途”。

不算太远的距离，苏渐中间已经转折了好几回，可谓辗转腾挪。

在中途一个相对安全的街巷角落里，正当苏渐稍作喘息，朝巷外张望有无危险时，忽然发觉胸前一阵温热。

他低头一看，见久未有动静的星降之链，正闪烁起如水的光华。

见此异状，苏渐立即停止了张望，悄悄地退到了巷子的最深处。

黑黝黝的暗巷阴影里，月歌之魂悄然浮现。

“对不起，”光影之中，雅洁的少女身影，已是泪流满面，“我、我直到血祭大阵启动，都没想起来这件事。”

见她如此，苏渐若有所思，对她道：“月歌，原来，让你真正和他们决裂的，是撒菩勒伯可怕的血祭之阵、净化之策。”

“对，对……如果我早些想起来，你们就能早做准备，不会像现在这样生灵涂炭，也不会让我龙族铸下滔天大错。”

本来澄灵冷静的月歌之魂，越说越激动。

此刻她真的满心后悔，觉得自己一无是处，没能阻止灾劫分毫。

深悔之际，本就是魂影形态的圣龙公主，竟有魂飞魄散之兆！

一见如此，苏渐手忙脚乱，本能地想拥抱安慰她，可是双臂伸张之际，却只穿过一片虚影，抓不住眼前的伊人。

苏渐见状，痛彻心骨。

眼见月歌魂影越来越淡，竟有散入苍穹之兆，苏渐却是无计可施，更增无限痛楚。

悲伤恐惧，如同最浓重的夜魇魔影，将他深深笼罩。

无能为力之际，他忽然脱口叫道：“月歌，你若魂飞魄散，我也不能独活人世！”

从心而发的誓言，飘进了已经渐渐消淡的魂影。

幽淡的魂影，好似忽然一震，仿佛以此为契机，再度慢慢凝聚起来。

见此情景，苏渐又惊又喜，一时不及反应，根本不知道为什么月歌魂影又“转危为安”。

重见鲜明的少女，悬浮于深渊般的黑暗夜色里，看着少年，满面爱怜：“苏渐，你为什么要这么傻？”

“真的！”苏渐低声叫道，“月歌，我也不知道为什么，只有跟你在一起，我才会没了世故，忘了公务，只存留本真。就如回到幼时，我还是那个天真纯朴的孩童——嗯，要这么说，我在你面前，确实如傻子一样。”

“你啊……”月歌闻言流泪，又展露一丝笑颜，轻声说道，“既然，你这么傻，我也不会想着去死了。否则，将来谁来照顾你这个傻子呢？”

“嗯……”苏渐轻轻应了一声。

忽然间，他觉得，虽然自己不知道这世间其他情侣怎样，但刚才自己听到的这句话，应该是世间最动人的情话吧。

想到这里，苏渐满心感动，让他在这凄凉暗黑的长夜里，感到了一丝难得的温暖。

只是，当他看见月歌婆娑的魂影，还是忍不住心中刺痛。

“月歌，”他忍不住问道，“有没有什么办法，让你重回世间呢？”

月歌一愣，俯首思忖片刻，便抬头微笑说道：“暂时，还没想到。”

苏渐闻言，深深失望，但依旧强颜欢笑，装出一副满不在乎的模样。

见他如此，月歌的内心，比他还要难过揪心。

看着强自镇静的少年，圣龙公主心中想道：“唉，苏渐，让我重回世间的办法，怎么会没有呢？但这办法……嗯，这种时候，你让我如何能告诉你？不仅时机不对，这办法本身，还可能会平白害死你啊……”

想到这里，月歌心中一片刺痛，再也无心留在少年面前。她一敛神光，依旧飞回到苏渐胸前的星降之链中，继续寄魂于此。

这一夕的对谈，让苏渐的心情，没来由地更加沉重。

但这样的时机，实在不适合让他伤春悲秋，甚至连回味当晚对话的时间也没有。

在此后好多天里，他都小心地隐藏下来，试图搜集更多有用的信息。

他也将听到的情报，告知了幽小眉。

平日古灵精怪的小魔女，听到龙族人对魔族的评价，以及这座血祭大阵的终极目的时，一反常态，陷入了沉默。

沉默了良久，她才仰起脸儿，问道："小苏哥哥，你觉得，魔族都是坏人吗？"

"应该不都是坏人。"苏渐看着她道，"至少，你就不坏。"

听得此言，幽小眉有些感动，低低地道了声"谢谢"后，看着远处冲入云霄的血光，满面都是愁容。

平静了片刻之后，她便对自己信赖之人坚定地说道："小苏哥哥，他们这么做，是不对的。我们魔界，有好魔，有坏魔。"

不愧是魔女，在短暂的愁苦惊惶之后，幽小眉已经完全冷静了下来。

过了难熬的一夜，第二天一大早，幽小眉便返回华夏国的京华城。苏渐委托她尽快将搜集到的重要情报，带回给人族的首脑。

在苏渐的眼里，幽小眉这样的小魔女，是兵荒马乱之际最可靠的信使。

现在大难临头，人族和魔族可谓一根绳上的蚂蚱，苏渐不会对魔女小妹妹有任何保留。在幽小眉出发离开前，他已经把自己所看所知的所有情报，都告诉了她。

虽然魔界的危机，并非如人族这般迫在眉睫，但幽小眉很清楚地知道，唇亡齿寒，生她养她的魔界，已经面临毁灭的危机。

所以，当苏渐让她承担信使的职责时，她毫不犹豫地答应了，还用最快的速度，返回了南方的人族王国。

往日娇憨古怪的魔女小妹妹，这时候再没出任何岔子，因为她这是在为自己的同胞和家园而奔走。

连苏渐自己都没意识到，他顺理成章做的这些事，对整个时局竟起了莫大的作用。

飞奔而回的魔女小妹妹，不仅给人族王国带来可信的情报，还带来了苏渐的判断。

这几年的经历，让苏渐跟隐龙君、狂禅、厉华楚这些龙族的关键人物，有了打交道的机会，他据此对眼前天雪城发生之事做出的判断，极为准确和宝贵。

正因为及时的情报和精准的判断，让人族王国在第一时间就意识到了危险性。

他们立即组成了战时同盟，推举华夏国光武帝为联盟的共主，同时也是联军的元帅。

天宸阁阁主太叔无用也挺身而出，以其超然的身份，当仁不让地成为联盟首脑集会议事的召集人和协调者。

灭绝的可能性就在眼前，偏安西域的残存人族，从来没有一次像今天这样团结。

到了幽小眉带回情报后的第八天上午，八大古国的帝王或其代表，齐聚幽州国的京都幽州城。

到这时候，雷冰梵自立为王的幽州国，已经成为抗击龙族南侵的第一道防线。

在当初雷冰梵拉起大旗，和他父皇天雪国国主对战时，没有人能想得到会有今天这样的惨烈局面。

这时候，很多人心里都有个想法：如果雷冰梵知道有今天的局面，当时他还会坚持立国吗？

这些人，显然大大低估了雷冰梵的雄才伟略。

这些人完全想不到，在当年，雷冰梵就已意识到龙族侵攻的危险。尤其在二次人龙大战爆发后，他甚至比华夏国国主还更警醒。

雷冰梵清晰的战略认识和惊人的预见能力，在整个族群大难临头之际，显现出莫大的威力。

侵攻天雪城一线的龙族先头部队，还想占领南边更富饶的幽州国。

没想到，雷冰梵早就布局星降高原；当龙族悍然来袭时，雷冰梵先是示之以弱，防守部队一路败逃到幽州国东南，已经快到星降高原之下了。

正当龙族兵想一鼓作气，歼灭幽州败兵然后冲向幽州城这颗钉子时，却没想到从南方高耸的星降高原上，瞬间冲来汹涌无边的洪水！

星降高原和幽州平原的落差，本来就极大；文人墨客形容洪水凶猛时，常用“天河倒泻”来比喻，今日雷冰梵决高原之水直冲而下时，“天河倒泻”已经不是比喻之词，而完全就是壮丽无比的写实！

水火无情！

浩大的洪水从来都如同灭顶的天劫，哪怕龙族是当今世间最强悍的生灵，在高原洪水这样的自然天灾面前，依然显得脆弱无比。

无数洪水汹涌而来，如同无数条奔腾咆哮的东方真龙，直冲得异域的龙族七零八落。

更要命的是，雷冰梵等待这一天，已经等得太久，岂是仅仅就准备了洪水？

在高原大河中，雷冰梵本就长年累月命人砍伐树木流放其中；当大河决堤而下时，真是“无边‘落木’萧萧下”。

无数巨大的树干，在洪流中相互撞击，蓄积了难以想象的动能和势能；这时候不管是龙族高贵的悍将，还是卑微的小兵，全都在怒吼而来的狂暴巨木前化成了血肉，化成了齑粉，转瞬间被滔滔大流冲走，直至尸骨无存。

用洪水来御敌，后遗症也极大，往往洪水所过之处，赤地千里。

当然这只限于临时起意的应急行为，雷冰梵这次行动“蓄谋”已久，因此在无边洪水冲垮龙族大军后，洪水迅速顺着事先修好的千万条大沟小渠流走，不到两天的时间，便消散在幽州平原上千百个湖泊河流中。

面对这样的情景，聚集在此的各大王国之人，全都张口结舌……

这时候他们中的很多人，忽然想起来，当年雷冰梵自立为王后，不仅修建绵延千里的冰原防线，还在星降高原自己这一侧的领土上，修筑堤坝，开挖水渠，利用高原上原本的湖泊，高筑堤防，人为弄出各种蓄水量巨大的堰塞湖。

对于此举，当时很多人都觉得匪夷所思。他们心想着，新立的幽州王难道疯了？王国新立，耗费大量人力物力，难道是想兴修水利，要在高原上大种青稞？

当年觉得匪夷所思而大加嘲笑，现在却看到，正是这些高原洪水，抵挡住来势汹汹的龙族，给风雨飘摇的人族赢得了一丝宝贵的喘息之机。

看清这一点后，这些人全都大为羞惭，心中都对这位少年新王，肃然起敬。

当然立功的不止是雷冰梵和幽州国。

从天雪城及周边城池中败退的天雪国残军，比如雪熊军、雪豹骑、雪彪军，毕竟曾是天雪国的精锐之军，除了刚开始猝不及防，在之后节节败退之际，也依托每一个败退的节点城镇，誓死抵抗龙族。

半月之间，成千上万的天雪精锐之兵死去。

他们用生命的代价，给南逃的天雪官民赢得了宝贵的时间，同时也为幽州国从容展开洪水阻敌战术，赢得了足够的实施时间。

他们用自己的鲜血，洗刷了最开始猝不及防、落荒而逃的耻辱，也赢得了其他王国将士的尊重。

正因为他们这番表现，才让天雪残军在后来的人族联军中，留得了一席之地，保住了天雪国最后一丝颜面。

到这时候，当年天雪军侵攻大漠国之事，自然无人提起了。

这时候，华夏、天雪、云山、大漠、神木、万花、梦泽、南北沧海八大古国，以及新立的雪晶国，集中了所有的人力物力，源源不断地朝幽州国而来。

曾经四分五裂的人族王国，在这一刻，无比团结！

这些团结在一起的人族军民，将用自己的鲜血和生命，为整个种族的存续争取时间，争取任何的可能。

在这场巨大的动乱中，天雪国皇帝雷烈心，也在天雪城陷落之后，仓皇逃往幽州城。

当他看到接踵而至的龙族大军，却在绵延千里的幽州平原防线被羁縻了脚步时，心里很不是滋味。

这时候，星降高原的洪水，还没冲泻而下呢。

但即使这样，已经让天雪皇雷烈心，极度震撼。

他从来没想到过会有这么一天：

不落王都天雪城，一夜之间陷落；不起眼的南方封国之都幽州城，却固若金汤，屹立不倒，傲然俯视着整个北方冰原。

刚来幽州城时，天雪皇雷烈心还很不习惯形势的转变。

他对雷冰梵耳提面命，大声呵斥，完全不把他当成一个强大王国的一国之主。

有他示范，一同溃败而来的天雪国官员，有一部分人也开始插手幽州国的事务，还以父子之国的父国上官自居。

这些人，当然还是以二皇子一党为主。

对雷烈心，雷冰梵还或有忍让，但对这些不知好歹的家伙，他一点也不客气。

一旦他们捣乱，雷冰梵就命人抓的抓、关的关，甚至还杀了几个犯下命案的天雪臣子。

听说雷冰梵这些处置后，雷烈心自然不高兴，径直向雷冰梵质问。

当雷烈心指天画地说了一大通之后，雷冰梵只是轻轻地说了一句话："父皇，若依父子之情，孩儿自会尽本分孝道；但国政之事，恕我直言，我完全不认同你。"

被如此硬邦邦地顶回去，可想而知雷烈心有多气急败坏。

不过他也知道，"人在屋檐下，不得不低头"。面对雷冰梵一如既往的不听话，他只是强笑回答道："好，好，冰梵啊，你现在长大了，有自己的主张了，不过做人还是要谦逊忍让啊。"

说完这句不痛不痒的话后，雷烈心含羞忍怒而去，直等回到雷冰梵为他准备的临时行宫后，才砸碗摔凳，大发雷霆。

听到这消息，随父亲逃到幽州城的二皇子雷冰烨，心思立即活动起来。

这时候，因为摆脱了鄂伦的控制，二皇子的怪病已经完全好了。

本来，经历一连串事情的打击后，雷冰烨虽然表面还强打精神，依旧是以往人前那个仁义温文的天雪国皇太子，但暗地里，他已丧了胆气。

如果只是兵败倒也罢了，自己朝思暮想的雪贵妃，竟然是隐龙君的事实，对他来说简直惊天动地，他完全不能接受。

之前已经难以接受，现在苏渐的情报传来，竟然说天雪城的陷落，很可能是由以雪贵妃的身份待在天雪城的隐龙君发动偷城造成的，更让雷冰烨如遭雷击，如同霜打的茄子。

知道内情的雷冰烨，看到自己的父亲在听到苏渐传来的情报后大发雷霆，痛骂姓苏的完全公报私仇、血口喷人之时，更加萎靡。

他整个人都蜷缩起来，像被那个血祭大阵影响到一样，魂气儿快跑光了。

但民间有句话叫“狗改不了吃屎”，当他看到自己的父皇和皇兄发生冲突时，雷冰烨的心思又活泛起来。

一方面是看到机会，另一方面也是气愤自己的人被雷冰梵用各种理由打击，再加上多年的愤怒，雷冰烨终于觉得应该放手搏一搏。

虽然说，雷冰烨已经有点落水狗的迹象，但毕竟是当今天雪国的皇太子，经营多年；而幽州国原先就属于天雪国的地盘，又因为雷冰烨表面的慈厚假象，赢得了很大声望，因此一旦他决定动起来，声势效果还是很显著的。

遭受那么多挫折之后，这一次的行动，雷冰烨十分谨慎。

他并不准备一开始就把事情闹太大，而准备徐徐缓进，最后骤然发难。

于是，一开始时，他只是发动亲信，在幽州城中散播谣言。

这些谣言，有的说幽州国国主公报私仇，大敌当前却只想着以前跟天雪母国的恶战，因此大肆抓捕逃难而来的天雪官员，甚至还杀了人。

还有的则说，幽州国对各国联军不能一碗水端平，在驻地分配、粮饷运输、人员安置等各个环节，多有偏私。

更过分的，雷冰烨竟然让人说，雷冰梵心怀祸心，要趁各国首脑齐聚幽州、共商抗龙大业之际，使出非常手段，将各国王侯将相一网打尽，从而称霸人族。

不得不说，雷冰烨散播的这些谣言，极其阴狠恶毒。就不说最后那个可怕的谣言，光那个挑拨各国军民关系的谎话，就极其阴险。

毕竟，这种多国联军驻防之时，环节众多，也依赖具体实施之人，雷冰梵一碗水端得再平，也不可能提供一模一样的待遇。

这个谣言造成的影响，极其恶劣，没几天就导致了数十起摩擦，甚至其中几起还极为严重，竟是流血冲突。

大敌当前，还没想出怎么解决劫难的招数，自己就先乱了阵脚，那还了得？

而决意动手的雷冰烨,还是忘了,他面对的究竟是怎样的一个人。

别的不说,雷冰梵暗中经营多年的雪杀组,正是对付雷冰烨阴谋诡计的“良药”。

很快,雷冰烨那些造谣的亲信仆从全部被挖出,几天后,雷冰烨这个最大的幕后黑手,也被雪杀组给连根揪出。

一旦揪出,这一次,雷冰梵没有再给任何人面子。

他甚至都没有通知雷烈心,只是跟联军共主、华夏君王李翊打了个招呼,就把雷冰烨捉来,审都不审,直接扔进了地下冰牢。

当天雪皇雷烈心听说了这件事后,可想而知他有多愤怒。

不过作为独霸北方多年的雄主,雷烈心绝非鲁莽冲动之人。从之前和自己这位长子的交锋中,雷烈心便已经清清楚楚地明白了这位幽州国国主的心理。

况且这件事,不管怎么说,都是自己那个二儿子不争气,竟然在这节骨眼儿上,造谣惑众,扰乱军心民心。

从这个角度来说,把雷冰烨扔进冰牢,倒也正合雷烈心的心意。

但无论如何,雷冰梵这么做,确实完全不给他这个父皇一点面子!

面对如此局面,雷烈心含恨在心,强自忍耐,沉默以对。

如果一直照这样下去,说不定有一天,天雪皇帝和他的幽州国国主儿子,还真会发生内讧。

如果真那样,倒还真合了雷冰烨的心意,完成了他自己没能完成的目标。

只可惜,雷冰烨自始至终都没明白,他和兄长、老父的境界,差得太远。

当星降高原的洪水奔流而下,冲得龙族大军七零八落、一溃千里之后,闷坐行宫的天雪皇雷烈心,听闻消息,喟然长叹一声。

“快叫吾儿雷冰梵来!”从来没有一次像这样,雷烈心用这样温情的称呼、如此急切的态度,来召唤他那个皇长子。

当雷冰梵闻讯,从百忙之中匆匆而来时,还没走到天雪皇临时的行宫里,便远远地看见,自己这位刚强固执的父皇,竟然倚门而立,一手抓住门框，一脸盼望地朝这边张望。

见得如此，雷冰梵心有所感。

不过正当他以为，父皇会有许多话要跟他说时，老皇帝只开口说了四个字：

“你是对的。”

刚说完，雷烈心高大的身躯，便顺着门框慢慢倒下……

“快、快扶父皇进去!”头一次见自己刚毅无比的父亲柔弱地倒地，即使以雷冰梵冷淡高绝的性子，这时也慌乱无比。

他一边自己冲上前，努力架起父皇的身子，一边慌乱地叫人一起来帮忙，将雷烈心扶进了行宫卧室里。

目睹这情景的幽州王侍从们，大为吃惊。

他们吃惊的，倒不是天雪皇昏倒，反正他们现在只认雷冰梵一个主公；他们惊异的是，向来智珠在握、冰霜雪冷的年轻君主，何曾袒露出这等慌乱软弱的情态？

他们不知道，“父子连心”，别人眼中一次普通的晕倒，在雷冰梵的心里，却已经隐隐有了一种不祥的预感。

逃亡路上的疲惫，冲出重围留下的伤口，再加上目睹王都陷落导致的心灵震撼，终于让刚毅无比的天雪皇倒下了。

强撑多日，看似无事，一旦出事，便重病卧床，眼看就不行了。

看着床上面如金纸、双目紧闭的父皇，忽然间童年时父子间那温馨的一幕幕，开始在雷冰梵的心头不断地浮现。

越是回想，雷冰梵越是揪心不已。

在他的心目中，自己的父皇一向是风吹不动、雨打不倒的铁汉，多年以后再一次近距离地接触时，他却分明看见，父皇已是发白如雪，样子已是龙钟老态……

看到这里，雷冰梵心中大恸，不断“父皇、父皇”地呼喊，却见父皇还是双目紧闭，始终没有回应。

到这时，雷冰梵再也忍不住，一下子伏在床头枕边，呜呜地哭泣。

可能是雷冰梵的哽咽声，触动了雷烈心。

已经气若游丝的天雪皇，睁开了眼睛。

听到枕边儿子的哭泣声，他的脸上勉强露出了笑容。

但他已无法转头，只能保持着仰脸的姿态，朝上说道："孩子，别哭，别哭。

"为什么要哭呢？是父皇错信匪人，铸下了滔天大错，本就该死，现在就更该死了。"

"父、父皇，为什么这么说？"听到如此激烈的话语，雷冰梵停住了哽咽，不解地看着雷烈心。

"你不懂吗？"雷烈心温柔地笑道，"天无二日，国无二君，即使父皇无心，也难免有人心生歹念，来挑拨我父子二人的关系。

"梵儿，你也知道老父的，我对自己可没那么有信心。所以我现在更该死。死了，一了百了，你可放手一搏龙族。"

"父皇，您别这么说，千万别这么说！"雷冰梵泣不成声道，"大敌当前，还要请父皇您主持大局呢！"

听了他的呼喊，雷烈心却轻轻地摇了摇头，闭上眼睛，不再出声。

不到半日的工夫，雷烈心的生命便走到了终点。

临死前，曾经称霸北方冰原数十年的一代霸主，回光返照，用力支起身子，挥手向天大叫道："吾乃冰原之王，生死于我何惧焉！"

大叫已毕，雷烈心又大笑三声，便轰然倒下，就此气绝。

眼看着父皇死去，雷冰梵泣不成声。

这时雷冰烨也被额外开恩，押解在卧榻之前。

看到父皇死去，雷冰烨也号啕大哭。

当然他虽然一样悲泣，心情却和他哥哥大不相同。

这位野心与实力不相配的天雪二皇子，这时想的却是，父皇死去，今后他再也没有依靠了，这样的话他还拿什么去跟皇兄斗。

雷烈心的死，头一回真正促进了雷冰烨的转变。

觉得自己无依无靠之后，雷冰烨终于摆正了自己的位置，从此小心又小心，专心辅佐皇兄治国，再无二心。

雷烈心身死固然值得哀伤，但对这位做了无数坏事的天雪二皇子而言，却是一个改恶向善的绝好契机。

雷烈心驾崩，天雪国的格局不再像以前那么别扭和复杂。

虽然这时候名义上的天雪国太子还是雷冰烨，但就是给雷冰烨一万个胆，他也不敢在这时候登基即位。

所以，在所有人并不点透的期望中，雷冰烨主动让出了位置，恳请自己的皇兄继承天雪皇位。

他是头一回这样“众望所归”。

如果让位这种事情放在别人身上，那人可能还会三请四让，但雷冰梵才不会弄这些虚头巴脑的事儿。

既然众望所归，雷冰梵便当仁不让，直接在幽州城王府前的广场上，举行了一个隆重而简约的登基大典。

这时幽州城中，云集了各国的皇帝和重臣，因此雷冰梵继天雪国皇位时，虽然仪式简陋，但来宾的数量和分量，却出奇地大大超过了人族史上任何一次皇帝继位。

此时天下之势，今非昔比；在人族抵抗迫在眉睫的侵略威胁中，天雪国和雷冰梵，有着举足轻重的地位。

因此，此时就连天下公认的共主，华夏国国主光武帝李翊，也十分隆重地送上了贺礼，并且在祝贺之时，跟天雪新皇委婉含蓄地表明，他李翊对那位玄武卫苏姓少年，一直以来极为看好和重用。

听他这么说，雷冰梵也十分知趣地道谢，感谢华夏国国主对自己兄弟的照顾。

此时苏渐还远在天雪城周边潜伏侦查，不知道自己已经成了两位大国领袖之间联络感情的纽带。

战时登基，雷冰梵少不得在说那些感谢天地、感谢祖宗之类的套话外，还发誓要赶走龙族，夺回天雪城。

当他发誓之时，所有观礼的王侯将相和官吏军民，全都欢呼雷动。

终于被全体天雪军民承认，雷冰梵自然十分高兴；但在他的内心，还是父亲的承认，更让他欣慰和感动。

值此万众欢呼之际，想着逝去的父皇，雷冰梵既喜又悲；含泪微笑，看着观礼台下攒动的人头，他望着远方的虚空，在心里说道："苏渐，我终于得到了父皇的承认，只是，你知道吗？却用了如此大的代价……"

雷冰梵在幽州城登基继位，理清了天雪国中的皇权军政，再加上源源不断的人族援兵，人龙双方的战线，便在幽州城以北二百多里处的绛雪城一线，暂时稳定了下来。

就龙族一方而言，他们最重要的战略目的，不是在此时横扫整个西域人族，而是保证血祭大阵的运行。

因此，在充足的后续力量到来之前，他们暂时收缩防线，只确保天雪城周围方圆数百里的控制权。

双方此时都没有进击的意思，于是在天雪城那场惊天动地的剧变之后，人龙二族竟暂时相安无事起来。

当然，谁都知道，这样的平静只是暂时的；那"恸天灭地血祭大阵"越来越强大，抽取魂气的范围越来越广，人族绝对不会坐以待毙。

从龙族的角度，面对不会放弃反抗的人族，他们也会寻求彻底解决的机会。就算只防守，按龙族的特性，他们也会用进攻来代替防御。

于是，如同暴风雨前短暂的宁静，北国大地上的双方，都在厉兵秣马、紧张动员，为必定会发生的惊天大战做准备。

世事如此剧变，那个曾转战四处、专跟王朝官府作对的亚飒起义军，也暂时放下了混血者的仇恨，开始和人族王国保持和平与默契。

任谁都知道，"覆巢之下，安有完卵"，如果人族垮了、灭绝了，作为其中独特的一支混血之族，根本不可能有任何逃脱的机会。

要知道，相比人族，对自认尊贵的高傲龙族而言，他们更不能容忍龙族和他们眼中低劣种族的混血后代。

现在狂禅以冰魔、巫龙混血者的身份，成为龙之帝国中位高权重的巫龙国执政官，那绝对是个绝无仅有的异数。

眼前形势一看就明，所以，亚飒和其他义军首领，全都没有固执己见，而是暂时放下仇恨，协同人族作战。

一旦决定，他们便发挥了亚飒军的特点，千里奔袭，不断骚扰天雪城和冰龙国之间的东西一线，骚扰打击龙军粮草、晶石等战争资源的运输。

这时亚飒军中，还有不少魔人将士；他们对战斗任务的转变，更不会有任何意见，因为这次巫龙之王布下的血祭大阵，把魔人族身体里的两支血统，全都得罪了！

就在亚飒军游击骚扰龙军的运输线时，这一晚，久未现身的幽玄道人，却在亚飒军露宿的营地边出现。

亚飒很快得到了召唤，和这位精神导师一起，到不远处的一个黑松林边说话。

北地寒凉，尤其在血祭大阵启动之后，整个北地上方的天空被无形地隔断；于是投射到大地上的日光大大减少，让这里比往年更加寒凉。

不知道为什么，往日导师召唤，亚飒都会毕恭毕敬，眼里只有幽玄的身影，根本不会顾及其他；但这一晚，当他和幽玄来到黑松林边时，他却下意识地看了看周围的地形。

“我这是怎么了？”当他回过神来后，不禁在心里自嘲道，“难道我还需要对恩师有什么戒心？今日我的一切，全都是他的恩赐啊。”

仿佛为了驱散心中的负罪感，他微微晃了晃脑袋。

“怎么，累吗？”看到他这么一个微小的动作，头戴银色斗笠的幽玄道人，立定脚步，看着他，关心地问询。

“累。”在恩师的面前，现在一呼百应的亚飒，流露出柔弱的一面。

“那些龙族，对付起来太难了。”他实话实说道，“往日即使面对华夏国的青龙军，我军也没这么吃力。难道，我们真的拿龙族没办法了吗？”

“有没有办法先不说，为师先要夸你两句。”幽玄笑道，“亚飒，你知道吗？你现在已经做得很不错了。为师很欣慰，因为你现在已经知道变通了。

“为师本来还以为，你会一直跟华夏国他们打下去，不顾时事的变化。很好，很好，亚飒，你一直在成长，一直都在给为师惊喜啊。”

“全靠恩师教诲。”亚飒恭敬说道，“不知先生今夜来，所为何事？”

第一百三十三章

冰龙心结

“正为解你疑惑而来。”幽玄道人悠然说道。

“解我疑惑?”亚飒一愣,很快反应过来道,“难道,先生您已经有了御龙之策?”

“呵,”幽玄莫测高深地一笑,并没有直接回答亚飒的问题。

他抬起头,仰望着天边的残月云翳,沉默不语,姿态优雅高洁。

见得如此,亚飒也不敢追问,只是垂首站在一旁,静静地等待。

良久之后,幽玄才转过头来,看着他道:“亚飒,你说说,如果要你来做,怎样才能打倒龙族?”

“我么……”亚飒微一沉吟,便道,“晚辈一时别无他法,大略想想,也只能靠人类各王国、各种族精诚团结,长年不屈抗争,最后说不定有获胜之期。”

“幼稚!”一直笑颜以对的幽玄道人,忽然笑意全无,一声叱喝。

对他这样的转变,亚飒猝不及防,怔怔地望着他。

“太幼稚了。”幽玄再次强调一声,说道,“人族为什么至今无法与龙族、魔族匹敌?就是因为常常寄希望于这类缥缈的事情啊。

“‘长年不屈抗争’,听起来不错,但我告诉你,到最后等来的,必定是‘毁灭’!龙族太强大了,强大到光靠人族,不可战胜!”

仙风道骨的幽玄道人,还是头一回,在亚飒面前流露出如此犀利的一面。

按理说，亚飒现在也是威震一方的人物，但在幽玄流露出这样的气势之后，他竟然神沮气丧，一时作声不得。

有这样的现象倒也不奇怪，因为他面前这位气质飘逸的银笠道人，实际正是有着魔界第一智者之称的“黑暗国师”啊。

亚飒并不了解这样的内情，因此当幽玄说出这样让人绝望的话后，他也变得从来没像现在这样绝望。

现在连仙神般的幽玄都这么说，那整个人间还有什么希望？

正当他无比沮丧之时，却听得幽玄清醇的声音再次响起：“亚飒，别绝望。你没听清楚吗？为师说的是，‘光靠人族，不可战胜’。”

“先生您的意思是……”亚飒听出点味儿来，既期待又忐忑地望着幽玄。

“嗯，人间眼前的劫难，并非不可消弭。”幽玄从容说道，“真正能消弭这场大灾劫的，是一位‘魔族’之人。”

“魔族之人？”纵然心里有准备，亚飒听到这个词，还是一愣。

“是的，魔族之人。”幽玄看着他的脸色，笑道，“怎么？亚飒，你可是为混血者的平等自由而不屈争斗；怎么现在听为师说起‘魔族’，就变颜变色？”

“晚辈只是惊讶。”亚飒定了定神道，“先生，您不是在开玩笑吧？魔族三百多年前，就被龙族镇压封印，现在的实力比之我人族的还不堪，如何靠得了他们？更何况，如果我没听错，先生您刚才说的是，‘一位’魔族之人？”

“对，你没听错，是‘一位’魔族之人。”幽玄点点头道，“亚飒，你告诉我，为什么在你眼里，曾经横行天下的魔族，现在比人族还不堪？”

“不就是被龙族封印吗？”亚飒奇道。

“这只是一方面。”幽玄道，“魔族现在最大的问题，用人间之语来说，便是‘群龙无首’。所以，我说的那位魔族之人，正是当年被龙皇封印的魔族女王‘魅帝姒’啊。”

“啊？！”幽玄淡然的话语，听在亚飒的耳里，却如同惊雷一般！

他惊呼一声，然后怔怔地问道：“先生，您说的是那位号称史上最邪恶之人的恶魔女王吗？”

“就是她。”幽玄虽有不悦，但强自克制，说道，“你这么说她，是因为不了解。

“她美丽、智慧、博大、神秘，是魔灵国度之主、混乱界域之王、湮灭地带的制造者、诅咒与毁灭的主宰者、世界万物灵长的终结者。她是所有魔族共同的王，‘魅帝姒’！”

“原来如此……”亚飒应付性地接了句话，便有些小心地看着幽玄。

此时月影迷离，亚飒隐藏在黑松林阴影中的目光，飘忽闪烁，显是若有所思。

这时幽玄因为提到魅帝姒，陷入奇异的兴奋中，一时倒没注意到亚飒这丝细微的变化。

说完一连串恶魔女王的头衔后，幽玄盯着亚飒道：“魔界之主的力量，超乎你的想象；她可是能和龙皇匹敌的人物！只要她能站在人族一方，不仅驱除龙族大有可能，人魔联手之下，还可能将龙族赶回他们的老家去呢！”

“是吗？！”幽玄这一番话，终于打动了亚飒；他连忙追问道：“那魔族女王，不是被封印了吗？怎么才能让她帮助我们呢？”

“别急，”幽玄恢复了从容姿态，看着混血少年说道，“据我所知，这些年里，魔族女王的三魂六魄，已经冲印而出；现在只剩下她的肉身，还在封印里。

“如能释放肉身，魔族女王再临魔界，定能解除千万魔族的封印；此后率领魔族大军，冲击恶龙帝国，不仅能解除人族之危，还能将侵略你们二百多年的龙族，赶回龙渊列岛的老家去！”

“太好了！”很显然，亚飒已经被幽玄的话打动，脸上闪耀着难得的兴奋和快意光芒，但也夹杂着一丝疑虑。

毕竟，亚飒是灵鹫学院出身；还在学院时，他就看过许多魔族历史。因此他对魔族阴暗残忍的一面，有着比很多人更清晰的理解。

所以，即使幽玄描绘的是一幅极其美妙的前景，依旧没能让亚飒的疑虑完全消除。

黑暗国师一眼便看出眼前的少年在踌躇什么。

他根本不以为意，对亚飒露出一个别有意味的笑容，轻轻说道："怎么，亚飒，你在怀疑魔族对人族的善意吗？"

"先生，我……"亚飒有心掩饰，但毕竟不能违背自己的内心，迟疑了一下道："是的，先生，我只怕驱虎吞狼，虽除狼患，却遭虎噬。"

"这你完全不用担心。"幽玄神秘一笑，"亚飒，你知道吗？两百多年来，被困在魔界的魔族，可一直在帮你们啊。"

"什么？！"亚飒大吃一惊，叫道，"怎么会？魔族一向很少见，只有最近才有人魔混血的魔人族崛起于北滨，您怎么说，二百多年间，魔族一直在帮我们？"

"哈哈！"幽玄一扫先前的飘逸仙姿，仰天长笑，傲然说道，"亚飒，我问你一事：你等人族赖以和龙族抗衡的星流术，究竟从何而来？"

"啊？"亚飒一愣，脱口叫起来，"先生！难道不是人族智者高人，历经一百多年的苦心孤诣，才研究出来的？利用星海晶河之能，通过与奇禽异兽拟态融魂，才得到世间罕有的星流奇术。难道不是这样吗？"

"哈哈，幼稚！"幽玄眼神不屑地说道，"亚飒，是我高估你了吗？你怎么如此轻信呢？灵鹫学院的教习告诉你什么，你就以为那是事实？幼稚！

"你稍微动动脑子想想，便知道如此高绝强悍的秘术，怎可能只在一百多年间，就忽然研究出来？就因为面临着龙族侵攻的灭顶之灾吗？

"不不不，如果这样就行，人族历史上战乱灾劫不断，智者高人也比苟延残喘于西域的人多多了，怎么一千多年里，就没弄出星流术来？

"再打个比方吧，你想想：如果把一群猪狗关上千年，它们能捣鼓出星流术来吗？"

幽玄轻蔑的话语，侮辱性的比喻，如同晴天霹雳，直震得亚飒心神剧颤，连身子也不由自主地颤抖起来。

"您是说、您是说……"一时间亚飒都结巴起来，无法说出连贯的句子。

亚飒是何等聪智之人，一听幽玄说出这些话，心中顿时就已明白；只是这个事实的冲击力，太强了，他从感情上还是不能接受。

看他如此，幽玄只是微微一笑，从容说道："对，正如你想的那样；让你们人族苟延残喘二百多年的，不仅仅是龙族的裹足不前，还有我们魔族的功劳！

"如果不是魔族暗中从魔界传出星流术，什么横断山脉、什么风暴之墙，根本挡不住龙族的脚步！

"怎么样？亚飒，你现在对魔族的印象，是不是好点了？"

"是的……"亚飒喃喃说道。

他有些无精打采，心里还在消化幽玄刚才这个惊人的情报。

"嘿，"幽玄看着他失魂落魄的模样，一反常态，嘿嘿一笑道，"亚飒，你马上会对魔族的印象，变得更好。"

"嗯？"亚飒有些莫名其妙地看着他。

就在他的注视中，黑袍银笠的幽玄道人，忽然身形暴长；还不等亚飒反应过来，转眼便有一个光影取代了幽玄——

原本幽玄站立之处，这时却有位身形高了不止一半之人，在夜色中飘摇不定。

纵然月影昏暗，亚飒依然能看出这人面如白玉，容貌不仅俊美，还透露出无尽的邪气，两者结合起来，那种诡秘的美感，已经超出了亚飒的想象。

此人和幽玄一样，一身黑袍，但那颜色幽暗深邃，仿佛将整个黑夜披戴在身上，能将亚飒注视的目光，全部吸纳其中。

幽暗长袍上，还嵌有若隐若现的神秘徽纹，就如同暗夜云霄的月影星河，倏然明灭，不似凡间纹路。

袍服已似黑夜，此人却一头长发如雪；发色本身如同灿烂银辉，却笼罩着一层幽蓝的光华，让本就神异不凡的飘逸银发，变得和他的容貌一样，在美妙之外笼罩上一层诡秘离奇的阴影。

"你、你是谁？幽玄道人他去哪儿了？！"饶是亚飒这样的混世魔王，突然见到这般邪气凛然之人突现眼前，也惊得张皇失措，脱口惊叫起来。

银发男子却未答话，只是阴冷地看着他，沉默无言。

正当亚飒想要开口再次质询时，那银发男子却倏然动作，双手抱于胸前，呈对合之形，宽袍大袖瞬间鼓动如帆，一只紫电光球生发于掌间，通体暗黑，中有紫电流窜如蛇。

还不等亚飒反应，银发男子将双掌一推，紫电光球便轰然而至，撞在了亚飒身上！

虽然好似是无形的光球，但光球及身时，亚飒如同被一块巨石重击，竟是踉跄着后退了好几步——他几乎聚起身体中的全部力量，才堪堪稳住身形。

被急撞后退，亚飒这一惊可非同小可！

他浑身肌肉瞬时紧绷，想应对这紫电光球进一步的攻击，没想到低头一看，刚才紫电灿耀的浑黑光球，竟然没体而入，如同飘雪落池，浑然无踪。

“怎、怎么回事？”惊诧之间，他忽然觉得自己的身躯，好像被一道轻微的闪电劈中，那酥麻刺激的电流流遍全身，给他带来无比古怪的感受。

亚飒一惊，想仔细体会这古怪奇异的感觉时，却发现电流已逝，抓不到任何尾巴，而自己的身子也好像没有任何变化。

“怎么回事？”他抬起头，却发现刚才魅惑妖异的银发男子，已然消失不见；自己的恩师幽玄道人，还银笠黑袍地站在原地，正微笑地看着他。

当亚飒再次看到幽玄的面容时，他如遭雷击。

因为他看到，自己恩师的面容，虽然表情不一样，但容貌基本就和刚才那妖异男子一模一样！

亚飒惊得倒退两步，手指着幽玄叫道：“你、你究竟是谁？”

“我是你的良师挚友，幽玄啊。”幽玄面不改色，朝少年微笑说道，“当然，我在魔界之中，还有另一个身份、另一个名字。”

“什么？”亚飒木愣愣地顺口问道。

“黑暗国师，伊尔丹。”残月的光影里，幽玄的声音幽远而沉重。

“这、这是怎么回事？”片刻之间，同样的惊问话语，亚飒已经反复了三四遍。

“很简单，”化身幽玄的黑暗国师，笑容隐去，冷然说道，“龙族悖逆，竟逆流而动，镇压我族三百年；你们人间也一样，被恶龙横扫，苟延残喘于一隅。

“我二族不甘之心略同，而我族被镇压于魔界，神州之上活动不便，所以我二百年来，一直在人间寻找可造之材。”

“我，就是那个‘可造之材’？”这时亚飒也清醒过来，神色古怪地问道。

“没错。”黑暗国师伊尔丹拊掌笑道，“亚飒你不仅头脑聪慧，更有不屈愤恨之心，值此乱世，定能成就大事。

“本座知你今日知晓内情，一时难以接受，但亚飒你是个聪明人，定知本座对你从无恶意，还多有襄助。

“今日恶龙袭来，欲以人族之性命，灭我魔界之万灵，则你我二人的立场利益，更为相同。

“用你们人族的话来说，现在正是最需‘同舟共济’之时。所以亚飒，你还有什么疑问吗？”

“没有了。”亚飒深吸了一口气，沉声道，“听得国师之言，小子也似醍醐灌顶。那现在我要怎么做？”

“聪明！”黑暗国师赞叹一声，“果然本座没看错人。

“如前所言，要扭转眼前必死之局，我魔界之主魅帝姒大人，必须完整回归这世间。

“现在魅帝姒大人的肉身，正被恶龙封印于天雪国之东、冰龙国北方冰海中的‘冰潮岛’上。

“冰潮岛上，有上古晶灵族秘境遗迹‘雪牙圣殿’；后来冰龙族侵占北滨之地后，被他们修葺一新，成为冰龙族在神州新的祭神圣殿。

“雪牙圣殿，本身多有晶灵族巧匠所制的宝物遗留。听说当今冰龙王厄古烈的侄女沧雪，其所用法杖，便来自冰潮岛的雪牙圣殿；因为品质最佳，直接便称为‘冰潮’，威力不可小觑。

“只是这雪牙圣殿，属于冰龙国还没多久，便因其奇特的冰封异能，又被龙皇征用，成为禁锢我界魔主之所。

“我魔族现下在神州活动不便，解救魅帝姒大人的使命，便只能拜托您与诸君了。”

说到这里，已经表露魔界国师身份的银笠道人，抱拳躬身，深深一礼。

见他如此，亚飒连忙也躬身还礼，口中说道："亚飒定然尽心竭力，解救魔界之主。"

"很好，很好！"黑暗国师赞叹两声道，"亚飒，本座还是要提醒你，那雪牙圣殿因为禁锢魔主，非同小可，尤其'星潮廊庭'一带，雪风纵横如刀，冰晶妖魔不计其数，可谓凶险异常，你们要万分小心。"

"呃！"亚飒闻言，倒吸一口冷气，顿时面有难色。

"不要怕。"黑暗国师察言观色，微微一笑道，"亚飒，那猛烈雪风，自有你的永寂之刃对付；至于其他妖魔魍魉，别忘了，你还有来自魔界顶级绝技的星流术。更何况，刚才本座已将更强大的天魔之力，灌输于你体中，现在你的星流术，已经脱胎换骨了！"

"什么?!"亚飒大吃一惊，然后立即恍然叫道，"难道您是说，刚才那紫电光球?"

"没错！"黑暗国师点点头，傲然说道，"只有真正拥有混沌紊乱天魔之力的星流术，才是真正的星流术。

"这种星流术，正冠以'黑暗'之名。现在你这'黑暗之幽路天蝎'，若发挥得好，已经强大到能和龙族猛将，甚至亲王一级的龙国人物抗衡了。"

"这……"出乎意料的惊喜袭来，亚飒一时呆若木鸡。

看着他这呆愣模样，黑暗国师微笑不语。

片刻之后，亚飒终于醒悟过来，连忙躬身一礼，诚挚说道："多谢国师大人！"

这一夕残月松林之会后，第二天亚飒便做出了安排。

亚飒挑选了军中的十数名精锐高手，并带上副手沈红袖，还有新投而来的萧龙雀。

为了避开正打得如火如荼的天雪、冰龙二国边境，他们一行人先向南翻过星降高原，然后穿过华夏残月峡，通过泪原穿越龙境。

然后他们从兽龙国中迂回向北，直往冰龙国北方海岛上的魅帝姒肉身镇压处而行。

至于他们走后留下的亚飒军，则由沈克敌暂带。

同时，由那位万花国风满城城主之女慕容雨蝶作为军师，筹划袭扰龙族运输线的一切行动。

说起慕容雨蝶，自从她阴差阳错成为亚飒的小妾后，虽然怀着矛盾的心情，但还是一直安心地跟着亚飒。

虽然在没人时，想起过去的安详快乐时光，她也暗暗抹泪，无限怀念；但当她看见那个灰发男子略带疲惫的坚毅面容时，什么胡思乱想都被抛到脑后，一心一意地跟随他。

渐渐地，她开始对粗暴对待自己之人，暗生情愫；如果不是这样，她也不会在察觉到自己很可能只是“夫君”的一个替代品时，虽然恼怒，还是容忍。

并且渐渐地，她发现自己这种恼怒，与其说是愤怒，还不如说是“吃醋”。

慕容雨蝶也出身望族将门，从小耳濡目染，本身性格也果断多谋，竟然从一个被掳掠的“受害者”，开始渐渐崭露头角，在亚飒军的各种行动中出谋划策，还每有出乎意料的战果。

于是，当亚飒带着亚飒军的精锐离开时，除将军队交给他最信任的“白袍公子”沈克敌之外，也带着复杂的情绪，将军队的谋划之责，交给了自己奴妾一般的慕容雨蝶。

在这时候，伴随着巫龙之王惊天之计的展开，人族一方固然水深火热，龙国本身境内，也是风潮涌动。

圣龙帝国，并非铁板一块。

和人族中央集权的王朝不同，龙之帝国的体制类似于人族商周时期的诸侯分封制。他们以光暗圣龙皇朝为中枢国，下设多个龙国。

龙族凶猛入侵，血祭大阵铺开，天雪国境内固然生灵涂炭，赤地千里，但它对面的冰龙国，也好不到哪儿去。

虽然冰龙国并没有像天雪国那样一塌糊涂，但两族浩大恶战之际，冰龙国地处交锋前线，首当其冲，就算想置身事外，也根本不可能。

而出于可靠性的考虑，撒菩勒伯陈兵布武于天雪国时，所使用的龙军主力，还是巫龙国兵。

所以，现在冰龙国从南到北的国土，几乎全都成了巫龙国大军的通道。

在当下这个年代，大军过境，哪怕是友军，也让地方不堪其扰。

更何况，这冰龙王国，和巫龙国同列上龙之国，从来都有“瑜亮情结”，多年竞争下来，积怨重重。

现在巫龙国国主撒菩勒伯，在圣龙皇御前得势，成了整个帝国的摄政王，想都不用想，冰龙国的日子肯定好不到哪儿去。

事实上，撒菩勒伯虽然有其“雄才伟略”的一面，但在国族纷争这种事情上，心胸着实不宽阔。

因此，这回借着“灭绝魔族”的大义名头，即使冰龙国并非唯一通道，南方的兽龙国也可通过，但撒菩勒伯暗动手脚时，还明确下令让所有后续援军都取道冰龙国。

不仅取道冰龙国，撒菩勒伯及其亲信狂禅，还勒令冰龙国提供超出他们能力限度的物资和人力。

于是，就像打井抽水一样，人龙战争进行一天，冰龙国就被抽水一天，而且强度还很大，总有一天会耗光国力。

虽然撒菩勒伯不是人族，但万法相通，他现在对冰龙国所做的一切手脚，简直就是当年人族历史上“假途灭虢”的高级变化版。

对他的心思，冰龙国国主怎么会不知道？能统御冰龙国，和巫龙国多年争锋，当今的冰龙之王厄古烈，一直以来都和撒菩勒伯并称“龙族双雄”。

其实这个称号，也是导致撒菩勒伯有如此心结的一个重要因素。

撒菩勒伯城府渊深，不了解他的人，只觉得他虽然性子有些阴沉，但胸怀广阔，雄姿伟略，能够善用一切人才。

但可惜，这只是他为了达到自己目的而塑造的表象。

在骨子里，撒菩勒伯不是一个能容人的人。表面的大气和慷慨之下，撒菩勒伯真正的内心想法一直都是：

这世上，只允许他一个人最成功、最强大；他唯一能容忍的，就是那位已经对自己言听计从的圣龙皇。

撒菩勒伯的英伟表象，骗得了其他任何人，却骗不了冰龙之王厄古烈。

在三番五次的交锋之下，厄古烈已经深刻地认识到撒菩勒伯的为人；看着眼前这个局面，他整日忧心忡忡。

有句俗语叫“狗咬狗，一嘴毛”，说的是针锋相对的两方，往往都不是什么好东西。这句话放在巫龙王和冰龙王的争斗上，也不能说完全不对，但就多年来的事实而言，冰龙王厄古烈，站在相对正义的一方，毕竟他从来没有主动去挑衅巫龙王，每次都是巫龙王仗势欺人，主动找上门来。

冰龙王厄古烈也不是气量狭小之人，更何况他是龙族诸王中，少有的粗中有细的豪杰，虽然豪爽，但并非鲁莽冲动之人。

这种情况下，如果不是撒菩勒伯做得太过分，厄古烈也不至于跟这位掌握帝国实权的摄政王产生实质的冲突。

撒菩勒伯针对冰龙国做得很过分的事，有很多，其中有两件，最让厄古烈和他的冰龙臣民愤怒。

第一件便是三百年前，龙族大军横扫神州之后，裂土分茅之际，大权在握的撒菩勒伯故意使坏，将冰龙国分配到西域横断山脉东侧最北方的领土上。

当时战乱纷纷，厄古烈也不知道那地方到底什么情形；只看撒菩勒伯的描述，那里已经是最北方的领土，应该十分寒冷，适合嗜好冰寒的冰龙族。

当厄古烈带着冰龙族的子民们，到了分封给自己的领地时才发现，这块领地极为狭长；如果是贴着北洋之滨东西走向的狭长也就罢了，至少能保证所有国土都在冰寒地带。

但没想到，撒菩勒伯划分给他们的领土，却是顺着横断山脉南北狭长！

因为寒冷地带才是冰龙族的有效领土，这样一来，冰龙国的有效领土大大缩减了；南方那些相对炎热的地域，平白占了冰龙国应得的领土面积，却无效无用。

如果说只是这样也就罢了，大不了冰龙国往北方龟缩，南方领土谁爱去谁去。但撒菩勒伯阴险就阴险在这里：

冰龙国与人族领土南北走向紧紧相邻，这意味着，这样南北细长的领土，整个都暴露在人族的攻击范围内。

虽说龙强人弱，但不管怎么样，双方乃是国战族战的生死仇敌，我退敌进，不管怎样冰龙国还是要南北布防。

如果真因为全部力量龟缩北部，南面虚弱不堪，让人族大军长驱直入，就算很快打回去，冰龙国在龙族诸国之中，也丢不起这人；到时候虎视眈眈的撒菩勒伯，肯定会借机发作，说不定会褫夺冰龙国的上龙之国身份。

那样的话，冰龙国上上下下，还不如自杀算了！

所以，光这一件事，别说内心刚烈的冰龙王了，就连冰龙族普通的妇女儿童，也都知道他们被那个巫龙摄政王给欺负了。

除此以外，那雪牙圣殿的征用，也让冰龙国跟撒菩勒伯结了仇。

本来划分领土时被使坏，看在巫龙王圣眷正隆的分上，而且表面文章都做得冠冕堂皇，冰龙国也不好发作。

但冰龙国好不容易收拾好的雪牙圣殿，准备用来祭拜冰龙祖神，没想到又被撒菩勒伯以帝国执政官的身份，发布一纸命令，转眼征用，成为封印恶魔女王魅帝姒肉身之所。

如果说，先前领土之事，撒菩勒伯使了个不起眼的撩阴腿，这一次，就是明明白白地扇了冰龙国一个耳光了。

但无奈就无奈在这里，不管撒菩勒伯怎么明枪暗箭，表面文章却做得花团锦簇，每件事都以帝国大义来压人，弄得冰龙王和冰龙长老们有心吵闹，却知只是白费口舌，徒惹人笑。

当然，在吃下这些明亏暗亏的同时，冰龙、巫龙二族的仇恨，也是越结越深了。

虽有深仇，却勉强还算龙族内部的矛盾，但到了今日，当血祭大阵启动，巫龙王借机做的这些手脚，已经快突破冰龙王和诸位长老大臣的底线了。

这一日，冰龙之王厄古烈在冰昆王庭的内宫中大发雷霆。

冰龙国的王庭，设在冰昆之城。

冰昆城的由来，和当地原有的势力颇有关系。

在龙族未曾侵略之时，此地乃是汉唐西域之结骨族建立的坚昆国领土，冰龙国占领此地后，取冰、昆二字，命名自己的新王都为“冰昆城”；按照龙国的习惯，又称为“冰昆王庭”。

而此地原本的土著结骨族，按其本族语念作“黠戛斯”，因此结骨族又被称为黠戛斯人。这黠戛斯人，就是后世吉尔吉斯人的先祖。

结骨族建立的坚昆国，向来与华夏中原王朝交好，好几次共击回鹘人，其首领还曾被唐王朝的宣宗皇帝封为“英武诚明可汗”。

只可惜异域龙族大军侵袭而来时，坚昆国和中原王朝一样，被秋风扫落叶般驱逐。坚昆国原有的城镇，大多在战火中焚毁，现在冰龙国的王庭冰昆城，完全为后来新建。

冰龙族封疆于此后，筑城于剑河、羊河、剑平吉侧河三水交汇之处。

剑河乃此地大河，西北、东南走向，流至东南某地后，剑平吉侧河从西南流来，与它交汇。

二水交汇后，再往东南继续流淌的剑河，便有了新的名字，称为“羊河”。

冰龙族筑城于此，有三河穿城而过，于此北方艰苦之地来看，倒算第一福地。

不过再是福地，也只是荒凉之地的福地。

按史书记载，此地“地夏沮洳，冬积雪”，意思是这儿夏天低湿，冬天积雪。

积雪对冰龙族来说正中下怀，但夏天湿热的天气，就让他们十分难熬。

被撒菩勒伯使坏分配到这里后，冰龙族好不容易选出了适合筑城的三水之地，为了夏天能熬过去，不得不花费了大量的人力物力，在冰昆王庭周围八个方位，设立八个冰风大阵，称为“冰昆八阵”。

为了维护冰昆八阵，冰龙国长年有上百位冰龙族巫师被占用驻守法阵，整日施法维护，让冰昆王庭能够终年吹拂冰雪之风，从而宜居。

今日，这宜居的冰昆王庭内宫中，冰龙之王厄古烈，正大发雷霆。

其实不管是在外人面前，还是在没其他人的时候，冰龙之王都是一个十分深邃冷静之人。现在他大发雷霆，也实在是被撒菩勒伯逼迫得无法再保持冷静了。

高等龙族之人，本就男俊女美，冰龙王厄古烈，更是其中的佼佼者。他号称“龙族双雄”之一，权势虽比不过“双雄”中的另一位巫龙王，但冰龙之王厄古烈，却是龙族中响当当的美男子。

他身形颀长，眸如繁星，面如美玉，一头银白长发雪光氤氲，宛如璀璨银河飘于脑后。

他的面容之美，会让毫无文采之人，一见之下都忍不住想赋诗赞美；不过任何看过他容貌的画师，第一反应却不是想把这绝代俊美之容绘于纸面，而是痴痴地想：

造物主是如何创造出这样美妙之人的？那五官本就已经出类拔萃，怎么组合到一起，更加让人惊艳？

作为冰龙族最强大的王者，厄古烈身上也带有冰雪王者的特征。

长发上雪光缭绕就不说了，那两侧的尖耳上，总覆盖着一层皞白玄霜。

连他那深邃如海的湛蓝眸子里，都仿佛时时有万雪飘舞，灵动妖异，让看到之人只觉得有无限奇异神采。

和一般的美少年不同，厄古烈中年之龄，让俊美的容貌之外，暗蕴了一层成熟稳重之感，毫不浅薄轻浮；再加上冰龙之王的高贵身份，使其不怒自威，天然具备一种巨大权力带来的别致魅力。

简单说，就是冰龙王的容貌十分耐看，绝非那些“第一眼美人”可比。

如果这时让苏渐有机会看见这位冰雪王者，在惊艳其超乎想象的俊美之后，某种程度也会觉得理所当然：

沧雪那么好看，她的叔叔如果丑，那才有鬼了！

“叔叔，”正当厄古烈气呼呼来回踱步时，清泠泠的声音忽然响起，“叔叔你这是在干吗？原地兜圈子，是修炼什么新功法吗？”

“嗯？”厄古烈闻声回头；转头之际，随之舞动的雪花，划出一道优美的轨迹。

“是沧雪侄女啊。”厄古烈看到来人，一脸怒容稍减，也招呼一声。

“怎么，叔叔连我的声音也听不出来了？好伤心呀。”沧雪撒娇道。

“怎么会听不出来？这不是有些生气嘛。”厄古烈笑道，“就算一时听不出你的声音，就听一开口就提‘修炼功法’，也会知道是咱们那位天才巫师到来了。”

“嘻嘻！”在厄古烈的面前，沧雪变得像个小女孩。

嘻嘻一笑后，她故意使劲看了叔叔几眼，然后笑道：“叔叔啊，别骗侄女了，你刚才可不是有些生气，是很生气啊。”

“没错，你看得没错，”厄古烈想起刚才所想之事，怒容又现，喃喃说道，“本王不是有些生气，是很生气了。”

“是因为那个巫龙王吗？”沧雪立即问道。

“呵，我的天才侄女啊，果然冰雪聪明。”厄古烈赞叹一声，又叹息道，“唉，除了他，还能有谁呢？这老儿，也太不像话！以前步步相逼，本王几番忍让也就罢了；没想到他不知收敛，竟越来越过分，趁着侵攻人族的机会，不仅让所有大军从我国通过，弄得到处乌烟瘴气，还跟我们要钱要人要晶石，损我实力，实在居心叵测！”

说此话时，厄古烈其实已经十分克制。

不过，他看了一眼眼前的女孩儿，忽然醒悟过来，心说：“是沧雪啊，我需要对她隐瞒什么？我心中念头，对别人不敢说，就连多年相交的长老们都不敢说，但沧雪是我最挚爱的侄女，不仅力量绝伦，而且向来都敬爱我这个做叔叔的，我对她还需要隐瞒什么？”

美人心计

这么一想，他也不再绕圈子，直接对沧雪说道："雪儿啊，你叔叔我实在忍不下去了，我想跟那巫龙老儿翻脸了！"

这话一说出口，本来满心郁闷的冰龙王，忽然觉得舒服了很多。

不过，等话出口后，他却又有些后悔，心中转念想道："哎呀，我怎么这么沉不住气？沧雪这丫头跟我亲情深厚，但毕竟我这说法，等同于反叛啊！

"而沧雪这丫头，自幼便沉浸法术武技，说好听点是行事专一、做人坚持，说不好听点那就是不谙世事、脑袋一根筋。

"哎！她会不会大义灭亲，去跟圣龙皇还有摄政王检举我啊？"

心中忐忑、后悔不已之际，他听沧雪开口说道："叔叔，你早就该这样了！一直退让，退让到什么时候？连我这个侄女都看不过去啦！

"唉，叔叔啊，你做人就是太软弱可欺啦！若是换了我，早就跟那个可恶奸诈的老家伙翻脸啦！就算打个三天三夜，我也不让那老头儿欺负咱们！"

"啊？！"一听此言，厄古烈目瞪口呆，不过那颗悬起来的心，也就安放回去了。

这时沧雪还在继续说道："不能这样了！撒菩勒伯现在做的事，残忍凶暴，竟想灭绝两族生灵，这完全违反我族自古以来对天地力量、万物生灵的敬畏；他再这样下去，必遭天谴！到时候我们整个龙族，都可能给他陪葬啊!"

"什么?!"这一下,厄古烈彻底无语了。

他只是开始有点反叛的念头,还不敢跟别人说,没想到这小丫头比自己走得更远,一开口便石破天惊,把撒菩勒伯彻底钉在了罪孽深重的耻辱柱上。

惊怔之际,厄古烈心中也在疑惑:"沧雪她……是什么时候变成这样的?她不是不谙世事吗?什么时候对整个大局的看法,竟比我这个冰龙之王还站得高,想得远?这还是那个一心一意只醉心于力量的天才巫女吗?"

他却不知道,"士别三日,当刮目相待",沧雪本来就正直善良,认识苏渐之后,更是改变了她对人族的看法。

她发现,和曾经一直被灌输的理念不同,那些曾被秋风扫落叶般驱赶的人族,并不是什么卑微低劣的"虫子";他们同样拥有着千年的传承和高贵的品质。

她甚至觉得,除了力量不及,他们在某些方面,比如重情重义、仁爱顾家、体贴细心,甚至做得比龙族还好。

当然,她私心里,情苗滋长,一缕情丝早已暗中纠缠在那个人族少年身上,因此现在对人族印象大好,那"爱屋及乌"的因素,也是有的。

而她作为众所周知的天才龙巫女,刚才跟叔叔说的那一番话,还是更侧重力量,更关乎义理,不涉及更现实的权力和资源的争夺。

但显然,厄古烈被她这样高屋建瓴的说辞给打动了。

"对啊,"冰龙之王暗自沉吟道,"我还是想得层次低了。我还以为自己生出反叛之心,只是为了争权夺利——哎呀!经沧雪丫头这么一提醒,咱这可是天大的义举啊!

"所以本王这根本不是叛乱,也不是为了争权夺利,而是为了纠正巫龙老儿犯下的可怕错误,从而拯救咱整个龙族于毁灭之中啊!"

这么一想,本来心情郁积的冰龙之王,突然就觉得神清气爽;原本还留存的纠结惶恐之心,已是一扫而光!

心情放松之际,冰龙王厄古烈的思路一下子便被打开,人也轻松了很多。

他终于把注意力放到沧雪身上来。

“咦？雪儿，”他笑吟吟地看着沧雪，“今天你来找我干什么？平时你不是很忙的吗？”

“叔叔，我想你了，就来看看你，不行吗？”沧雪撒娇说道。

“我才不信呢。”厄古烈嗤之以鼻道，“小丫头，我还不知道你？从小就醉心法技，别说主动来找我了，就连我主动去看你，你也都只顾盘弄法术兵器，对我这个叔叔爱理不理。

“怎么，你今天竟然不惜劳动玉趾，亲临鄙处，肯定有什么大事情吧？”

“还真是大事情。”沧雪确实不是个适合开玩笑的人，冰龙王这么一说，她便皱起眉，含嗔带怒道，“就是那狂禅，几番纠缠，着实恼人。”

“嗯？”冰龙王一听这话茬，立即反应过来。

他看着沧雪含笑说道：“雪儿啊，刚才你鼓动我跟撒菩勒伯对着干，我还以为出于公心；现在看，莫非是你对狂禅这摄政王亲信不满，要借你王叔的手报复吗？”

“叔叔！”沧雪立即嗔怒道，“雪儿今天来找你来，就是来吐吐苦水的，你却这样想人家，那我走了！”

说着话，恼羞成怒的少女便转身要往外走。

“别，别，等等！”厄古烈见状连忙叫住沧雪，叹息一声道，“唉，乖侄女啊，你哪儿都好，就这性子啊，太烈。呵，也难怪，不是这样，你也不会连狂禅这样的人都看不上。”

“他是什么样的人啊？”沧雪不满道，“我才看不上他呢。”

“哦？”厄古烈有心逗她，装作认真地问道，“那你告诉王叔，你为什么看不上他？”

“哼，”沧雪冷哼一声，不屑说道，“他这人，又蛮横，又残暴，尤其自以为是，还以为自己什么都好。最重要的，他还是龙魔混血，低劣污秽，我身为上等冰龙王族之女，如何看得上他？”

“哦？你真是这么想的？”厄古烈看着她。

“当然啊，”沧雪奇怪道，“怎么，叔叔，我说的这些，有什么不对吗？”

“对，当然对。”厄古烈若有所思道，“你想的这些，都不错。尤其是你看重血统，这很好。纯正而高贵的血脉，绝对重要！乖侄女啊，你别怪叔叔多嘴，血统这一点，你可千万别忘掉。”

听得此言，沧雪心里咯噔一下，不过表面依然神色如常，假装没听懂地问道：“叔叔，你怎么忽然说这个？”

很显然，厄古烈着重说这个，绝不是心血来潮。事实上，他已经听说了一些风言风语。

沧雪，龙族之骄傲，举世闻名之龙巫女，一举一动自然众所瞩目。和她出神入化的强大力量一样，她的终身大事，自然也有无数双眼睛在暗中盯着。

而沧雪的容颜，又举世无双，如同传说中的冰雪仙子，不用刻意摆什么造型，随便一个动作，每一个瞬间，都是一张世所罕见的美人图。

可以想象，本来龙族就崇尚武力，沧雪在拥有绝世武力的同时，还拥有绝世的美貌，则哪怕她再冷傲凌厉，龙国中的追求者，也几乎能组成一个军团。

所以，沧雪为何从来都对任何龙族追求者不假辞色，一直便是一个流传于圣龙帝国中的不解之谜。

结果，现在似乎有人解开了这个秘密：

他们的天才龙巫女，竟早就在暗中，看上了一个人族少年！

这样的消息，十分惊悚劲爆，即使慑于沧雪强大狂暴的武力，没人敢当面质询，但这条流言却在暗中流传开来。

那些听说了此事的追求者，要么将传言之人暴揍一顿，要么张牙舞爪发誓要将那人族渣滓撕成碎片。

还有些心灵脆弱的追求者，只敢偷偷地躲在被窝里，终夜饮泣……

当然，目前这流言，流传的范围还很窄；但厄古烈可是最宠爱这位天才侄女的，有关她的一切风吹草动他都看在眼里。

因此，刚才听沧雪说起对血脉的歧视，他立即见缝插针，接着话茬，给这位天才侄女敲了敲警钟，以免她想差了念头，以致行差踏错。

只是，厄古烈发现，虽然自己这般暗示了，沧雪却好像还是没听懂一样，他便有些耐不住了。

“这小丫头，也不知是真不懂，还是假装听不懂。”厄古烈暗自想着，忍不住又开口问道：“对了，乖侄女啊，你有心上人了吗？”

“哎呀叔叔！”沧雪扭着身子，撒娇道，“你怎么突然问这个？这、这太不正经了！”

“这有什么不正经的？”厄古烈正色说道，“你看你，现在年龄也到了，有个心上人，也是很正常的。就是你别忘了自己刚才说过的话。”

“什么话？”沧雪装糊涂道。

“你不知道吗？”厄古烈看着她道，“好，那王叔就给你再说一遍：咱们沧雪巫女大人的心上人，一定要有高贵的龙族血脉！”

听了冰龙之王这句话，不知道为什么，沧雪一时间觉得浑身都不舒服。

她抬起双眸，却见王叔也正朝自己看来，眼神竟是格外认真。

见此情形，从来冷傲要强的沧雪，竟有些心虚。

虽然心虚，她却强自笑道：“放心吧，叔叔。沧雪将来的心上人，一定是纯正的龙族血脉……”

沧雪偶然来了一趟，倒让厄古烈的反叛之心，又前进了一步。

此后，他又去跟那些信得过的冰龙族将军、长老，将反叛之意稍稍暗示。

让厄古烈没想到的是，自己小心又小心，这些人的反响，却出乎意料地热烈！

原来这些冰龙族的将军长老，这些年来受的气，并不比厄古烈少。

厄古烈不满的东西，他们一样不落；他们毕竟没有厄古烈位高权重，所以平日在龙之帝国中所受的排挤和欺压，比厄古烈要多得多。

他们早就不堪排挤，同时也对撒菩勒伯的残忍计划有诸多不满。

除此之外，他们还提出了一个厄古烈没怎么想的问题：

“我等冰龙族，出身冰天雪地，实在不习惯神州的气候，还不如早做打算，早日回龙渊列岛去，那里才是我冰龙族真正的家乡！”

他们还告诉厄古烈，远方东北大洋中的龙渊列岛，历年被抽离龙族力量来占领广袤的神州，或是防守蠢蠢欲动的魔界，因而龙渊列岛上现在已是日渐凋敝。

他们甚至听说，龙渊列岛周边原本被征服的妖魔、海怪之国，现在也是蠢蠢欲动——这放在几百年前，根本不可想象！

要知道，龙渊列岛之龙族，在周边妖魔海怪族群的眼中，如同神明；结果就因为侵占神州，不断地抽离力量，导致那些往日龙族眼中的低等卑劣种族，竟开始对龙渊列岛虎视眈眈了。

本来，冰龙之王还揣着万般小心，谨小慎微地去打探族人的意见，没想到最后惊讶地发现，连平时最桀骜不驯的将军和长老，都十分赞同他的观点。

这样的结果让冰龙之王厄古烈几乎下定决心了。

但是，从另一个角度看，厄古烈和那些只需要管好自己和下属的将军、长老不同，他需要对整个冰龙国民负责。

反叛摄政王、清君侧之事，若成功了还好说，皆大欢喜；若是失败了，很可能让整个冰龙族陷入万劫不复之地。

到那时，冰龙国的上等龙国身份，固然不用想了，说不定冰龙族的男女老少，还会成为其他龙族的奴隶。

所以，即使得到重臣们的支持，冰龙之王厄古烈，也还在成功与失败的各种后果之间，摇摆，盘算。

面对他这种纠结，冰龙巫女沧雪，反而果决得多。

察觉出叔叔这样的摇摆不定，沧雪觉得，这就和与人争斗搏击一样，两强相遇，勇者胜；可怕的不是实力不如，而是临事逡巡不前，迟疑不定，最后必败无疑。

所以，沧雪觉得，若是叔叔再这样摇摆不定下去，反而会招来杀身大祸。

从这一点倒也可以看出，沧雪还是很果断决绝的。

对厄古烈的暧昧犹豫，沧雪看在眼里，急在心里。

在某种程度上，她的内心甚至比厄古烈更加煎熬。

到最后，她终于觉得不能再这样下去了。

因为，别的不说，她已经发现，冰龙国境之中，除那些继续往来穿梭的龙军输送队伍外，已经开始有少数来路不明的龙族人，在冰龙国中若隐若现，行动诡秘。

“事急矣!”沧雪给眼前的局势定了性。

她心急如焚地想道：“不能再这样下去了，必须让叔叔早下决心！怎么办？怎么办?”

急得团团转之时，她忽然想到一人，眼睛一亮。

“对啊，我怎么没想起他？这家伙，满腹鬼点子，怪招迭出，定然能让叔叔下定决心！不过……”欣喜之际，沧雪忽然却又变得有些迟疑。

“他真的能来吗？毕竟，他和我们是敌对之族。”沧雪忧心忡忡地想，“尤其现在我族还正大举进攻，在他们国境中设下可怕大阵，就算他想来，他那些上级，能让他来吗?”

想到这些，冰龙巫女有些发愁。

不过愁眉才锁了一小会儿，她就已经舒展笑颜，欣然想道：“他肯定会来的！因为如果我们冰龙国转变，竖起反撒菩勒伯的大旗，这对苏渐和他的母国，十分有利。

“当然最重要的，就算不考虑家国利益，他也一定会来——因为，他喜欢我呀!”

想到这里，冰雪巫女有些脸红……

等脸上发烫的红晕略略消退后，她立即叫来最信任的女卫兰雅。

在如此这般地交代一番后，沧雪便让兰雅女卫日夜兼程地往人族国境而行。

这时候，沧雪只考虑到，他们举起反旗，便会对苏渐和其母国有利，却没意识到，对人族少年情根深种，是她潜意识中，坚定站在反叛一方的重要原因。

几天后，正当苏渐从天雪城前线往回赶，走到一条荒村僻静小路时，被一个粉裙雪甲的俏丽女剑士给拦住。

苏渐久在人龙斗争的前线，经验丰富，才第一眼他便看出，这位清俏女剑士乃是一位冰龙族之人。

这时路遇龙族，毫无疑问苏渐心下是很慌张的；不过慌乱之中他看了这位冰龙女一眼，发现她的神色竟是友好亲切。

虽然不知道为什么，苏渐这颗心好歹先放下了许多。

“你是谁？”苏渐按剑问道。

听他发问，这冰龙女剑士却一时没答话。

她那冰清玉洁的脸蛋儿，随着打量苏渐的目光上下点动，直到苏渐被看得发毛，这女剑士才仿佛如梦初醒，自言自语道：“原来，你就是她喜欢的那个人啊。哎，还真的是个‘人’呢。”

“小丫头，你怎么说话呢？说谁不是人哪？”苏渐一听就恼了，立即拔出血歌剑，指着她骂道，“你骂谁呢？士可杀不可辱！来吧，龙族小丫头片子，咱手底下见真章吧！”

说着话，他就要冲上前去，和这位清俏的龙女剑士殊死搏斗。

“啊？别误会别误会！”冰龙女剑士见状，连忙一阵摇手急道，“苏渐，苏大人，是我家主人命我来找您，您可千万别气恼，兰雅可一点都没有和您动手的意思！”

“什么？！”已经挥出一半的血歌剑，立时被苏渐硬生生地收回。

“你说什么？”苏渐仗剑而立，冷冷说道，“我没听错吧？你刚才，叫我‘苏渐’？”

“是啊！”兰雅喜道，“苏大人您终于听到我说的话了。是这样，我叫兰雅，是沧雪大人的女侍。可让我找到你了，我家沧雪大人有话要我捎给您呢。”

“沧雪？有话给我？”苏渐一听，顿时便愣住了。

不过很快他就反应过来。

看着喜滋滋的冰龙少女，他有些怀疑地问道：“兰雅？你说你是沧雪的女侍？那你知道不知道，我和你家主人的事？”

“当然啊！”兰雅笑道，“我家主人，时常念叨你呢。”

“哦？她怎么说我？”苏渐镇定问道。

“她说你为人非常正直，有情有义，是这世上对她最好的人。”兰雅快语说道。

“哇呀!”苏渐一听立即又把血歌剑急挥而起,“好个骗子!居然假冒沧雪之人诳我!我明明对她——”

“等等!”值此危急时刻,那兰雅女侍一时情急,连忙叫道,“对!刚开始是您骗了她,还偷了她一些东西,但后来——”

说到这里时,苏渐已经电射而去的血歌剑锋,瞬时停止。

“唔,这说得就有点像了,不过还不够。”苏渐乜斜着兰雅,语气不善道,“再多说点,否则我怎么知道,你是不是奸恶之人指使冒充的。”

“苏大人果然谨慎聪睿!”兰雅女侍立时笑嘻嘻地恭维一声道,“现在是战时,您小心谨慎点也是应该的。好吧,那我就多说点我家主人和苏大人您的事情。我家主人,还曾掠您为奴呢,叫‘渐奴’,她——”

“咳咳!这就不用说了。”苏渐立即打断了她。

“啊?这件事不行啊,那我再说一件,”兰雅女侍快语说道,“后来您和我家大人在魔语海渊中,在那魔火洞里,还不清不楚纠缠了一夜呢!”

“啊呀,还是别说了!”苏渐连忙叫道。

“不说了吗?”兰雅眨巴眨巴眼睛,不解地道,“我才说了一点点呢,就怕您不放心啊——不行,还是让我说完吧!

“魔火洞的那一次,你们俩都被坏人下了奇药,要用欢爱来解;结果,一夜过后,我家主人虽然极力跟你说,没发生什么事,可其实她自己也不确定呢。

“所以兰雅也很想知道,到底那晚你们有没有发生什么啊?”

“没有!”苏渐斩钉截铁道,“当然没有了!我多厉害,要有什么的话我怎么会不知道?啊呀,我说你这女娃儿啊,年纪小小的只管追问这些事儿干吗?哇呀!这到底是谁家的孩子啊?一点眼力见儿都没有。我都说相信你了,怎么还停不住话头呢,真是。”

嘴上埋怨兰雅女侍时,苏渐心里却哭笑不得地想:“唉,沧雪,叫我说你什么好呢?这种事情,虽然突发,也不知到底有没有,但毕竟类似于闺房之乐,怎么能随便跟人说呢?就算是自己的亲信侍女也不行啊。”

苏渐无论嘴上还是心里,都不住埋怨,不过他倒是彻底相信了,来人就是沧雪派来的。

知道是沧雪派来的，苏渐就没那么大的敌意了。因为他知道，那个天才龙巫女，虽然每次都被自己骗，但也不知道是她心太大还是脑子太傻，对自己总还是那么友好。

“你真是沧雪派来的?”苏渐还是不放心，盯着冰龙女侍，本能地又问了一句。

“真的，不骗你！要是骗你，就让我将来被主人，当作试验新法术的靶子!”兰雅赌咒发誓道。

“嗯，那我就相信你了。”见她发出这么毒的誓来，苏渐就彻底放心了。

“说吧，”他问，“沧雪叫你来找我干什么?”

听他这么一问，兰雅便把沧雪临行前交代的话，一五一十地说给苏渐听。

刚开始时，苏渐还听得有些心不在焉；但随着冰龙女侍清晰快捷的话语娓娓道来，他的神色变得越来越凝重……

当苏渐终于赶回人族国境时，人类诸国，都摒弃前嫌，组成了强大的联军，陈列在星降高原之北的幽州国一线。

当然现在的幽州国，只有地理上的意义了；从国政上来说，雷冰梵已经成为天雪新皇，原先那个幽州国变成了天雪王朝下面的一个普通封国了。

这时候人族大军陈列幽州封国一带，对北方的天雪城方向呈戒备包围之势。

同时，各大人族古国的后续援军，依旧从四处源源不断地赶来，甚至远在南北两端的南北沧海二国，都分别由国主萧君远、萧君嬛，带着精锐之军赶来支援。

和人族联军类似，这时龙国后续援军也从冰龙国一带入境，源源不断地涌来。那处的风暴之墙，被隐龙君安插的奸细从内部攻破后，便被后续的龙族大军稳稳地占住，等同于天雪国东方的门户已经洞开。

虽然实力不断增强，但龙族其实只要保证血祭大阵正常运作即可，四处出击对他们而言毫无意义；因此，虽然他们已经具备了横扫周边千里的强大实力，却依然龟缩在天雪城和周边一带，集中重兵，全力保护天雪城中的血祭大阵。

一时间，人龙双方的兵力，在天雪国中间地带，呈现了一种胶着之势。

但无论哪位人族的帝王首脑都明白，这样的胶着之势，只是表面现象；简单地说，这只是龙族暂时不屑于出击而已。

并且，如果此事拖下去，倒霉的绝对不是龙国一方。

哪怕双方同时期增加的兵力相同，那龙军的战力比人族军队，强了何止十倍？

更何况，随着那邪恶诡异的血祭大阵冲天血光的诡秘吞吐，越来越大范围内的百姓军民，神魂黯淡，奄奄一息。

此消彼长，最终是什么结局，人族联军的首脑们，心知肚明。

甚至，他们明白，那巫龙之王撒菩勒伯，阴险残暴，绝不是有耐心的主。

种种迹象表明，目前龙军的收缩态势，很可能只是暂时的；那位龙之帝国的摄政王大人，应该是在等待什么契机。

虽然根本猜不出他在等待什么时机，但只要时机一到，狂暴的龙族大军定会朝南方倾泻而出，到那时整个人族王国大地，恐怕比前些日星降高原的洪水冲过，还要凄惨百倍。

所以，现在人族联军的上上下下，全都如热锅上的蚂蚁；连最淡定乐观的长者，都度日如年，内心将近崩溃。

就在这万般狼狈惶急之时，苏渐出现了，还带来了一个出奇重要的消息！

苏渐一回到幽州城，就把这消息报告给了轩辕鸿。

轩辕鸿立即看出这则消息中蕴含的重大机会，立即冲出临时办公之所，快马加鞭地前去报告太叔无用、李翊等联军首脑。

毫无疑问，李翊等人的看法，和轩辕鸿相同。

他们立即决定由天宸阁阁主太叔无用作为召集人，召集各大王国的帝王将相，齐聚幽州王府议事大厅中共商大计。

不用说，作为此事的关键人物，苏渐也被李翊特别下旨，列席旁听本次议事。

议事开始后，先由苏渐亲口复述了一遍沧雪捎来的口信。

听完他的话后，李翊等联军首脑，全都又惊又喜。

不过，并不是所有人，都完全相信苏渐所说的话。

这些人当中，梦泽国国师陆山宾，就是其中一位。

陆山宾，乃梦泽国宰相诸葛贤的首席谋臣加多年老友。

因为多谋善断，特别是在梦泽国翡翠惊天雷闯祸事件中，他出谋划策，力挽狂澜，因此得到了各大王国首脑的信任。

所以，现在的陆山宾，在联军中的地位非同小可，正是人族联军的主将军师。

主将军师，类似于首席军师；他的话对各位具有决策之权的帝王们来说，有着很重要的参考作用。

事实上，当苏渐说完之后，大家纷纷议论了一阵，也都把目光投向了陆山宾。

多年的幕僚生涯，让陆山宾对这样的目光极为熟悉。

他连个停顿都没有，立即看向苏渐，肃容说道："苏大人，你所言之事，非同小可。

"若真，则我人族很可能迎来转机；若假，别说转机了，连现在胶着之势也不可得，整个人族联军会土崩瓦解，朝夕之间一溃千里。

"到那时，万里壮丽山河，自然千疮百孔；我族千万子民，也都会倒伏喋血于龙族铁蹄之下。

"所以，苏大人，陆某希望，你能把你和那位沧雪龙巫女之间的所有事情，都跟我们一一道来——陆某的意思是，从一开始讲起，直到近来的所有之事，不可遗漏任何一件；若有遗漏，很可能让我等判断，'差之毫厘，谬以千里'，会让我族万千军民的性命，陷入万劫不复之地。"

说到这里时，陆山宾察言观色，见少年略有为难之色，便立即拱了拱手，正色厉声说道："苏大人，国难之前无私事，还望你从大局考虑，为千万子民着想，将你与沧雪交往之事，事无巨细，一一道来。"

陆山宾这一番话，显然打动了所有人；大家交头接耳，纷纷称是。

这时那联盟共主李翊，也清咳一声，看着苏渐，肃容说道："陆军师说得没错，苏爱卿，你就按陆军师所言，将你和那龙族女子的所有交往，一一道来吧。”

连自家的皇帝都这么说，苏渐再有心不说，也没办法了。

无奈之下，他只得将自己和沧雪前后所有之事，详尽地道来。

在讲述时，苏渐也意识到自己前后好几次与沧雪打交道，都是在骗她。

意识到这一点，看着满座的金紫衣冠，就算不提王位官职，就是年龄也大多是他长辈。因此他在讲述之余，也十分心虚地替自己辩解。

他说，虽然欺骗之事，君子不为，但敌我分明之时，这些都是权宜之计；那沧雪毕竟非我族类，与其斗智斗勇之际，似可不拘小节。

苏渐的这些担心，都只是多余。

众人听着他每次哄骗沧雪从而脱身之事，不仅毫无鄙夷愤怒之情，反而兴致盎然，连连点头；他们都称苏渐知道随机应变，果然不愧为华夏最精英的玄武卫！

苏渐和沧雪这些事情，雷冰梵和洛雪穹以前也偶尔听他提起一些；现在重新听他提起，还说到那么多细节，他们全都笑看着自己这位老友，心里觉得他也真是不容易。

苏渐怯怯地叙说完，小心翼翼地看向军师陆山宾。

这时他发现，陆山宾的神色极为凝重。

苏渐心里顿时咯噔一下，变得沉重起来。

“苏大人，”陆山宾沉思片刻，终于开口，“果然还须你事无巨细地说来。现在我方应对之策，已经有了。”

“啊？这么快？”见老先生没指责自己，苏渐安心之余，也对他的话十分奇怪。

“有了。”陆山宾手捻颔下胡须，悠然说道，“三十六计，众所周知，今日之事，正宜使用‘美人计’。”

“美人计？”苏渐一听便脱口说道，“莫非要选派美貌女子，去诱惑冰龙之王，让他坚定反叛之心？”

“非也非也。”陆山宾立即摇了摇头，凝视少年道，“这位美人，并非女子，就是苏大人你啊！”

“我？！”苏渐惊讶万分，一时没反应过来。

“就是你。”陆山宾手指着他，笃定说道，“从你方才所述之事，显然那冰龙巫女对你有意；而据方才轩辕鸿大统领跟我等所说，沧雪此女，对其叔叔冰龙之王，有绝强的影响力。

“因此，苏大人，能者多劳，一事不烦二主，就得用你这‘美人’去‘色诱’沧雪了；必要时，也可失身啊——呃，不对，不是失身，是‘为国捐躯’。嗯，反正，你身为男子，也没什么损失。”

一听他这话，苏渐顿时涨得满脸通红。

他下意识地看了洛雪穹一眼，然后立即大声叫道：“此事万万不行！好男儿正当上阵杀敌，岂能以男色行事？再说我长相也普通，并不是军师所言的‘美人’！”

“哦？”陆山宾察言观色的本领不是一般的厉害，听得苏渐拒绝，他立即转向洛雪穹，恭敬地问道，“洛国主，族难当前，事急从权，在下方才提出此计；不过苏大人却太过谦逊，极言自己并非美人，那请洛国主从女子角度，说一说苏大人此人，相貌如何？”

陆山宾不愧为罕见的人族智者；他轻轻一句话，就把焦点从苏渐拒绝之事上引开，让大家的注意力，转移到苏渐到底俊美不俊美上去。

也是关心则乱，洛雪穹被陆山宾一问，也来不及想到其他，况且要让她说苏渐的坏话，简直比强迫苏渐接受“美人计”更难。

于是只见洛雪穹轻启樱唇道：“苏大人不论其他，只言相貌，可称人中龙凤；其质已俊美，更难得英气勃勃，灵动爽朗，暗蕴难言之气度魅力，正是人间难得一见的美男子。”

“雪穹，”听她这么说，苏渐无奈地苦笑道，“你夸我，我谢谢你啊。但此时……为何过誉啊！”

表面上不好说什么，但这时苏渐心里却想：“唉，雪穹啊，我知道你对我颇有好感，简直就是‘情人眼里出西施’，所以你的评价，根本做不了数啊。”

虽然心中有理有据，但这种话，如何能在这种场合公开说出来？况且，他并不知道，洛雪穹这一番评价，确实没把私情夹杂在里面，乃是客观如实之言。

陆山宾何等人精，只是一瞥，他便已看出雪晶国国主对这少年，竟是情丝相系。

看出这一点，他有些心惊，便故意对洛雪穹拱手说道："洛国主，感谢您如实之言。此事对我族而言，极为重大。况且我族手中，确实毫无筹码；现好不容易看到一线曙光，正应该牢牢抓住。

"据在下多年研究龙族所知，那沧雪不仅对冰龙之王厄古烈有重大影响，而且她自身乃是众所周知的天才巫女，在整个龙之帝国中，有极高的声望。

"她一旦仗义执言，厄古烈言听计从；她一旦举起反旗，对整个龙族军民而言，都是极其重大的震撼和影响。而她，却对苏渐有情。

"所以，臣恳请洛国主告诉微臣，为确保促成冰龙国反叛，用苏大人去行'美人计'，应当与否？可行与否？"

听着陆山宾连珠炮一样的言辞，洛雪穹并不好受。陆山宾的计策，简直是将她心仪的男儿推向了敌族的女子。

但最后听陆山宾发问时，洛雪穹默然片刻后，还是毅然说道："此计应行。"

"好！"陆山宾立即鼓掌叫好。

此时他甚至都不再看那些早就流露赞赏神色的各位国主，便转过头来，急不可耐地对苏渐交代各种具体事宜，并且再次强调，必要时，他可"失身"。

这一回，有关说辞更加直接赤裸。陆山宾提到，苏渐一定要尽一切努力，务必让沧雪死心塌地、言听计从。

听他这般交代，参与议事众人也齐声附和，不仅发自真心，情态还极为急切。

第一百三十五章

奉旨调戏

也难怪他们这样，现在龙族已经打到家门口，还弄出那么一个可怕的邪恶血阵，别说美男计了，只要能解除这个可怕灾劫，更恶劣、更猥琐的计策，他们也会赞成。

七嘴八舌中，只听云山国国主杨毅叫道："苏渐，你不仅要尽量'失身'，还要失得极为精彩，最好能让那龙巫女怀孕！"

一旦说到这地步，杨毅的话就如同开了个头儿，一帮平时威严无比的国主重臣，开始七嘴八舌地从这方面献言献策了。

本来这种事，乃是极为隐私的闺阁之事，此刻众人却说得极为郑重，暗自萦绕着一种悲壮凄凉之感。

面对这一根最后的救命稻草，他们简直恨不得亲手教导；庄严的幽州王府议事大厅中，众人正把种种"勾引"之事，详细地分解成一个个步骤，说给苏渐听。

什么先梳理好自己的颜面，与她深情款款地热聊。然后并肩说话，再制造小意外，碰到沧雪的手；当肌肤接触不再突兀后，便争取拉手。

此后必然进入耳鬓厮磨的亲密时期，那就争取更进一步，两人亲嘴。

再之后，苏渐一定要想尽办法，既自然，又进取地抚摸龙巫女更多的"领域"，努力引动龙女的情火，直至最后天地交泰……

毫无疑问，众人这一番话，说得苏渐面红耳赤，恨不得钻个地洞躲进去。

但偏偏，面对众人凝重的神情、沉重的语气、风萧萧兮易水寒般的悲壮气氛，苏渐实在没办法逃避。

这时候，天雪新皇雷冰梵，极其同情地看着这位老友。

当然，表面同情，他心下却一阵窃喜。因为很显然，如果苏渐这么干，和那个什么龙巫女成了一对，那自己和洛雪穹，就更有机会了。

心中这般动念时，雷冰梵也有点愧疚负罪感。

不过他很快就自我排解，对自己说，就看刚才雪穹的言行，说不定正表明，她对苏渐并没有真正的男女之情；否则，一定会吵翻天，怎么可能平静以对。

而这时候，让苏渐“为国捐躯、牺牲色相”的技术指导，仍在热烈进行。

也许是注意到苏渐无奈憋屈的表情，最后，光武帝李翊十分严肃地给他设定了一个目标：

“苏爱卿，即使没办法与她同床共枕、天地交合，为了国族大义，你至少也得跟她亲嘴。这，是朕对你此行的‘最低要求’！”

“是，臣遵旨……”面对自家的国主君王，苏渐纵然满心不愿，还是老老实实地躬身接旨。

虽然接旨，但此刻少年的表情，却可能是古往今来所有臣子接旨时，最古怪的表情。

此时苏渐的心里，正在嘀咕：“唉，这叫什么事啊？我在皇帝陛下的心中，到底是什么形象啊？

“上次他让我放火，这回又让我调戏良家龙女，唉，悲哀啊！难道我在陛下的心目中，就是这种形象？以后肯定会影响我的仕途发展啊！”

苏渐心中悲叹之际，众人也在看着他。

这时候，诸位帝王将相看着苏渐，觉得这位“屠龙英雄”具他什么都好，唯一的遗憾便是，根据以往的事迹风评，这家伙好勇斗狠极为拿手，但竟然在男女之事上，从不乱搞。

想到这一点，这些人的心中，便有些淡淡的哀伤。

“他怎么不是个风流浪子呢？”熟悉他的帝王高官们，在心里埋怨，“这家伙，竟然从来没上青楼消费过！”

“唉，这也是他唯一不够完美的地方了。”

“如果他是个眠花宿柳的风流浪子，那咱也就没那么担心了，刚才根本不用拉下脸来费力培训了。”

“唉，要不是那天才龙巫女，不知道怎么想的，竟然看上了这么个人，否则咱换人顶替，该多好啊……”

在悲观情绪的驱使中，最后，却听得那英姿健美的北沧海国女主萧君嬛脱口叫道：“苏渐，咱俩也是老朋友了；为了你这次任务的顺利完成，不如让萧姐姐来帮帮你，先由我替身沧雪，和你演练演练如何？”

一听此言，苏渐吓得连连摆手，叫道：“不用不用！萧国主，谢您的好意，但我行的，我行的！一定保证完成这项光荣任务，至少跟她亲嘴！”

苏渐忙不迭地出去之后，议事大厅中众人又纷纷议论一阵，也就散去了。

雪晶国国主洛雪穹本就沉静，现在她变得更加安静；自苏渐离去后，她面若冷玉，不发一语。

她这样，雷冰梵都看在眼里。

他不仅看到她落寞无语，更看到她在走出议事厅时，竟是身形微微一晃，如若眩晕。

本来已经说服了自己，但雷冰梵见得此景，心里又开始隐隐地作痛。

他这时才明白，先前的自我安慰有多可笑，因为那时自己忽略了一点：

对自己真正所爱之人，她不开心，自己也会难过……

此时现场之人，都是人精，并不止雷冰梵一人看到洛雪穹这般失魂落魄。

如果放在平时，大家还可能促成好事；但这一刻，大家却心思一同，全都开始装糊涂……

自从冰龙女侍兰雅从人境中回到冰龙国后，沧雪便整日待在冰昆王庭自己的房间之中，哪儿都不去。

这些天里，她总是默默地发呆一整天，然后叫来侍女兰雅，向她质询之前跟苏渐的每一句对话。

这一日下午，她自己都对这样神经质般的举动厌烦了，但又实在无事可做，便扯过一支镶满东海珍珠的名贵珠钗，开始在手中盘弄。

雪白莹然的珍珠，随便哪一颗拿到外面去，都是价值连城的宝物，但现在却拥拥挤挤地镶在一根金钗上，可见这支珠钗的珍贵程度。

不过现在这支珍贵无比的珠钗，却被沧雪拿在手上，挪作他用。

“他来……他不来……他来……他不来……”

每念叨一句，她便扯下金钗上一颗珍珠，随意地抛在一边。

如此往复念叨之后，等她扯到最后一颗珍珠时，她忽然愣住了。

因为，这时候她口中，正念到“他不来”。

“不准不准！”她生气地把只剩一颗珠子的珠钗往旁边一扔，心想道，“哼，一定是刚才数错了！”

正想到这里，她听到院里有人急声叫道：“主人，主人，苏渐他来了！”

“是兰雅。啊……她、她说什么？！”刚才还无精打采斜靠倚坐的少女，猛然间跃身而起，如一阵旋风般飞奔出了屋子。

“他在哪儿？”沧雪盯着兰雅急问道。

“他被王庭武士带去冰龙王大人那里了。”兰雅说道。

“噢！”沧雪随口应答一声，再吩咐了一下，便运起灵力，霎时身周冰雪缭绕，然后便乘着一股晶莹闪烁的冰风，直朝冰昆王庭的内庭疾奔而去。

她身后，清俏伶俐的冰龙侍女，看得目瞪口呆，张大的嘴巴半天都合不拢。

“嗯，看来，”龙侍女心中想道，“看这架势，我才不信我家主人喜欢那人呢；肯定是那个叫苏渐的人，欠了咱家主人一大笔钱，或是欠了好多条命。”

当沧雪赶到冰龙国内庭时，苏渐已经跟冰龙王厄古烈见过礼，并简略地说明了来意。

苏渐能表达的，无非是传达人族联盟的善意，盛赞冰龙王大人深明大义。

当然，在这些不要钱的好话之外，苏渐也郑重表示，说一旦冰龙国举事，人族联军哪怕再是困难，也一定会举全力支持。

别看苏渐身为玄武卫经常干一些侦察之事，但他本人的口才是极好的。

跟冰龙王的这一番说辞，他不仅将人族诸王的意愿全部淋漓尽致地转达，甚至还进行了恰当的发挥，其言辞也精彩，其情义也真切，真是由不得不被打动。

冰龙之王厄古烈听了他这一番说辞之后，却并没有任何表示，甚至连个笑的模样都没有，只是在王座上沉吟不语。

见他如此，苏渐心里便有些打鼓。

他偷眼看了一下这位英武不凡的冰龙王者，只见他目视远方，若有所思。

如果真是这样也就罢了，苏渐再看两三眼后，发现厄古烈哪里是在目视远方，根本就是眼神空洞，什么心思也没有。

苏渐最怕的就是这个！

如果有什么不满，哪怕当场发火都没什么问题，最起码表明他在认真考量这件事；最怕的就是像冰龙王现在这样——他这样子，满眼放空，说明根本都没把事情放在眼里，连想都没想。

见得如此，苏渐一下子便急了。

"怎么办？怎么办？"满心焦急时，他一时也忘了，这次他来，还有着施展"美男计"的使命。

正陷入僵局时，却听一声清冷冷的美妙声音，从门外响起。

"是苏渐啊，你怎么来了？"

这句话，说前半句时，人还在门外；说后半句时，人已经在屋里。

"沧雪？"王座之上的王者看见来人，不由一笑，但依然威严说道，"怎么，雪儿，你不知道他要来吗？"

"不知道。"沧雪有些心虚地回答道。

不过她很快就把这件事抛下，立即飘飘然上前，跟厄古烈不客气道："叔叔，他是人族的使者，远来便是客，总不好慢待。侄女也知道您忙，没工夫招待，就由侄女我来招待他吧！"

说着话，她也不管厄古烈答不答应，就一把拉起苏渐，往门外飞奔而去。

见她如此，厄古烈摇了摇头，苦笑了一声，心道："这孩子，总是这般不管不顾。说我忙？其实本王也不算太忙的，今晚可以一起吃个晚饭的。"

只是这时候，沧雪早就拉着苏渐，消失在门外了。

"沧雪，谢谢你。"被拉出门的苏渐，真心地跟冰龙巫女道谢。

他刚才还真的不知道，面对那种尴尬的情况，自己该如何做。

他诚声道谢，沧雪却不应答，只管拉着他的袖子，往远方疾奔而去。

刚开始时，苏渐只是觉得两耳边风声呼呼而过，有些不适；但过了一会儿，他开始心惊胆战起来。

原来，沧雪一路强拉着他，竟是往冰昆王庭东方的茫茫荒野中而去。

如果只是荒野平地还好。渐渐地，他们脚下的道路上升，竟是往一座高山的顶峰攀去。

此刻，正是夕阳西下，暮色四合，天空变得越来越阴暗。苏渐的心情，也变得越来越黯淡。

到最后，两人都快到高山之巅时，苏渐猛然一惊，忽然想道："哎呀，不好！都是被来之前什么'美人计'误导的，便以为我和这龙巫女真有什么交情；别忘了，我们可是分属敌对阵营，现在还刚刚开战，打得不可开交呢！

"没错，虽然先前沧雪让人带话，说他们心生反叛，但这难道一定就是真话？说不定她就是要用这法子，将我哄来，然后报她屡次被我欺骗甩掉的血海深仇！

"唉！可笑啊可笑，我还想着用什么'美人计'，没想到却落入'请君入瓮'的诡计啊。"

这么一想，他越来越觉得害怕。

"完了完了，你看这绝顶之巅，渺无人迹，正是杀人抛尸的好地点。

"再看这黑夜沉暗，荒凉邈远，就算我待会儿呼救起来，也根本没人能听见。

"最要命的，还是身前这位，她可是残暴龙族中，最凶猛的那一头母龙！"

一想到这里，平日天不怕地不怕的少年，两腿已经开始发起抖来……

正胆战心惊、心怀鬼胎之际，他忽听到龙巫女的声音，从呼啸的天风、昏暗的暮雾中幽幽传来："苏渐，我一直在想一个问题——为什么你，总是骗我？

"我沧雪，如此强大，如此凶悍，你却还敢一而再、再而三地骗我——这，究竟是为什么？"

"呃！"正是怕什么来什么，一听此言，苏渐心中一颤，勉强一笑，但笑得比哭还难看。

"为什么？我也不知道啊……"讷讷说此话时，苏渐已怀了必死之心。

喃喃回答时，他也偷偷觑眼观察地形，发现此地山高绝顶，四外全是深壑远山，仓促间完全无法逃远。

"坏了！"苏渐看清身周地形，心中顿时自责道，"大意了，大意了！我怎会如此失去警惕？竟来此难逃绝地。

"是了，一定是沧雪以前的表现，虽强大却单纯，我总把她哄骗于股掌之间，以至于这回大意轻敌了。晦气，晦气！"

想到这里，他一边极力稳定惊恐胆怯的心情，一边开始伸出右手，悄悄地朝血歌剑摸去……

这一刻，玄武卫少年，已经怀了鱼死网破之心！

如此悲壮苍凉的时刻，苏渐又忽然想起，在来之前，军师陆山宾用暧昧的表情，说出的那一个"为国捐躯"之词。

"为国捐躯啊……"霎时间苏渐心中五味杂陈，懊悔不已。

他怪自己，"为国捐躯"这个词，已经暗示得如此明显，自己竟然还毫无所觉，浑若无事地赶过来；这下好了吧？简直自投罗网。

什么叫不知死活？什么叫一语成谶？眼前这就是！

看来，以后灵鹫学院的师弟师妹们，再学"自投罗网""一语成谶"这俩词时，要有新鲜出炉的绝佳案例了。

就在苏渐胡思乱想间，却忽然听到沧雪好似自言自语般，又将刚才的问题重复了一遍："我沧雪，如此强大，如此凶悍，你却还敢一而再、再而三地骗我，这究竟是为什么呢？"

这一次，还不等苏渐有所反应，沧雪便自问自答道："是因为，你喜欢我啊！"

这一刻，苏渐的手已经握住了血歌剑的剑柄；一听到这话，他的动作顿时僵住，脱口叫道："啥？你说啥？"

"我说，是因为你喜欢我啊！"沧雪眼带娇羞，一脸羞涩地看着他。

"这、这……"一时间，苏渐愣在当场，作声不得。

"哎，发什么愣啊？"沧雪一拉他的衣袖催道，"快、快跟我去那边的木屋。"

"木屋？什么木屋？"苏渐惊问道。

"就是那儿啊，"沧雪朝身侧的方向一指，嗔道，"就是那间木屋，这么明显，你怎么都没看到？"

苏渐闻言一愣，忙顺着她指点的方向看去，果然有一座木头垒成的屋子，正矗立在山巅不远处。

沧雪说得没错，即使现在暮雾四起，月影朦胧，这木屋还是十分明显，况且离得又不是很远，稍微多看几眼，便能发现。

见得如此，苏渐苦笑一声，心中自嘲道："唉，果然不能做坏事。这心怀鬼胎、神思不属的，连这么明显的木头房子，都视而不见。"

"快来快来！"这时沧雪已如一只雪色蝴蝶，翩然往那边木屋跑了一段距离，正立定回身，朝苏渐招手催促道，"我在这木屋里，准备了酒席欢迎你呢。"

"唉！"到这时，苏渐实在忍不住了，苦着脸道，"沧雪啊，你欢迎我就欢迎我，干吗把这事搞得这么恐怖？你看这昏天黑地、险峰峻岭的，真是阴森可怖啊。"

"阴森？可怖？"沧雪一脸莫名其妙地看着他，"苏渐，你今天是怎么了？这里怎么会阴森可怖呢？这可是我国名山'苍玉山'啊！人家可是特地挑选了这样山景优美的地方来招待你呢。"

"啥？"苏渐闻言，又是一愣。

他忙定了定神，朝四外仔细看去——这一看，他才发现，果然还是自己弄错了……

此时正是月出东山。

放眼四望，月华如水，映照千山如雪。

层峦叠嶂，翠巘千合，身处绝顶之巅，下瞰千岩竞秀，万峰争雄，正是胸襟为之一阔。

又有山涧清泉，远崖流瀑，跌宕之声，振谷传来。

那泉流玲珑幽倩，飞瀑喷雪奔雷，上与月色相映，下与松涛相和，令人目眩神迷，如若置身月宫仙境。

看到如此雄大幽洁的月下山景，苏渐不由再次苦笑，暗自想道："唉，刚才，确实是我做贼心虚了……"

跟沧雪走过了那片石坪，进入了木屋中，苏渐发现这里仿佛别有洞天。

从外面看，这就是一座荒山野岭上粗糙寻常的木屋；进了屋子里，却见屋内陈设华丽，宛如富贵厅堂。

这时屋内点着上百盏烛火，摆放在各种造型古朴的铜质灯架上，高低错落，光影摇曳，恍惚间竟让苏渐觉得，好似漫天的繁星陈布眼前。

显然来之前，沧雪已经命人在这里陈设了酒席；各种叫不出名的珍馐美味，正热气腾腾地罗列在苏渐的眼前。

沧雪已先行入席，跪坐在席前，劝苏渐喝酒吃菜。

到这时，苏渐也解开了心结，去除了那些疑心生暗鬼的杂念。

他没再疑心酒菜里有没有被龙巫女下毒，而是放开了胸怀，一边吃菜，一边跟沧雪推杯换盏起来。

"这是我冰龙族特产的美酒，名为'冰吟雪酿'。"沧雪举着杯中晶莹如雪的清醇美酒，朝苏渐热情地介绍，"这冰吟雪酿酿造时，取的是深壑之泉，采的是高山之雪，再加上来自故乡龙渊列岛的珍异药材，历经半年之久才能酿成。冰吟雪酿入口甘醇，酒意寒凉，如饮冰雪，却回味绵长，片刻后腹中如蕴烈火。"

"有这么神奇？"苏渐有些不信。

"当然，你刚喝，时辰还没到。"沧雪笑吟吟说道。

这时候，沧雪其实已喝得半醉。

酒意微醺之际，她觉得身子有些燥热，便到一旁，卸去了冰龙族英武神幻的装束。

回到席间时，她又解开了头上的束带，放下如瀑的长发。

苏渐这时再看她，便觉得冰龙巫女不再是那个法力深不可测的天才龙女，而是一位温婉轻柔的江南女子，正安安静静地跪坐在星星点点的烛火前。

“还别说，沧雪她，挺柔美……”苏渐情不自禁地舔了舔嘴唇，心中暗想。

他这个细微的动作，恰好被沧雪看到了。

沧雪便笑道：“苏渐，是嘴干了么？那来，我敬你这杯酒。”

说着话，她便在星星点点的烛火丛中，展露一缕动人的微笑，双手捧杯，优雅向前，温柔地奉于苏渐面前。

此时此景，浪漫，唯美，身处其中的少年，忽然间好像真的觉得口干舌燥，便伸出手去，接过沧雪手中的杯盏。

接过酒盏，他一饮而尽。

咂了咂嘴，他抬起双眼，要看对面少女时，却蓦然发现，那张美丽娇嫩的面庞，已在咫尺之前。

烛光摇曳，美人如画。

酒意醺然，心中平添冲动。

饮下酒水，化成蒸腾的热意。

意乱情迷，两个人慢慢地靠近……

少女已闭起了眼睛，仰起了脸儿，樱唇微微地翕张。

男儿也如痴如醉，看着酡红的俏靥，轻轻吻了下去。

只是，当嘴唇轻轻一触，苏渐感应到温热的触感，便猛然一惊。

“对不起！”苏渐忽地退后三尺，惭愧道，“沧雪，我知道，以前骗你几回，那是为国而骗。但现在，我竟然忍不住，还要非礼你，这真是太过分了。”

口中这般说时，苏渐心里却也在怪来之前那些人的教唆。

他想，如果不是这样，自己也不至于这般急色。

同时他也有些气馁，心说果然知易行难，本来还信心满满，但真一接触，要真个施行所谓勾引之事时，却还是觉得太难。

其实临行前，那些大人物对他的担心，不无道理。

苏渐并非浪子，在感情之事上，内心自有原则。

真如他所说，以前为了从“敌人”手中逃跑保命，怎么虚情假意都不过分；但现在怀着目的，故意来引诱一个自己对她并没什么真情实感的女孩儿，他真的做不到。

刚才差点情不自禁，他现在内心，真的很有负罪感。

在这种负罪感的驱使下，他对面前的女孩儿诚恳地保证：“沧雪，我保证，以后再也不犯。”

说完这句话时，他却又后悔了。他心说，要真这样，此行的任务怎么完得成？

其实，刚才十分冲动的少女，在亲密行为戛然而止后，也十分羞涩。

再怎么说，按人族的标准，沧雪还是个冰清玉洁、未经人事的大姑娘；刚才冲动之下觉得什么都好，但戛然而止后，她也满心的羞涩和惊惶。

只是，满心羞涩之际，听得苏渐这一番话，尤其最后那句“保证以后不再犯”，她没来由地非常生气。

于是她忍不住伸出手，重重地推了苏渐一把，几乎将他推倒在地。

当苏渐重新稳住身子之后，就觉得这间木屋中的气氛，已经变得十分尴尬。

此后两人装着没发生任何事，继续喝酒吃菜，但之前那种浪漫旖旎的感觉，已经不再。

像沧雪这样的女孩儿，平时醉心法术武技，无心情事，一旦动了真情，也和追求力量一样，热烈而执着。

于是在接下来这有些冷清的饮宴过程中，她好几次有心想说：“苏渐，你这家伙，再不吻我，我就走了！”

但这样羞人的话，在心中暗自酝酿盘桓了好多回，终究还是没能说出口。

当两人酒足饭饱后，便曲终人散。

沧雪叫来了侍女，收拾完残羹冷炙，让苏渐睡在隔壁的卧房中，然后她便独自离去。

醉饮下山去，山月随人归。

归去时，那月影婆娑，染明了层层云翳，弥漫了穹顶，漫天的云月之影，似掌纹，似涟漪，似潮水。

苏渐凭窗而望，目送着月下那一抹落寞而去的倩影。

他看着她渐渐远去，最后消失在茫茫的暮雾里。

忽然间，他的心中五味杂陈，失落、惆怅、孤独、怜惜，混杂在一起，难以言喻。

对沧雪的心思，他是明白的。

他也希望自己刚才能顺水推舟，能在来冰龙国的第一日，完成那些大人物交代的任务。

他们说，退而求其次，只要他能跟沧雪亲上嘴，也是大家能够接受的结果……

只可惜，知易行难，事到临头，他才知道，他不能。

他这时，也在心里痛恨自己。

“怎么回事？以前奉旨放火怎么就得心应手？现在换成了奉旨勾引，怎么就死活下不了手？

“唉，自己以前不该看那么多圣贤之书的啊。”

自责几回，怅望良久，最后他也就回屋休息了。

这一晚，苏渐在高山之巅的如水月华中，满怀心事地睡去……

正是：

满腹幽思自萧萧，怅对空山夜正遥。

四壁苍松霜著色，一天明水月生潮。

歌传雪谷声豪宕，酒泛星河影动摇。

醉里似闻猿鹤语，百年龙境度今朝。

在接下来的几天里，苏渐意外地发现，当日如此情浓的冰龙巫女，对他的态度，开始变得若即若离。

对此，苏渐并不意外。如果换了他被这么对待，即使原先满腔的情思，也会变得冷淡。

沧雪不来找麻烦，苏渐倒也乐得轻松。他开始把全部的精力放在说服厄古烈身上。

只可惜，这位冰龙王大人，表现得甚至比他的侄女还要冷淡，无论苏渐如何巧舌如簧，他依旧不动声色。

见得如此，苏渐很是惶恐不安。

要知道，自己一族，现在手里的筹码已经很少，冰龙国的反叛之意，正是意外得来的救命稻草。

这根救命稻草如果能抓住，人族可能还有救；如果抓不住，人族灭国灭族的灾难，就在眼前！

当然，虽然心急，苏渐对厄古烈的表现倒也理解。毕竟现在厄古烈所承受的压力，一点都不比人族王国少。

兵危战凶，这种事没有退路。一旦决定竖起大旗，冰龙国毫无疑问会遭到撒菩勒伯强有力的征讨。

到那时，就不是厄古烈一人是否身败名裂，而是关乎整个冰龙族亡国与否。

只是“关心则乱”，苏渐虽然明白这个道理，但面对厄古烈的冷淡，他还是急得如同热锅上的蚂蚁。

这时他的内心，倒有些后悔。

他后悔，自己来的头一天，没有对沧雪的柔情蜜意来个顺水推舟；如果那样的话，虽然良心不安，但也许事情就成了。

当然，这也就是想想。

苏渐知道即使自己对沧雪半推半就，事情也不会是那样。通过这几天的接触，苏渐已经知道，冰龙王者厄古烈，绝非一个言辞可动之人。

察觉到这一点，苏渐心中的无力感更加强烈。

他这时候觉得，还不如派给自己一个出生入死的刺杀任务，总好过现在半死不活地吊着；那种刺杀任务，明知不可为还可以拼命一试，不成功便成仁，大不了送命而已。

但现在这样的说客任务，眼看很可能完不成，但只要对方没有明确地表态，连走都走不成。

如此郁闷之际，苏渐倒也没闲着。

被安排在山巅木屋，倒是方便他演练功法。

这些天没事时，他要么在悬崖边凝神打坐，面对千山万壑，回想学院所授的各种灵术法技；要么是应和着风吹山林的沙沙节奏，舞动血歌剑，保持对剑术的熟练程度。

他这样做的时候，沧雪有好几次都在暗中窥视。

见他煞有介事地修炼、舞剑，沧雪便忍不住在暗中发笑。

她心说，苏渐如此低劣的武技，还练来练去，简直可笑；若遇到自己，自己只需要发挥出两成功力，就叫他反抗不了。

“反抗不了？”想到这里时，沧雪忽然一愣，然后便红着脸，转身悄悄跑掉。

就在苏渐无聊地练功打坐到第五天时，负责他饮食起居的兰雅侍女说起一件事。

“苏大人，”清丽的冰龙侍女跟苏渐乖巧地说道，“您知道吗？巫龙执政官狂禅大人，押运火冥二系晶石，正路过我们冰龙国，今天特地来王庭拜访我家沧雪大人呢。”

“是吗？”苏渐心中一动，笑道，“据我所知，军情紧急，他还来王庭拜会沧雪，莫非是他对沧雪有意？”

随口笑问间，苏渐心中却在紧张地思索，思索这条军情信息，对人族是否重要。

还没想出个头绪，便听得兰雅掩口惊叫道：“你怎么知道的？执政官大人，就是对我家大人有意啊！”

“什么？”苏渐一愣，忙问道，“难道这是真的？”

“当然是真的。”兰雅骄傲地说道，“我家主人，是圣龙帝国中除月歌公主之外，最美丽的女人；月歌公主她……反正她现在也不在了，那沧雪大人就是最美丽的龙族女人了。

“所以执政官大人爱慕她，不是很自然的吗？我还听说呢，狂禅大人一直只娶侍妾、不娶正妻，就是要把正妻之位，留给咱家沧雪大人呢。”

说到这里，兰雅眼中仿佛冒出了小星星，捂着胸口，十分憧憬地说道：“哎，就不指望狂禅大人那样的大英雄了，只要哪天有人，像他对待我家主人那样待我，我就立即嫁他了！”

“一定会有的。”苏渐随口道，“兰雅，你这么漂亮，又贴心，又懂事，想要有个人对你死心塌地，还不简单嘛。”

“嘻，苏大人就会说话，谢谢你。”兰雅开心地谢道。

感谢之时，兰雅心里却也在想：“哎，其实这位苏大人的品貌，也真是不错的，兰雅看着挺动心的呢。要是嫁给他，那些小姐妹们肯定也会羡慕的。

“不过呢，就是他的武力差点劲啊，看样子比我都差远了。不过也不要紧，真到那时候，我会保护他的。

“唉，可是，这些都不是问题，最可惜的是，他怎么是人族呢？他这样子，真不该属于那个卑微弱小的种族啊，如果是龙族该多好啊……”

胡思乱想到这里，兰雅忽然心中一动，猛然吃惊地想到：“哎呀，不好！我家主人竟好像对这人族男子出奇地好，难道、难道……她也和兰雅一样，动了想嫁他的心思吗？！

“哎呀呀！这可不妙，大大的不妙！如果那样，就要出大乱子了！那时她可能会……嗨，我担心这个干吗呢。连我都因为他是人族，不可能嫁给他，最多也就是想想，沧雪大人就更不可能了。

“嗯，就是这样。以我家大人的容貌和本事，放眼整个圣龙帝国，什么样的好男子不随她挑呢？眼前就有一个大英雄执政官，上赶着要娶她呢，她怎么可能动心思嫁给一个人族男子呢？想也不会想吧！”

想到这里，小侍女好似心有余悸，满脸含笑地拍了拍胸脯，仿佛庆祝逃过一劫、转危为安。

见她如此，苏渐只觉得莫名其妙。他心道：“咦，这龙族侍女，怎么神神叨叨的？莫非精神不太正常？哎，不管了，大事要紧。狂禅要来啊，嘿嘿，说不定眼前的困局，正要从他身上打开呢……”

和兰雅以为的不一样，别看刚才苏渐惊讶相问，但其实他对狂禅与沧雪之间的关系，早就知道得一清二楚。

那回在魔语海渊，沧雪就曾把自己烦恼的心事向他诉说，让苏渐知道了，原来那位撒菩勒伯的亲信，居然一直对沧雪怀觊觎之心，纠缠不清。

苏渐毕竟是天宸阁勇士，又常年在玄武卫中做事；当他知道了敌对种族中，如此重要的两个人物间，竟有这么个动向，他怎么会不仔细调查清楚？

所以，后来一番调查，他对狂禅和沧雪之间的感情纠葛，甚至比这位沧雪的贴身侍女兰雅，了解得还要清楚。

于是，当他从兰雅口中听得狂禅要拜访沧雪之后，脑筋立即全力开动起来，想着能不能从这件事上，打开一个突破口。

凭着直觉，虽然现在苏渐还不知道自己能干什么，但他还是央求兰雅，想办法让他混在侍卫中，也去参加王庭中招待狂禅的酒宴。

对他这样的请求，兰雅直觉着很奇怪；但经不住苏渐的再三央求，特别是她想着，就算这个人想动什么歪心思，别说现场有冰龙王大人和沧雪大人在场，就是她自己一个人，也完全能轻而易举地制服他。

第一百三十六章

狂妄狂禅

从这一点可见，“近朱者赤，近墨者黑”，这位兰雅小侍女，也和她家主人一样，单纯而善良。

兰雅想着根本不会有什么后果，便一番安排，让苏渐穿戴着冰龙族侍卫的装束，混在负责酒宴保卫工作的王庭侍卫中。

不知道是不是冰龙国的传统如此，很快苏渐便发现，就和沧雪在山顶木屋那样奇怪的地方招待他一样，冰龙王招待狂禅的酒宴，也并不摆在王宫之中。

接风酒宴的地点，是在冰龙王宫前那片广场上。

在那里，王庭侍卫们临时扎起了一座巨大的金顶帐篷，丰盛的酒宴就摆在帐篷之中，准备今晚为来访的狂禅大开宴席，接风洗尘。

若光看这种厚此薄彼的接待规格，苏渐便会对此行的使命，彻底失去信心。

幸好苏渐知道一个道理，那便是“如欲取之，必先予之”，很多事情，往往和表面看到的相反。

当然了，这也很可能只是他一厢情愿，他尽量把事情往好里想，自己安慰自己；但不管如何，也正是这种乐观豁达不服输的性格，让苏渐在眼前如此困顿蹩脚的情况下，还有心情折腾混入酒席大帐中，看看事情会不会有什么转机。

金顶大帐中的酒宴，规模比苏渐的接风宴，真的不知要热烈盛大多少倍。

作为撒菩勒伯的亲信，狂禅此时在龙国之中，可谓炙手可热，说真的，还不是谁想请他就能请他的。

就拿眼前来说，如果他真从公事公办的角度出发，是不该接受厄古烈的宴请的，因为他的主子巫龙王大人，正在暗中施行削弱吞并冰龙国的计策。

但谁叫"英雄难过美人关"呢？为了一直朝思暮想的美人儿，每次狂禅路过冰龙国时，便胡思乱想，心痒难熬。

今天他实在忍不住，特地正式拜访了冰龙王庭。

入席之后，虽然嘴上跟冰龙王客套地说着场面话，但狂禅的目光和心思，却全都在那个冰雪女神一样的天才龙巫女身上。

只可惜，面对他炽热的目光，沧雪却只作不知，不仅面若冰霜，目光更是看向别处。

见她如此，狂禅也没办法，只得把目光收回来，喝了一大口酒，然后转向厄古烈道："冰龙王大人，那'血祭大阵'，真个非同小可，贵国必须全力协助，保证援军通道的顺畅。"

"是，是！"厄古烈赔着笑，亲自给狂禅再次斟满一杯酒，极为谦恭地说道，"狂禅大人，摄政王殿下的宏图伟略，我等自然要全力支持的。只是，我冰龙国地处荒僻，军民谋生艰难，还望狂禅大人能在摄政王大人面前，美言一二。"

"怎么？"狂禅猛饮一口酒，斜着眼看着厄古烈道，"莫非冰龙王大人，不希望大军从冰龙国境通过？"

"倒也不是。"厄古烈忙道，"只是希望摄政王大人能在我冰龙国境之外，更辟其他通路，比如南方的兽龙、岩龙二国，地形也颇有利。"

听厄古烈如此说，深知撒菩勒伯用心的狂禅，有心当场拒绝，但这时他的目光一瞥沧雪，便心里一动。

于是他稍作沉吟，故意摆出一副为难的姿态，对厄古烈道："此事……真的很难。您也知道，要通往天雪城血祭大阵，冰龙国境实在是最便捷的通道。

"不过呢，我狂禅一向敬重冰龙王大人，这件事虽然很难，但狂禅跟随摄政王大人多年，要豁出去一试，也未必不能成。"

"那太好了！"厄古烈又惊又喜，忙又殷勤地亲自给狂禅斟满酒，极尽卑颜道，"若狂禅大人真能说成此事，我冰龙国全体族民，都会感念狂禅大人的恩情！到时候……我冰龙国虽然穷困疲敝，但历年来也颇藏些金银珍宝，到时候一定献于大人，以壮大人行色！"

"金银珍宝就不必了。"狂禅毫不客气地一摆手道，"厄古烈，也不瞒你说，我狂禅对冰龙国其他毫无所求，但恳请你成全我一件事就行。"

一听此言，厄古烈心里咯噔一下，暗道不好。

其实狂禅的心思，厄古烈怎么会不知道？这位龙魔混血的巫龙执政官，早就对自己的侄女垂涎三尺。

本来呢，就算冰龙国和巫龙国交恶，如果沧雪真愿意委身狂禅，他厄古烈也绝不会干涉。

但现在问题不在他，而在于沧雪这小丫头。厄古烈也不知道她中了什么邪，竟对狂禅这位龙族公认的豪雄，不屑一顾。

如果沧雪只是一个普通的龙族丫头也就罢了，就算她不愿意也没关系，他厄古烈一句话下来，还敢不嫁？

但，谁让她是"沧雪"呢？

就在圣龙帝国中的地位而言，对这位法力深不可测的天才侄女，就连厄古烈这样的冰龙之王，也要退让三分的。

所以，听得狂禅的话头，厄古烈心情就变得很郁闷。

不过他伪作不知，仍笑着问道："不知狂禅大人，要我成全什么事？放心放心，只要我厄古烈能做得到，保证满足您的要求。"

"那就好！"狂禅叫了一声，便一指旁边的沧雪，大声说道，"我要娶她为妻！"

"啊？你要娶她啊？"厄古烈心里叫苦，却装糊涂道，"狂禅大人，您果然好眼光！这位兰雅姑娘，虽然身份不显贵，但模样真不错，武力也高强，正配得上您！哎，狂禅大人果然慧眼识红颜啊！"

"呃？厄古烈，你喝多了吗？"狂禅毫不客气地叫道，"你看错了！我想娶的，是你的侄女，沧雪！可不是那什么小侍女，她这脸小胸平的，还不够我一掌揉碎呢！”

听他说出这等浑话，厄古烈顿时不悦。

别看刚才他极尽卑颜，那只不过是为了冰龙一族全体族民的生存，暂时忍辱负重而已；可别忘了，冰龙之王厄古烈，可是当今和撒菩勒伯齐名的豪杰！

所以，见狂禅如此肆无忌惮，借酒撒疯，浑不把他这个冰龙王放在眼里，厄古烈已是怒火中烧。

不过即使如此惊怒，他也压着火气，继续笑脸相迎道：“狂禅大人，原来你中意沧雪啊。沧雪，来，你说个话，对狂禅大人这番话，你怎么看？”

“哦？”听得叔叔之言，一直闷声不说话的冰雪法神，便抬起头，冷冷地看向狂禅。

“他啊，”沧雪随便看了两眼，便冷冷说道，“对不起，我没兴趣，不嫁。”

“什么？！”一直睥睨天下的桀骜龙魔，一听此言，勃然大怒！

但他还压抑着火气，又转向厄古烈道：“厄古烈，这是什么意思？本执政官没太听明白。不过没关系，只要你答应一声，想必沧雪她也不会有异议。”

“对不起，”厄古烈摆出一副无奈的样子，苦着脸道，“您不知道，我这侄女，自幼就被宠坏了，什么事都是她自己做主，何况她的终身大事。

“所以狂禅大人啊，如果您真对沧雪有意，还是要取得她自己的同意。”

“沧雪，”厄古烈又转头看向自己的侄女，问道，“狂禅大人对你也是一番美意，你再好好想想，答不答应？”

“不答应！”几乎没有任何停顿，沧雪再次冷声拒绝。

“唉，没办法，”厄古烈冲着狂禅一摊手，无奈道，“你也看到了，她不愿意。那要不，你再考虑考虑兰雅？这孩子真的还不错的。”

“住口！”狂禅猛吼一声，冰火双目如喷红蓝之焰，死死瞪着厄古烈。

话说到这分上，狂禅基本也就撕破了脸面。

如果放在以前，他还可能压抑火气，但眼下这时局，他的主子摄政王大人，借着血祭大阵攻略人魔二族，正权势熏天，一时无两，他也跟着水涨船高。因此，现在的他除了撒菩勒伯，谁也不放在眼里。

再加上被厄古烈奉为上宾，狂禅正意气风发，本就有心理优势；刚才肆无忌惮地猛喝了一通酒后，现在酒劲儿泛上来了，火气和酒气混杂在一起，顿时怒火冲天，加上心理优势，便再也控制不了自己的情绪。

“哼！不知好歹的女人！”这时狂禅心中暴怒地想道，“本来我还想虚言哄骗冰龙王，让他以为我会替他美言，先将他侄女哄到手；没想到，你们竟然这么不给面子，当场就拒绝我！”

真正的大人物，自有其城府和气度，哪怕气急，也不会轻易表露。

而狂禅根本不算这样的大人物。虽然位高权重，但说到底也就是撒菩勒伯豢养的一条咬人的狗而已。

否则，以他龙魔混血的出身，在最重血统的圣龙帝国中，如何可能成为一国执政官？

撒菩勒伯正是要用这种别人难以给予的殊荣，让这个生性阴狠暴虐的龙魔，死心塌地地当他的打手。毕竟离了撒菩勒伯，狂禅这样的龙魔混血者，在圣龙帝国中根本没有立足之地。

用句通俗的话来说，就是狂禅的素质，真的非常差！

正因为这样，现在在这金顶大帐中，虽然是他先撩拨和挑衅别人，别人只不过实话拒绝而已，他却觉得受到了天大的侮辱。

已然觉得受到天大侮辱，再加上他长期以来，确实对沧雪爱慕入骨，长年累月下来，简直已经变态扭曲。现在一经释放，后果很难控制。

于是，在怒火和酒意的双重作用下，狂禅先是睁大了龙魔冰火双眼，狠狠地瞪着厄古烈。

见他目光凶狠，如喷怒火，厄古烈便要出言缓和；没想到就在这时，狂禅却做出了一个任何人都没想到的动作：

他猛然蹿起，庞大的身躯飞速掠过桌案酒席，竟是直扑沧雪！

狂禅发难，变起突然，任谁都没反应过来！

这时金顶大帐中也不乏冰龙族的高手，但任谁都觉得双方即使谈不拢，最多唇枪舌剑，狂禅怎么可能在冰龙国的心脏地盘忽然动手？

可以说，所有人都这么想，包括沧雪。

这就坏了。

沧雪哪怕再是身怀绝顶法技，面对扑过来的狂禅，也没有做出任何反应。

而作为撒菩勒伯座前第一打手，狂禅人品素质不怎么样，但一身武力非同小可，再加上突然发难，他毫无悬念地得手了——那个有着仙姿神貌的天才巫女，已经被狂禅抱在了怀里！

得手后，狂禅的身形来了个极其诡异生硬的转折，紧接着便听得一阵“丁零咣啷”碎裂声大作，众人再看时，狂禅已挟持着沧雪，冲翻了酒席，径直朝金顶大帐外急速掠去！

变起突然，再加上狂禅速度极快，众人完全反应不过来。

对冰龙族人来说反应不过来，但从狂禅的角度，他做出这一连串之事，却十分有余暇，甚至，在他飞身朝帐外冲去时，他还有暇伸手一撕，在一声清冽的碎帛声中，沧雪胸前的裙衫竟是被当众撕开了！

所幸沧雪为了赴宴，装束十分整齐，这才没在被撕开外衣的情况下春光泄露。

当然这时候春光泄不泄露已经不重要了；重要的是沧雪竟然在众目睽睽之下，就要被掳出大帐之外！

还别说，狂禅这举动，虽是临时起意，但未必就不能成功。

要知道他来冰龙国赴宴，显然也是戒心重重，现在在金顶大帐外，就有他的十来名精锐亲卫，并且各牵迅疾坐骑。

若真让他冲出帐外，和自己人接上头，然后骑上追风坐骑，一路冲杀飞遁而去，说不定还真能让他就此抢掠了沧雪而去。

先把沧雪个人名节和终身幸福放在一边不说，要真让狂禅得逞，那就真是整个冰龙族的奇耻大辱！从此，他们要怎么在龙族之林中抬头立足？

事实上，实情比冰龙族人想象的更糟糕。

快蹿出帐外的巫龙执政官，软玉温香在抱，已经狂性大发。

他心想着，只要自己冲出去，便找个僻静处，将这女子强暴了，来个生米煮成熟饭，那朝思暮想的冰龙女神，就是他狂禅的了！

在众人的惊呼中，狂禅已经抱着沧雪，就差三四尺的距离，便要冲出大帐了。

就在这时，却只听得“轰”的一声闷响，一支矛形烈焰，带着凄厉的啸音，划空而过，直扑狂禅后背！

火质无形，能在划空而过时发出啸音，足见其不仅速度极快，其本身也绝不是一般火焰，当时帐中反应快的人，已经看到它竟呈金蓝交织之色。

既快又烈，当这样炫烈无比的真焰之矛横空而来时，狂禅即使觉出不对，想要闪身躲避，也根本来不及，被烈焰之矛轰个正着！

“啊呀！”狂禅一声惨叫，身子往前一扑，便要被烈焰之矛撞翻在地。

正要扑地，狂禅却又见眼前红光闪耀，睁眼一看，却见是一条灿烂无比的火焰之蛇，从眼前地上吞吐而起，那阴险而灿耀的蛇目，正直勾勾地盯着自己。

“妈呀！”狂禅猛吓了一跳，心中暗叫一声不好，急忙施展出吃奶的力气，硬生生往后一扳，竟是在如此惊险绝伦的情形下，将本要扑地的巨大身形，硬生生地立直。

这样一来，也让沧雪逃过一劫；否则狂禅往前扑倒，势必拿她做肉垫，那庞大身躯真压上来，后果很难想象。

沧雪受益，狂禅却倒了霉；本来他能通过前扑的动作，顺势消掉背后攻来的烈焰之矛的冲击力，结果他为了躲避眼前的火蛇，堪堪后仰，这冲击力便再也不能消弭。

而这时，虽然火矛之形已散，但冲击力丝毫不减；狂禅往后直身而起时，正将那火矛之力受个结实。

霎时间，只见武力强大的巫龙执政官，竟是“哇”的一声吐出一大口血来！

见自己吐血，狂禅又惊又怒；在他被火焰法术前后攻击，还没反应过来时，刚才被他强抱在怀中的沧雪，已然反应过来了。

一旦反应过来，沧雪一身功法发动，端的非同小可。

刚才狂禅只觉得软玉温香在怀，这时却如同怀抱一个冰窖，让他刹那间只觉得浑身的血都发冷。

与此同时，变得冰冷无比的巫女，如同冰湖灵蛇，灵活无比地从他怀中游走，转眼便已在数步之外。

到这时，吐了一口血的狂禅，酒意稍退，终于意识到，沧雪已经从他的怀抱中逃走了。

这一下，狂禅所受的惊吓，简直比刚才前有火蛇、后有焰矛，还要惊恐十倍！

这时他根本不用想太多，脑子里只有两个字："快逃！"

于是他根本不顾及自己现在身形不稳，便使出了所有压箱底的功法绝学，往前猛地一蹿，用一种违反物理规律的诡异姿态，往大帐外直接平移飞蹿。

能身为巫龙之王座下第一猛士，狂禅一身功法非同小可。此刻他的逃窜，让所有目睹之人觉得他如同鬼魅，甚至开始怀疑自己的眼睛。

当狂禅好不容易蹿出大帐外时，只觉得背后一阵剧痛，紧接着一种奇异诡秘的冰冷感，瞬间蔓延了整个身躯，和刚才的烈焰灼燎形成鲜明对比——

但这种阴冷沉溺的感觉，让人更觉得可怖诡异！

"快！快护我走！"一蹿出大帐，狂禅便哆嗦着青紫的嘴唇，对自己的亲兵卫士们狂呼。

"哎呀！怎么回事?"一见他如此狼狈地蹿出，众巫龙卫兵十分惊讶。

当然这时候根本来不及细问，他们连忙手忙脚乱地向前，将狂禅架上坐骑，一起扬鞭狂奔，护卫着他朝王庭外飞逃而去。

这时候，没命逃窜的巫龙执政官，不仅整个人冷得哆哆嗦嗦，他的眉毛、头发还有战袍上，全都开始凝结一层白色的冰霜；而这时候他战衣的后背部位，却还有红亮的火苗在燃烧，让这位巫龙执政官的样子，不仅狼狈可笑，还显得十分诡秘。

本来在冰龙王国最心脏的地带，想逃出去势必难于登天；但冰与火交织的巫龙执政官，手中却还有一件神器：暴风之戒。

于是骑上坐骑之后，狂禅立即挥手作法，掀起强大的风暴，暂时阻止了追兵。

当狂禅逃到自己临时驻扎的军营中时,那股子醉意已经被自己一路掀起的风暴,吹得十分清醒。

这一清醒,狂禅又怒又悔。

对冰龙国的实力,他很清楚。

他更清楚,这回自己只是押运物资路过而已,兵力不足就不说了,这次押运之物,还是对血祭大阵极为重要的火、冥二系晶石,不能有丝毫差池。

所以,哪怕狂禅现在心中已是怒火万丈,却也不敢作丝毫逗留,只得连夜逃跑。

狂禅果然不愧为力量不凡的龙魔混血者,在冰龙国军民还没反应过来时,便已经逃之夭夭,追之弗及。

再说冰昆王庭。

当狂禅逃出帐外后,此间的主人却没有任何动作。

成名已久的冰龙王,仿佛没看到眼前发生的一切,面沉似水,坐在原地,一动不动。

见他如此,沧雪纵有满心的委屈和愤怒,一时也静默无语。

他们两人都这样,其他作陪的冰龙族人,一时更不敢有任何响动。

于是,刚才还人仰马翻、冰飞火舞的金顶大帐中,这时竟陷入一种诡异的沉默和平静。

静谧了良久,方才由冰龙王打破了沉默。

刚才还脸色铁青的厄古烈,这时开口,已神色如常。

只听他淡然说道:"苏将军,刚才谢谢你。来,请上座。"

说着话,他看也不看,便手一指,示意某人来坐刚才狂禅所坐的上宾之位。

"怎么回事?"眼见冰龙王这举动,大帐中其他冰龙族长老高官,全都面面相觑,不明所以。

"多谢大王!"正当众人面面相觑时,却听得从大帐角落的王庭侍卫人群中,有人朗声道谢一声,然后便昂然出列,径直往上座而去。

“咦？怎么是个侍卫？”冰龙族高官们一看此人装束是个侍卫，正要喝止，不过仔细一看，却见有些眼生；这些也都是明智无比之人，这时他们再想想刚才发生的一切，顿时闭嘴，静观其变。

当一身侍卫装束的苏渐入座之时，自然有许多冰龙侍从往来奔走，将刚才被狂禅掀翻的桌椅盘碟重新收拾好，又换上了新的桌椅和饭菜。

“苏将军，刚才谢谢你。”待苏渐入座，冰龙王厄古烈举起一杯酒，向他举杯示意，然后一饮而尽。

见他如此，苏渐也不客气，举起面前案上酒杯，也是一饮而尽。

见二人如此表现，其他冰龙族人，似乎有点明白了什么。

这时，刚才还冷若冰霜的沧雪，也款款走近苏渐；她的手中，正举着一只琉璃酒杯，走到苏渐近前时，她也举杯说道：“刚才，谢谢你。”说罢，一扬脖，露出颀长白皙的脖颈，将杯中之酒一饮而尽。

“没事。”苏渐看着少女，含笑又饮一杯酒。

看到这里，之前还有些莫名其妙的人，就有些明白了。

“原来，刚才是这什么‘苏将军’，紧急中打出那两道火焰攻击，才解了沧雪大人的燃眉之急。

“不过也奇怪了，这人只不过是个侍卫，厄古烈大人如何叫他‘将军’？还是说，准备提拔他当将军？

“嗯，一定是这样！

“其实不管他是不是救了沧雪，他紧急间这两手法术，就说明其经验和法力都非同小可，当个将军也是很正常的，只是以前埋没了。

“不过，这个倒好想通，但还有件事，却是真的奇怪了——咱们的沧雪巫女大人，从来醉心法术，对男子不假辞色，甚至有人传出她对男人根本不感兴趣，怎么刚才跟这位男侍卫说话的语气，这么温柔啊？简直、简直太温柔了！

“哎呀，这比今天狂禅那厮发狂抢人，要不可思议多了！”

正当这些冰龙国的位高权重者胡思乱想时，却听得厄古烈清咳一声，郑重说道：“诸位，我来介绍一下，这位就是——”

说到这里，厄古烈用威严无比的目光扫视了众人一圈，然后才慢慢说道："这位，就是人族派来的使者，苏渐苏将军。"

这句用词十分朴实的话语，一经说出，整座金顶大帐中，便是一片死寂。

片刻之后，整座大帐都好像噼里啪啦炸响起来！

"人族！是人族！"

当苏渐回到苍玉山顶木屋时，整个脑袋里都充斥着刚才宴席中的纷乱嘈杂。

一个人族少年的到来，还被奉为上宾，即使救了冰龙国的天之骄女，也仍然让很多冰龙国高官将领很难接受。

不过这并不是让苏渐最头疼的。

当他趁着酒席间隙，跟冰龙之王厄古烈说"当断不断，必受其乱，现在和政敌实权派结下这么大的梁子，要是再不下决心，恐怕就晚了"时，厄古烈还是迟疑了。

苏渐的进言，并非什么特别难以理解的高明看法；这个道理，很多人都懂，更别说冰龙王了。

别看他之前想了很多反叛之事，甚至跟族中长老重臣们都沟通过了，但事到临头，真正要做决定时，冰龙王才觉得，以前看起来顺理成章的"反叛"之事，还是显得十分不可思议。

毕竟，别说占领神州的这二百多年了，就算再早之前，跟魔界掀起那场滔天大战时，哪怕最是艰难困苦的时刻，都没有核心的上龙之国反叛圣龙帝国。

感觉到厄古烈的退缩和迟疑，苏渐十分无奈。

这会儿，无论是他，还是背后的人族母国，都处于极为弱势的一方；现在苏渐出使冰龙国，虽然已经使出浑身解数，但说到底，也只是自己的种族看到了一丝机会，便赶紧让自己来投机而已。

本质上，他根本没有任何议价的能力。

面对这种情况，苏渐感到非常苦恼。

他这些年一路走来，无论遇到多么强大的敌人，无论碰到多么难解的困难，始终还可以通过自己的努力，尽量解决；但眼下的情况，却让他心中，升起了一种深深的无力感。

愁闷之时，他在苍玉山顶的木屋中休整了一阵，便推门走出房去，在一块悬崖边的石头上坐下来，看着远处的群山解闷。

这时候天色向晚。白天炽烈无比的太阳，已经变成了一个光辉柔和的圆球。

虽然日光之色，依旧金红相间，但已经能让人直视；看着慢慢西坠的日头，苏渐的内心，也感受到一丝温暖。

高山之巅，天风涤荡，向晚之时，更觉寒凉。

不过这样的冷风，对于苏渐这位星流武士而言，根本不会有任何的寒意。

正当苏渐闲看红日、呆呆出神之际，猛然觉得身后纵横的天风中，袭来一缕极为尖锐的劲风！

“不好！”苏渐惊呼一声，顿时身体前扑，以超乎想象的速度，躲过了身后的偷袭；刚才他还姿态悠闲，这会儿却扑了个嘴啃泥，狼狈无比。

“莫非是狂禅报复？”这是苏渐的第一反应。

他还没来得及细想，便感觉到脑后又是一缕劲风袭来！

这一下，他心中大骇，因为刚才自己坐在高山悬崖边，前面的空地很少；刚才躲避第一次偷袭时，已经占用了大部分空地，现在要再往前躲闪，根本没有余地。

甚至如果自己稍微用力猛点，身后的兵刃倒是躲过了，自己也就轰然坠下悬崖去。

虽说，他有星流术能够保命，但这苍玉山实在太高，谁知道下面是什么地形？

万一掉下来才一点距离，自己的千羽幻光翼还没来得及发动便已经被乱石枯枝扎死，那岂不是倒了大霉？

“完了！”苏渐心中惊呼，“出师未捷身先死，说的就是我啊！”

只听得“当”一声清脆的金铁交鸣，苏渐整个人都吓得一震。

他这时候根本来不及感知自己有没有受伤，听得这声金铁交鸣，他本能地往斜后方一翻滚，心说不管怎么样，拼得受伤，也要先从眼前的险地闪开去。

就在这时，苏渐听到一个熟悉的声音，正在愤怒地喊叫："霜甲，你干什么?!"

"我、我杀这个人族奸贼……"另一个青年男子的声音，有些怯怯地响起。

"沧雪!"苏渐一下子就听出来，那个愤怒质问的声音，正是老熟人沧雪。

这一下他如同抓住了救命稻草，心神顿时安定，赶忙翻身而起，看见夕阳的红光中，两位冰龙族男女正在紧张对峙。

沧雪自不用说了，这时苏渐看清，刚才偷袭自己的，正是一位冰龙族的青年男子。

"他就是'霜甲'?"苏渐想起刚才沧雪的话，心有余悸地打量了两眼霜甲。

苏渐第一眼，当然是看那把刚才差点要了自己小命的凶器。

霜甲手中提着的，是一柄长柄弯刃大斧；那斧头，好似一弯明月，晶莹雪白，仿佛雪玉铸成，锋刃却呈乌青之色，看似并不锋利，但苏渐很有经验，一眼看出这样的斧刃，锋锐得能吹毛断发。

一柄玉斧，要做得锋利，并不容易；这样的奇异锋利玉斧，正是冰龙族世代相传的神兵之一，"苍月白玉斧"。

霜甲其人，身姿高挑，面目明俊，并和大部分冰龙族人一样，眉毛发丝全是冰霜之色，肤色也十分白皙，整个人仿佛传说中的雪山天神，气度极为出尘。

这位霜甲，并不是一般龙族人；用人族的话来说，他属于冰龙国中的世家大族。

即使不谈家族背景，他本人也极为优秀，年纪轻轻，便封号"腾云将军"，麾下五千腾云军，和另一位"追风将军"晶白齐名。

霜甲有如此家世，又有如此事业，还容貌出众，自然是许多冰龙族女子的梦中情郎。

只可惜，她们梦中情郎的心里，自始至终只有一人。

这不,现在霜甲那张英俊出尘的脸,正充满了憋屈和愤怒。

“沧雪,你为什么护着他?”沉默片刻后,霜甲终于忍不住,仿佛爆发般大叫道,“难道你不知道,他是低劣的人族,现在花言巧语,想来骗你?”

说到这里,霜甲极为痛苦:“沧雪,我听到那些流言了。本来一直不敢相信是真的,可是、可是你刚才这么维护他,难道你真的和他有私情?别忘了,和你青梅竹马的,是我啊!”

“咦?”听他这一番感情充沛的话,沧雪却有些愣然。

“霜甲,你说什么呢?”她奇怪地问道,“我和你青梅竹马?我怎么不记得了。对,虽然我俩年龄差不多,从小也认识,却和什么人族说的‘青梅竹马’搭不上边啊。”

“啊!沧雪,你竟然这么说!”霜甲一脸悲愤,攥紧拳头大叫道,“那是因为你醉心法术,没注意到吧!”

“哈?”旁听着二人对话的苏渐,闻听此言,不由得心里乐道,“原来这个霜甲,说什么‘青梅竹马’,结果对这位只顾醉心法术武技的天才冰龙巫女而言,只是他单方面的青梅竹马啊。”

想到这里,他不由脑补出无数霜甲一厢情愿、自娱自乐地和沧雪“交往”的场景。

不过想到这些,苏渐倒也一愣,心想道:“原来,我中原人族‘青梅竹马’的说法,也被他们龙族采用了啊。”

正当他浮想联翩之际,只见沧雪冲着青年龙族将军不高兴道:“霜甲,你说什么呢?要真是从小爱恋,我怎么可能不知道?不管怎么说,你为我做的事情,都没有苏渐为我做的多!”

“是啊,”苏渐在心里接茬道,“我都骗了你那么多次了,能不多吗?唉,我容易嘛,多费脑子啊。”

“沧雪!”霜甲痛心疾首地叫道,“你根本就不懂爱情!否则,你怎么可能觉得我们不是青梅竹马、从小爱恋呢?”

“我不懂爱情?”沧雪一愣,转过脸来看着苏渐,“苏渐,你觉得呢?”

“我俩是真心相爱的。”苏渐面不改色接茬道。

“啊?！你、你竟然这么说!”沧雪简直喜出望外，既惊喜，又羞涩。

当然这时她再次忘了，眼前这少年，可是一再骗自己，数年如一日，而自己每一次，都对他的话信以为真。

不管怎么说，苏渐这句“不要脸”的话，可把一直暗恋沧雪的霜甲给气坏了！

“不——”他仰天号叫，想吼些什么，却发现自己已经气得无语。

好不容易平静一点，他忽然灵机一动，对沧雪说道：“沧雪，你别忘了，他是个‘人’啊！人族如此孱弱，你若与他相恋，以后他怎么能保护你?”

本来说这话前，他觉得找到了一个劝说的新思路；但这句话说完，他意识到了自己的愚蠢：

强大如沧雪，不去毁灭别人就罢了，还需要人保护?

她这辈子，可以说，唯一一次需要保护的，就是今天中午狂禅发狂——

等等！不对啊，就算这一次，竟还是这个叫“苏渐”的人出手保护的啊！

一想到这件事，霜甲就觉得非常惭愧。

中午的宴席，他也在场，否则也不会看出沧雪对苏渐的一片情意，从而含愤来刺杀苏渐了。

只可惜，那时候巫龙执政官借酒发狂，挟持抢掠自己的心上人时，他霜甲竟然没能第一时间反应过来，反应甚至还没这个人族虫子快。

一想到这个，霜甲就无比地自责。

当然，霜甲却不知道，苏渐比他快，是有原因的。

本来苏渐就身份特殊，冒充冰龙侍卫，正是时时精神紧绷。不仅如此，他在二次人龙大战中，还曾和狂禅对战过。

所以，在中午那样喜庆的宴会场合，别人心情放松，他却把整副心思，都放在了狂禅身上。

第一百三十七章

弱肉强食

如果不是这样，当时金顶大帐中冰龙族强手如林，怎么可能轮到苏渐第一个反应过来？

当然，他赶在其他人之前及时出手，还有个重要因素便是，他苏渐，作为人族的使者，在冰龙国中人生地不熟，唯一的希望，就是沧雪。

这种情况下，他怎么能让人伤害她？更别说把她给抢跑了。

真发生那样的事的话，他还留在冰龙国做什么？根本什么希望都没有了，只能打道回府。

这时候，沧雪听了霜甲的“保护”之语，不屑一顾，甚至“扑哧”一下笑出声来。

她看着尴尬的霜甲，不屑地说道：“怎么？原来你觉得，我需要被人保护？”

不过，虽然嗤之以鼻，但沧雪这时候内心里，却希望自己一心所系的情郎，能够在霜甲面前，有个更完美的表现。

于是，她嘲笑完霜甲之后，也转向苏渐，柔声说道：“苏渐，他说你弱小，你就露一手给他看看，震震他。别担心，你行的！”

说此话时，沧雪的眼神中满是鼓励之情。

她想着，只要苏渐随便发个火球术，她就使劲叫好，反正她是整个圣龙帝国中公认的法术权威，对于法术，她说好就好，哪怕威力不强，还可以赞叹他技法巧妙嘛。

见她如此说，苏渐笑道："敢不从命。"

话音未落，却见苏渐身后，已然升起两只绚烂辉煌的朱雀羽翼，在渐显昏暗的暮色中招摇飞荡，显得极为灿烂美丽！

朱雀凤凰之形的巨大光之羽翼，本身金红流动的璀璨光纹，已经极为奇幻绚丽，更难得的是，因为苏渐此时的星流术，已经经过了天魔之气的暗中改造，于是绚丽耀眼的神鸟羽翼光辉里，还流动着天魔气带来的神秘幽紫纹路。

不说别的，光天魔紫纹这一样，就让战技精湛的霜甲一望便知，苏渐身后飞腾的光之羽翼，不只是外形好看，还蕴含着强大无比的能量。

当然，他根本不知道，苏渐的天魔之气，可是来自整个魔界的最强者，恶魔之王魅帝姒！

作为武学行家，霜甲还惊异的一件事便是，苏渐这样的光之羽翼，激发升腾的速度极快，几乎沧雪才提出要求，他答应的话语声音还未落，光之羽翼便已经飞腾在身后。

这其中蕴含的实战意义，霜甲可谓一清二楚，于是更增添了他的惊艳之情。

霜甲却不知道，因为刚才他的刺杀，苏渐亡羊补牢，刚才沧雪和霜甲一番对谈之时，他在旁边根本就没闲着，一直在暗中悄悄地运转星流灵力，于是恰好歪打正着，让他将"神焰朱雀"施展得格外快捷。

霜甲看得目瞪口呆之际，沧雪也十分惊讶。

当然她更多的还是喜悦和得意，便乜斜着问霜甲："怎么样，霜甲你看到了吧？我看中的男人，是最强的！"

听得此言，霜甲一脸悲愤。

他有心反驳，但一想到苏渐在今天的两件事中表现出来的奇快反应速度，还有眼前这一对幻丽神秘无比的神鸟之翼，他便无奈地退缩了。

但在灰溜溜地走之前，他还是不甘心，便苦口婆心地劝道："沧雪妹妹，婚嫁之事，极需慎重，你还要听听你父母的意见。虽然，二老现在隐居在龙渊列岛，但我相信，他们一定不希望你嫁给一个人族之人。"

"哦，我知道。"沧雪淡淡地答道。

“还有一事，”冷静下来的霜甲，头脑仿佛灵活了许多，又认真说道，“沧雪，相信我，我们真的打不过巫龙王的大军的，你不要被人蛊惑。”

“一定要打！”作为坚定的反叛派，沧雪面对这句话，毫不含糊地表态道，“打得过还是打不过，先打一场再说。不打，怎么知道？”

“沧雪！”霜甲有些急了，急声说道，“你法技最强，我服！但军政之事，你真的要相信我！我毕竟跟随厄古烈大人，征战过好几回。”

“是吗？”沧雪看着他，静默了片刻，也用一种极为认真的语气说道，“霜甲，有时候，正是旁观之人，才看得更清。”

“对！”一直旁观的苏渐，一听此言立即接道，“沧雪，你说得对，我就是最好的旁观者。我看得很清，你们这场仗真的很值得打！”

“你！”霜甲闻言，气得一跺脚，恶狠狠地瞪了苏渐一眼，便提着斧头走掉了。

再说狂禅。当他险险逃回天雪城时，越回想冰龙国之事，便越生气。

“厄古烈个老匹夫！”生性阴险残暴的狂禅，从来没像现在这样愤怒。

“奇耻大辱啊奇耻大辱！”巫龙执政官在心中给这次事件定了性。

如果在以往，狂禅绝不敢生任何公报私仇的念头；但这一次，他生了一夜闷气之后，第二天就去找了那位圣龙帝国的摄政王。

此时，他的摄政王大人，正在观星祭台下，引领着那些龙族术士，维系血祭大阵。

因为他们的“努力”，此时不仅诡异的红光直冲天际，而且本来只要晴天便天空湛蓝的天雪城，现在整个上空却整日凝结着昏黑阴暗的云霾，即使北风劲吹，也始终不散，如同冤魂一样。

作为撒菩勒伯的第一亲信，狂禅对这次觐见非常有把握。

他的判断确实十分准确，只是跟撒菩勒伯稍微一说，巫龙之王便立即同意了他的复仇计划。

甚至，撒菩勒伯比他走得更远。

狂禅只是想惩罚报复，撒菩勒伯却让他借此机会，直接杀死冰龙王厄古烈，征服整个冰龙国。

撒菩勒伯还许诺，只要狂禅将此事办成，不用说那个天才龙巫女是他的了，到时候他这个执政官的头衔，也要变一变，从巫龙执政官，变成巫龙冰龙二国的双料执政官。

听到撒菩勒伯的许诺，狂禅顿时大喜过望！

这时他的心情，有点像一位出去打猎的穷苦猎人，本来只是想打几只兔子野鸡充饥，没想到竟猎获了猛虎和肥鹿。

当然他也知道，有这样的结果，是因为自己的请求，正好符合了撒菩勒伯的战略布局。

同为龙国双雄，撒菩勒伯早就不能容忍冰龙王厄古烈的存在了。

厄古烈向来对他不服，即使撒菩勒伯现在彻底得到圣龙皇的信任，一人之下，万人之上，厄古烈却依旧我行我素，毫不买账。只要不认同，他便敢跟撒菩勒伯对着干。

本来撒菩勒伯就要借这个血祭大阵之事彻底解决冰龙国，现在狂禅在冰龙国中的遭遇，正好是一个难得的好借口。

于是撒菩勒伯便对狂禅耳提面命，筹划悍然发动对冰龙国的围剿和讨伐。

当撒菩勒伯跟狂禅交代完具体事宜，狂禅正要离去时，又被撒菩勒伯叫住。

“你，还记得一件事吧？”血祭大阵的血色光影中，巫龙之王淡淡说道。

“呃……记得。”狂禅愣了一下，有些无奈地道，“您的禁令，怎敢不记得？请放心，此去不管碰不碰得到苏渐，我都会牢记，不得杀死他。”

“记得就好。”撒菩勒伯那张隐藏在阴影中的脸，露出一抹诡秘的笑容，“不过，有一点，你却说错了。”

“什么？”狂禅一脸疑惑。

“你说，‘此去不管碰不碰得到苏渐’，这句话错了。”撒菩勒伯道。

“为什么？难道……”狂禅忽然好似想到点什么。

“对。”撒菩勒伯冷笑道，“苏渐，现在就在冰龙国中。如果没料错，他还被厄古烈那老儿，奉为座上宾。”

“啊?!”狂禅一惊，顿时叫道，“真可恶！这小混蛋，真是哪儿都有他啊！”

口中这么说时，狂禅忽然心里一动："哎呀！难道昨日我在冰昆王庭中，被打的那一记火灵法术，就是苏渐发出的？"

这么一想，他更是气不打一处来！

不过这事情，他没准备说出来，否则在摄政王大人面前，简直太丢人了。

"嗯。"这时他便听撒菩勒伯道，"可恶是可恶，不过狂禅你始终别忘了，不准杀死他。"

"是……"狂禅不情不愿地答应一声。

"你别不情愿。"撒菩勒伯仿佛看穿了他的心情，寒声说道，"狂禅，你始终要记得，惩罚一个人，杀死他，未必是最痛快的办法。

"比如这一回，他去冰龙国中，定是想替人族拉拢冰龙王，替他们解围。好！那你就去灭了冰龙国，让他死了这条心。你看看，这是不是更有趣啊？"

"哈？对、对！还是您英明！"狂禅一听此言，乐得差点笑出声来，便乐滋滋地拱手领命而去。

不过，虽然善解人意地附和主上，但龙魔混血的执政官内心里，还是没有真正地消除疑虑。

"真是很奇怪啊……"匆匆离去时，狂禅忍不住在心中想，"撒菩勒伯大人，怎么会对一个叛徒这么好？

"当年这苏渐，暴露出是人族潜伏者就不说了，竟然还在帝国都城搅风搅雨；就算这也不计较，最后他还胆大妄为，竟去勾引月歌公主！

"苏渐这厮，就算以当年我还是龙渊列岛龙魔巨寇时的标准，他也十足十是个恶棍流氓了。他在我国中所做的任何一件事，都已经不是一死能赎的了——但没想到，撒菩勒伯大人，竟如此仁慈，始终坚持告诫我等，不准伤了他的性命，这真是太奇怪了。"

想到这里，狂禅回头望望，看着自己已经脱离了撒菩勒伯的视线，便忍不住长叹一声，发愁地想道："唉，主上所做的任何事，都英明神武；只此一件，恐怕他会失策啊……"

不知道撒菩勒伯和狂禅有没有读过人族的史书，但他们这一回类似

“假途灭虢”的把戏，倒是玩得极为熟溜。

狂禅将这一次的大军讨伐，伪装成一次普通的运输队伍回程。

当然，这次队伍的人数，大大超出了一支辎重运输队伍该有的数目；那绵延数十里的行军队伍，简直就像把天雪国中所有能动用的龙族军队全都带上了。

不仅如此，撒菩勒伯还暗暗命令冰龙国南方的兽龙国，派重兵从南方配合攻击冰龙国，具体的计划是：

兽龙国的军队先暗暗向北方边境移动；一旦狂禅统率的主力军攻击，他们便从南方同时发起猛攻。

撒菩勒伯告诉兽龙国，这次攻击的理由是，他收到可靠的密报，冰龙国即将叛乱；事成之后的奖赏，是把兽龙国从下龙之国，提升为中龙之国。

对撒菩勒伯所说的理由，兽龙国心存疑惑，觉得冰龙国纵然心怀不满，也不至于叛乱——或者说，就算有叛乱的可能，但毕竟人家还没动手嘛。

不过，当撒菩勒伯这个“中龙之国”的许诺一说出，兽龙国上下便再也没有了任何异议。

从下龙之国提升为中龙之国，这种提升只有龙族中人，才能明白其中蕴含的重大意义。

兽龙国狂喜之余，也心中凛然，知道撒菩勒伯对冰龙国，已经是必欲除之而后快了。

一旦决定，龙族的内战，来得比任何人想象的都要快。

得到撒菩勒伯授意的狂禅，一方面率领重兵从天雪国向东方回程；另一方面，他假借支援前线的名义，调集冰龙国周围各龙国的军队，向冰龙国靠拢。

当然在这当中，近在咫尺的兽龙国，将会是龙族联军中进攻的主力。

至于兽龙军的主将，还是苏渐的老相识，那位兽龙国最著名的猛将、第二大城苦盏城的守护者——迪傲思。

万事俱备。

狂禅率领着大军，以回程的名义逼近冰龙国，准备在进入冰龙国后，突然发难。

不过这样的把戏，骗骗别人还行，怎么瞒得过与撒菩勒伯齐名的冰龙之王厄古烈？

狂禅大军只是稍微流露出一丝敌意，便立即被厄古烈察觉。

本来还在摇摆犹豫的冰龙王，这时没了任何幻想，立即严令冰龙国边境的各处关隘，立即备战，不允许任何别国军队进入冰龙国国境。

这样一来，狂禅的偷袭计划就破产了。

狂禅也不愧是能征善战的高手，发现意图暴露，毫不迟疑，立即下令各路兵马，对冰龙国城关要隘发起猛攻！

战争，降临了。

这是龙族自霸占神州大陆后的第一场内战。

很快，苏渐便得知冰龙国和狂禅大军大打出手的消息。

按理说，这本来就是他此行的目的，就算原来双方不想打，他也得努力让双方打在一起。

不过真当双方打起来后，他却有些心悸。

因为他发现，自己一直梦想着，人族能反攻龙族，夺回自己失去的故土家园；但今天当他真正看到两支龙族大军厮杀时，他才猛然发现，原来龙军的战争水平，比自己的国族，不知要高出多少个层级……

比如人族战争，也会抛石，但那得借助抛石机；但龙军双方，竟直接由军中力士飞抛巨石，那石块不仅体积极大，速度还极快。

他们也会飞箭如雨，但那些锐利的箭矢抛射而起时，竟是穿透了云层，在视力遥不可及的九霄之上疾飞一段距离之后，突然间穿云破雾如雨泼下，无论力度、角度、方位还是时机，全都神鬼莫测，其杀伤力可想而知。

当然，无论巨石还是箭矢，或是其他更奇特的龙族远程攻击兵器，在力量、速度、角度已经极其强大、迅猛、诡异的情况下，还附着了各种灵力。

这些灵力，符合各自龙族的天生灵力特点，被龙族称为“兵武之灵”；兵武之灵不仅能造成原本的力量伤害，还附加上各种法术伤害，一旦命中，难以愈合，杀伤力成倍地增加了。

比如，冰龙族射出的劲弩，附加了冰霜之力，一旦射中敌人，敌人固然受伤流血，但同时会中寒冰之毒。此后若不尽快驱寒治疗，不用多久，整个人都会冻僵，整个身体的表面都会覆盖一层冰霜白雪。

对面巫龙族的礌石和箭弩，则附加了特别的巫龙之力，一旦被打中，神秘的巫龙灵力便会渗入敌人的血脉，让他产生幻觉。此后轻则神志错乱，重则举刀自戕，效果一点都不比名声在外的冰龙法术差。

哪怕是龙军短兵相接肉搏之时，也速度如风，强度如雷，可能只有人族最精锐的军队，在法师的辅助下，才能和他们勉强抗衡。

而龙族将士，却不用法师辅助；冰龙战士自带冰雪狂袭，巫龙士兵身影幻象万千，简直是天生魔武双修的强者高人。

看清了这一点，苏渐十分震惊，以至于本来亲眼看着敌人发生内战该高兴，但现在他却怎么也高兴不起来。

除了震惊于龙军的强大实力，苏渐的内心里，还有一丝犹疑。

于是，当沧雪来告知他前方军情时，苏渐便对她说出了自己心中的疑惑。

“沧雪，你不觉得奇怪吗？”他道。

“奇怪什么？”沧雪迷惑地看着他。

“你想想，如此大事，为什么撒菩勒伯不亲自领兵前来？”苏渐表情凝重地说道，“要知道，你们冰龙国，身为上等龙国，实力十分强大。要是巫龙之王亲自前来的话，征服冰龙国之事，便十拿九稳了。所以这笔账，怎么算，他都该亲自前来啊。怎么听你们各种阵前军情，从没人提及撒菩勒伯亲自指挥？”

“是有点奇怪呢。”沧雪想了想道，“不过，他不来，也说得通。可能那个古今未见的大阵，需要他的巫灵之力，他走不开吧。”

“是吗……也许吧。”苏渐口中应着，但心里总觉得有些不太踏实，就好像冥冥中有什么事，让自己感到非常不安。

大战之中，军情如火，很快苏渐便听到前线传来冰龙国战争失利的消息。

这样的结果，虽然很不情愿，但苏渐的内心深处，知道这十分正常。

毕竟，即使冰龙之王厄古烈反应已经十分迅疾，但讨伐大军已经占了先机。

而冰龙国中，虽然以厄古烈为首的高位者，一直都在酝酿反叛之意，但也只限于想法而已，并未做太多具体的实施工作。

所以，冰龙国准备不足，狂禅大军却蓄意而来，还有南方兽龙大军的配合，两相比较之下，高下立判。

更何况，虽然这次征讨撒菩勒伯没有亲来，但主要的行军布阵全都由撒菩勒伯一手策划，在所有这些因素的叠加下，这场仗只打到第三天，冰龙国便全线吃紧了。

西边一线，面对狂禅讨伐军的主力，风雨飘摇；南方和兽龙国接壤的边境，也在兽龙大军的强攻突袭下，变得岌岌可危。

就在龙族内战进行到第四天时，这一天上午，苏渐正在苍玉山顶的木屋中，面对着兰雅安排人送来的满满一桌食物，他如同风卷残云一般，一直吃到自己再也撑不下去了，这才罢手。

苏渐不是一个贪吃的人，现在吃这么饱，是因为他知道，现在已是非常时刻，变故时刻会发生，说不定接下来两三天里，要一直饿肚子了。

所以现在胡吃海喝，还是玄武卫特殊训练的结果。

正当他酒足饭饱，捧着肚子在木屋前的石坪上踱步消食时，见沧雪提着一盒什么东西，从山下石径上翩然而来。

“又有新的军情吗？”苏渐的表情顿时凝重。

很快沧雪就来到近前。这时苏渐才看清，她手中提的原来是一只红漆食盒。

“苏渐，我就要去前线了。”沧雪开门见山道，“来，离别之前，我亲手给你做了些点心，给你吃。”

说着话，她便将食盒放在旁边一块白石上，打开食盒盖子，拿起其中的米粉小点心，递给苏渐。

只是，苏渐刚吃了那么多，这会儿别说食物了，就连看了一眼那个木头食盒，他都一阵反胃。

但没办法，他此行的目的，便是赢得沧雪的好感；因此再是反胃，他也动用苦练多年的灵力，将翻腾的呕吐感给强行压了下去。

同时，他让自己眼神虚无，尽量在自己接过点心时，不看到糕点具体的样子。

毕竟，他可没有沧雪那般强大的灵力，他只要看见了糕点，则什么功法都没用了，当场就得吐出来——那样的话，沧雪很可能会讨厌他吧？那可对大事大大不利！

于是就在一种慷慨就义的悲壮气氛中，苏渐颤抖着接过沧雪递来的糕点，往口中强行塞去。

看着他颤抖的手，哆嗦的唇，还有悲苦的眼神，沧雪便格外地感动。

“苏渐，你别这样……”沧雪温柔地说道，“我知道，你是舍不得我走，但现在，前线的军情真的很不好，我必须去，帮我们的族人稳住战线。

“只是，恐怕最多也只能拖延几天，最终我们还是会失败吧。”

说到这里，似乎从来不理凡尘俗事的出尘少女，表情变得有几分忧伤。

“苏渐，没想到这么快，就要迎来败局；对不起，本来我还想帮你们的呢……”

“呃……”苏渐听到这里，努力将嘴里最后一口糕点残渣吞咽下去，便拍着胸脯叫道，“沧雪，你别担心！我们人族，也不会坐视不理；毕竟，那撒菩勒伯和狂禅恶贼，是我们共同的敌人！

“这样，你现在去前线，帮忙多稳住几日；我今天也下山去，昼夜兼程，回到我国中求援。”

“苏渐！”听得此言，沧雪如雪明眸中，忽然盈满泪水。

“你、你对我真好……”她哽咽着说道。

珠泪盈眸时，沧雪心中充满了柔情蜜意。

这时的天才龙巫女，真的很感动。就在刚刚某一瞬间，她觉得自己整个人，都好像被包围在一池春水中，温暖，舒适，整个身子都变得暖洋洋的，还变得极轻盈，如同化身轻轻一羽毛，要飘浮到九天云霄中去……

这样的感觉，沧雪从来没有过。但她并不感到惊奇，因为她觉得，这应该就是作为一个女子，被爱的感觉。

就在沧雪觉得苏渐这么做完全是为了她之时，苏渐却一边强压着翻腾的肠胃，一边在心中想道："沧雪，你们可千万别败啊！你们已经是我们最后一根救命稻草啦，可不能就这么垮了。不行，我得马上就走，此事一点都拖延不得！"

想到这里，他忽然觉得，自己今日的狂吃海塞，还真的非常英明，这不，很可能马上就要风餐露宿，过几天没有食物的日子了。

这么一想，他忽然觉得，手里的糕点，竟然也没那么可恶了。

于是，他把手中剩余的点心，往口中一扔，嚼了几下就咽下去后，便对沧雪郑重说道："事不宜迟，我略收拾收拾，尽快下山回国中求援去。

"沧雪，你要记得，若可能时，尽力杀敌，能多拖延几日便多拖延几日，但有一件事，我希望你能做到。"

"什么事？"沧雪擦擦眼泪，问道。

"不管发生任何事，你一定要保重自己！"苏渐无比认真地说道。

"我、我会的……"听得这句话，本来已经止住哭泣的少女，再次泪落如雨。

这时的苏渐，并没有意识到，只是自己这轻轻一句保重的话语，就让眼前的少女，从此对他死心塌地……

当然和以往每每骗她不同，苏渐刚才说这句话时，虽然不完全出于爱意，但也确实出自真心。

对沧雪，他心中是有愧的。

他觉得，别的不说，沧雪反对龙族侵略的思想，是受他影响而产生的；让沧雪对人族产生好感的人，更是他苏渐，没有别人。

让沧雪产生这些变化固然是对的，苏渐从不后悔，但毕竟，这样的事，给她，给她的国族，造成了很严重的后果。

苏渐觉得，作为一个顶天立地的男儿，他必须要为此背负起自己的责任。

在接下来的这几天里，苏渐下了苍玉山，去龙境的荒野小镇中，通过龙血者的秘密渠道，将求援的消息传递回了国内。

收到这一消息后，人族联盟的首脑们都极为重视。

派兵援助冰龙族，这个决定，对李翊等人来说，十分艰难。

和以往任何一个决定都不同，除要考虑战略战术上的可行性和必要性之外，所有人还要破除一个心魔：

什么?! 竟然要援助世代仇敌龙族??

即使决策艰难，但最后李翊等联军首脑，还是做出了明智的抉择。

在现在已经如此艰难、压力极大的情况下，他们还是决定救援冰龙国。

在组成援兵时，他们秉持“贵精不贵多”的原则，主要调派强大的法师和星流武士。

这一点，是因为此前苏渐已经明确告知，龙族战场超乎想象，普通的士兵就别来了，纯粹送死，最好要星流武士，其次是法师，最次也得是弓弩箭手。

在这种情况下，李翊协同诸王，不仅从手头尽可能地抽调高手，还从风暴之墙临时调用了不少法师。

就这样，以灵术高手为主、大量弓箭手为辅的精干援兵队伍，就在五六天内组成了。

他们的主将，由轩辕承天担任，毕竟承担这样的火线救援任务，领兵将领不仅要有帅才，本身也要有强大的武力。

轩辕承天作为京华第一杰，手握晶海神器“怒雷之剑”，他对付起龙将来，从来都有一套。

于是，这支好不容易拼凑起来的精锐队伍，在轩辕承天的带领下，从此时相对空虚的汨原一带，杀开一条血路，从兽龙国境内迂回向北救援。

在苏渐的提示下，人族援军的攻击方向，极为巧妙，正处在冰龙国的西南方向。

这里，正是狂禅大军和兽龙大军的接合部，属于中间地带，防守相对薄弱，便于轩辕承天攻入冰龙国，与冰龙军主力会合。

为了确保救援成功，轩辕承天的援军中，除了负责战斗的精锐武士法师，还有从国内带来的精通龙境地理的人。

他们之中，除了少数文官，还有好几位负责带路之人，都是有过潜入龙境侦察经历的玄武卫武士。

轩辕承天经过一系列的行军和战斗之后，以损失一成人马的代价，终于和包围圈内的冰龙族主力会合。

有了苏渐先前的通告，厄古烈等龙族将士对轩辕承天等人的到来，不仅不惊讶，还欣喜非常。

经过艰苦战斗的轩辕承天，来到冰龙国后，同样喜出望外——因为让他万万没想到的是，自己竟然在冰龙国的军队中，意外地发现了那位让自己魂牵梦萦的女子！

其实对沧雪的身份，他已从苏渐那儿打听得一清二楚；但眼下战火纷飞，世事无常，他无心也无暇想这些儿女私情。

正因如此，当他在冰龙族军队中看见沧雪时，一来喜出望外，二来也只能将自己这份心意，深深地隐藏在心底。

即使他这般公私分明，当苏渐向沧雪介绍了他这位大哥后，轩辕承天发现，宛如姑射仙人的绝美冰龙女，对自己的态度明显友善了许多，这让他感到非常欣慰。

在苏渐介绍之前，当沧雪认出轩辕承天正是那回在泪原中和她发生冲突之人，她看向他的神色，可非常不友好。

心怀安慰的光明战神，便以百倍的精神和士气，投入协助冰龙军抵抗的战斗中去。

只是很快，包括他在内的所有人都发现，即使人族用尽全力来支援，他们和冰龙国加在一起的兵力，却还是明显弱于敌人。

狂禅带领的讨伐大军，不仅占了先机，还取得了兽龙大军的支援，在时机和实力两方面，都占了极大优势，让冰龙国一方很难翻盘。

明白了局势的众人，再次陷入了绝望。

尤其对冰龙族来说，在听说人族将派援军时，还怀有反败为胜的幻想；现在人族援军来了，也十分有诚意，但通过实战一看，还是杯水车薪，无济于事。

这时候，高层心急如焚，而底层的士兵虽然不完全了解真相，但他们并不傻，毕竟战况就在眼前，他们在某些方面，甚至比帝王将帅们更加敏感。于是他们的士气，一下子跌到了谷底。

如果这时候，不是还有一位威震整个圣龙帝国的天才巫女，恐怕他们已经全线崩溃了。

而这时的沧雪，已经拼尽了全力，把这么多年醉心法术研究的积累，全都拿出来了。

在前线，她以一人之力，掀起浩大的冰雪风暴，简直比上古神器的效果还要强大，阻止了优势敌军的乘胜追击。

在后方，她用种种闻所未闻的方式，将没什么武力法技的冰龙族普通民众，短期强化成能有一拼之力的战士，这些战士源源不断地奔赴前线，补充日趋窘迫的战线。

她还手持冰潮法杖，和执掌怒雷之剑的轩辕承天并肩作战，好几次突袭对方的指挥中枢，屡屡得手，让对方的将帅不得不时刻提防，倒是在某种程度上，减缓了冰龙国败亡的速度。

只是，战争的胜负，从来不取决于个人的强弱。

即使沧雪法力如神如佛，也只是她一人而已；她可能会改变暂时的局面，扭转局部的胜负，但始终没办法改变双方悬殊的实力。

在冰龙国败象日趋明显时，更可怕的情况很可能旋踵而来。

与魔界类似，龙族也是弱肉强食的种族。

现在冰龙国还能勉强支撑，其他各部龙族，还能暂时保持中立；但一旦冰龙国败象明显，他们也会蠢蠢欲动。

这就和丛林荒原中的规则类似，当曾经的强者落败之时，以前敬畏他们实力的旁观者，便会瞅准时机，一拥而上，趁火打劫，一起撕扯争夺垂死者的血肉。

简单说就是，龙国之中的战争，越到后期，占优势的一方，越会加速占据优势；而落败的一方，其败亡的速度，同样会急剧加快。

在这场龙族内部讨伐战爆发后的第十天，苏渐十分郁闷地看清，冰龙国的落败，已是不出三日。

明白这一点，苏渐的心情，变得极为低落。

本以为自己和族人抓住了一根救命稻草，没想到这根救命稻草这么快就要沉没了。

苦闷之际，他甚至发狠，心想这个什么使者不做了，自己就和普通小兵一样，冲到最前线亲自厮杀；到时候能杀死几个龙兵就算几个，就算身死也在所不惜。

就在他几乎快下定决心时，这一日，忽然有一个意想不到之人，出现在他的面前。

“唐求！”看着气喘吁吁的胖子，苏渐惊讶地叫道，“你怎么来了？你身上的伤，难道都好了吗？”

原来，这一日忽然来到他面前之人，正是印象中应该还在京华城养伤的唐求。

“国难当头，哪能整天在床上躺着？”风尘仆仆的胖子笑了一声，不以为意道，“大哥，我知道你关心我，但我身上的伤其实大部分都好了，最多还剩些皮肉伤，没几天也就愈合了。”

“哦？”苏渐闻言，顿时意识到什么，忙道，“唐兄弟，你这么着急赶来，一定有什么事要找我吧？”

“对！”唐求立即把他拉到一边，压低声音道，“大哥，今日小弟我前来，是奉了大统领之命。大统领有个极秘密的消息，要告诉你；他信不过别人，就叫我来了。”

“原来如此。”苏渐的心情，顿时变得忐忑不安。

这些天里，他已经听到了太多的坏消息。

“究竟是什么消息？”深吸了一口气，苏渐才低声问道。

“别担心，”唐求发现苏渐忧心忡忡，便说道，“其实小弟觉得，这消息，也不是太重要。”

“到底何事？”苏渐问道。

“是这样，”唐求低声道，“大统领说，这次随轩辕承大的援兵而来的带路之人，其中有两人，乃是奸相司徒威的旧党，还是极核心的死党。”

“咦？”听得此言，苏渐奇道，“这次来的几个人，我知道啊，其中并没有什么奸相一党啊？”

只欠东风

“对，”唐求道，“这是大统领最近才查出来的。此前这两人，隐藏得极深，我们当初几次清理审查，都没揪出他们。”

“明白了。你说，这两人是谁？”苏渐问道。

“就是朱松、祝由。”唐求压低声音说道。

“他们两个？”苏渐一愣，然后若有所思道，“果然隐藏得极深。这两人我知道，朱松是虞部郎中，负责山林绿化；祝由乃右拾遗，掌管咨询建议之事，确实均非身处要职，也难怪当初能逃过审查，成为漏网之鱼。”

说到这里，他却觉得有些奇怪，便问道：“唐兄弟，这消息固然重要，但也不至于要劳动你，千里迢迢地赶过来，就为了说这件事。轩辕叔这么做，却有些小题大做，平白让你受累了。”

“不不不！”没想到唐求一听此言，连连摇头道，“大哥您搞错了，如果只是这样，大统领不用着急叫我来通传这消息。实在是咱玄武卫查出，朱松和祝由，陷得极深，眼见主子被放火抄家，葬身火场，便深深衔恨，时刻准备为主报仇。

“在奸相一党中，朱松、祝由二人，是最坚定的心向龙族派。自从奸相覆灭之后，他们二人一直想完成奸相未能完成的‘事业’。

“这还不算什么。大哥您知道吗？当初奸相和龙族勾结，暗中负责联络之人，便有朱松、祝由这两位闲散官员。

“甚至我们还查出，当初这两人直接负责的联络对象，就是现在冰龙国正面对的征讨者,狂禅!”

“呀!”听得唐求这话,苏渐禁不住惊呼出声,猛然倒吸了一口冷气!

“怎么会这样……”苏渐喃喃自语,面如死灰。

要知道现在的战局,他比唐求了解得多太多;已经困顿如此,怎么还经得起这边有两个内应折腾?虽然还没什么动作,但一旦有什么动作,导致冰龙军一朝溃败,后果极为严重。

说心狠点,冰龙族如果彻底灭绝了,也就罢了——但这怎么可能?“百足之虫,死而不僵”,何况冰龙族这样曾经的上龙之国。

到时候,如果残存的冰龙族人,认为导致败亡的罪魁祸首,是他们人族,那将来有可能生出的变数,苏渐简直不敢想下去。

想到这些,从来勇敢乐观的玄武卫少年,忽然变得心惊肉跳,一时间竟是坐立不安,难以释怀。

不过,苏渐能走到今天,有一个连他自己也没意识到的特质。

看起来,他经常能绝境逢生,好像每一回都有运气的成分在;但从根源上来说,能够如此,是因为苏渐无论在多么艰难困苦的情况下,都绝不会放弃。

如果不是这样,别说现在发现朱松、祝由这俩奸贼了,就按照当前冰龙族似乎很快就要覆亡的样子,换了个人,也早就该收拾收拾行李,溜之大吉了。

但苏渐没有。

当他听到唐求带来的这个惊人消息后,即使惊心动魄,他也没有放弃。

“勇气也许不能所向披靡,但胆怯根本无济于事。”秦王教习这句话,当年年少轻狂时,苏渐觉得听着肉麻,但不知不觉中,已经成了他这几年的座右铭。

于是,请兰雅侍女安顿好唐求后,苏渐便一个人回到了苍玉山顶。

他没有急着进木屋休息,而是坐在高山之巅,身沐浩荡天风,眼观群山众岭,静静地出神。

也不知过去了几个时辰,一直悠悠出神的少年,终于眼神一亮,脸上的忧愁之色一扫而空。

“对啊！”天风拂面时，苏渐霍然弹身而起，面对逶迤群山兴奋叫道，“我怎么没想到？看似隐患，若反过来想，说不定是解决危局的大好良机！哈哈，哈哈哈！”

爽朗欢快的笑声，从苍玉山顶传出，在千岩万壑之中往来震荡，久久不绝。

想通之后，苏渐回到木屋之中，再次冥想一回，完善刚才心生之计后，便下山去找冰龙之王厄古烈。

当苏渐找厄古烈时，这位冰龙之王正焦头烂额。

不过再怎么心乱如麻，见是苏渐前来，厄古烈还是保持着基本的礼仪。

“苏将军，你怎么来了？”厄古烈问道。这时他的脸上，挂着微笑，但笑得真的很勉强。

“我有一计，要说与您听。”苏渐也不绕弯子，开门见山说道。

“计？什么计？”毫无心理准备的冰龙王一脸茫然。

“反败为胜之计。”苏渐面不改色地说道。

“哦，计啊。”厄古烈这时终于明白，苏渐说的“计”不是一件东西，而是计谋。

不过他的反应极为冷淡，因为苏渐若是来说其他任何事情都还好，“转败为胜”？连他自己都觉得完全不可能。

“你说吧，我听听。”厄古烈有气无力地说道。

“是这样——”苏渐好似没看到厄古烈的消极，依旧将自己心中所想，娓娓道来。

刚开始时，厄古烈表情冷淡，只是保持着基本的礼节，象征性地倾听。

不过，随着苏渐话头的展开，冰龙之王冷冰冰的脸上，好像忽然照进了三春暖阳，开始渐渐融化。

“你说的，都是真的?!”当整个听完之后，厄古烈的语气和表情，已经可以用“又惊又喜”来形容了。

“当然是真的。”苏渐笑道，“不知冰龙王大人，觉得晚辈此计如何？”

“大好，大好，简直是绝妙好计！”厄古烈毫不吝啬赞美言辞，使劲夸赞苏渐。

“不过……”兴奋了一阵，厄古烈忽然想到一个问题，便问道，“你说的那两人，之前真的暗通我族？本王怎么从来没有听说过啊。”

“真的。”苏渐道，“他俩暗通的，乃是狂禅和巫龙国一线，所以您从不知晓，也是不奇怪的。”

“好，好！”厄古烈叫道，“他们……可一定要是你们的内奸啊！”

“一定是的。”听得厄古烈这话，虽然感觉有点古怪，苏渐还是充满自信地说道，“冰龙王大人，这消息是我华夏玄武卫侦得的，一定没错的！”

“好，本王相信你。对了，”厄古烈忽然目光炯炯地看着苏渐，“此计既然由你想出，那施行之事，就由你来统率指挥吧。”

“什么？！”苏渐闻言一惊，顿时急道，“冰龙王大人，这怎么行？此计要施行，光我族援军，远远不够啊。”

“苏将军，你误会了。”厄古烈目视少年，缓缓说道，“我的意思是，由你来统率全军，负责对敌作战。你听清楚，不仅是贵族援军，包括我冰龙国兵马，全部由你指挥。”

“啊？！”苏渐立时瞪大了眼睛。

“这怎么行？我、我从没试过这般领兵打仗啊……”苏渐惊惶道。

也难怪苏渐惊诧，因为别说率领龙族大军了，在国内时，他最多也只是指挥玄武卫进行了一些抓捕不法之徒的行动。

只有一回，在雷冰梵幽州立国之中，他确实勉强带兵打了一次战役。

但很明显，那场战役，认真说来连“战役”都不算，只能算战斗，跟现在指挥冰龙国大军、统合人族援军相比，完全不可相提并论。

这就像让一个只惯于街头打架斗殴之人去指挥千军万马，跟强大异国打一场国战那样，完全不可思议。

面对苏渐的震惊，厄古烈只是含笑不语。

待苏渐的心情重新平静，厄古烈才凝视着他的眼睛，郑重说道：“苏将军，你只要告诉我，你愿不愿意接受我的请求。”

“这……”察觉出冰龙王语气中流露出的坚决之意，苏渐微一迟疑，便也拱手一礼,爽快说道,“既然冰龙王大人看重,小子敢不从命!”

“好好好!”厄古烈闻言拊掌大笑道,“哈哈!果然不愧为我家沧雪看中之人。就冲这豪气,唉,沧雪那丫头以后想嫁谁就嫁谁吧,我这做长辈的,也不多阻拦了。”

“啊?”听得此言,刚才爽快应承的少年,忽然非常想反悔。

战局如炉,军情似火,厄古烈雷厉风行,很快便召集冰龙国将领重臣,宣布要与狂禅征讨军决战。

对这个消息,众人倒并不迟疑,毕竟根据眼前局势,战事越拖下去,对冰龙国一方越不利。

但所有参与这次军情议事的人,还是都被惊呆了。

因为他们听到,厄古烈在宣布要下决心决战之后,还任命了本次决战的统帅:

苏渐。

“苏渐?”

“苏渐?!”

“苏渐!!”

所有人都一脸懵然,就连人族援军首领轩辕承天也一脸震惊,还以为自己听错了。

说真的,没有任何嫉妒之意,轩辕承天只是觉得,就算冰龙之王任命自己为决战统帅,也不算太离奇。怎么现在……竟然是苏渐?!

可以说,当厄古烈宣布了这个消息之后,只有沧雪一个人兴高采烈,其他人都是一片反对之声。

只不过,再多人反对有什么用?冰龙王行事谨慎,但一旦下定了决心,无论大家怎么劝,都不再听。

见得如此,众人表面不再说什么,但内心都长叹一声。

有些最悲观的人,甚至想:“唉,果然国之将亡,必生妖孽。冰龙王一世英明,临到灭亡前,却也未能免俗,和任何一位亡国昏君一样,昏招迭出。

“也罢,也罢,我等都是冰龙族人,就算这条大船要破要沉,也只能跟着它一起葬身海底。”

还真别觉得他们悲观，接下来之事，更让他们觉得，由苏渐来担任战争统帅，有多么不靠谱。

一上任，苏渐立即“狐假虎威”，不顾当前固有的战局，开始“胡乱”调动部队。

虽然最前线的那些部队没法调动，但至少三分之一的冰龙军军队，被他调来调去，并且目的地大多出乎意料，毫无道理可言。

可以说，不看别的，光苏渐这一举动，就让很多冰龙族将士想起来，不管怎么说，这苏渐所属的人族，乃是龙族两三百年的世仇天敌；他这么干，不会是借机来复仇的吧？

想到这个可怕的可能性，许多忠心耿耿的冰龙族将领，开始去跟厄古烈忠言直谏。

但很可惜，以前英明神武的冰龙王大人，这回却要么充耳不闻，要么高深莫测地说，且等十天再看。

“等十天再看？等得到吗？到那时候大家都成亡国奴了吧！”

见他这样，众人本来就不好的心情，变得更差了。

当然在这些人的眼里，苏渐的荒唐事，远远不止这一桩。

这不，据接近他身边的冰龙族将官说，这个人族小子，不知道是不是乍得高位，不知道该怎么炫耀才好，他竟然准备将冰龙国决战的意图，向敌方大肆宣扬。

相比看不太透的调兵遣将，苏渐这个念头，就明显大错特错了。

决战之事，不是没有主动告之的先例，但无一例外的，都是强势一方主动告知，从而给弱势一方造成强大的心理压力，打击其士气。

这种情况下，强势一方甚至不用打，直接通过这种方式，“不战而屈人之兵”。

但现在冰龙国的情况，可完全不是这样！

正处在风雨飘摇之际，苏渐居然想主动宣告决战意图，怎么看都是主动去找死。

于是忠心耿耿的冰龙将军们，再次成群结队地去向冰龙王申诉。

这次总该成功了吧？

没想到，冰龙之王厄古烈，竟然固执己见到可怕的地步。面对苏渐如此明显的“技术错误”，他竟然依旧无动于衷，还对来告状的部下们说，这就是苏渐的光明磊落之处。

“光明……磊落？！”

面对厄古烈如此一意孤行，忠心耿耿的将士们，再一次失望了。

虽然失望，但因为现在打的是族战，这些将领绝不至于因为失望而通敌。冰龙国的忠勇将士们，还会看在冰龙王的面子上，听从苏渐的各种指派。

只是，世上没有不透风的墙，就算这里没眼儿，别的地方一定有缝。

于是，西边的狂禅讨伐军，南边的兽龙族军队，一夜之间全都知道了冰龙军中发生的这个变故。

刚听到这个消息时，他们先是错愕、不信，当确认后，便陷入了一阵狂喜之中。

当然，两军的统帅，巫龙执政官狂禅、兽龙将军迪傲思，在开始的欣喜若狂后，还有些怅然若失。

是啊，反正对面冰龙军的败亡，只是迟早之间的事。到那时，他们这一辈子都可以反复说，是自己打败了龙族的传奇人物；这“传奇人物终结者”的名号，简直可以拿来吹一辈子啊！

但现在呢？

变成了：

打败了一个神志错乱的昏君；

和一个幼稚荒唐的人族小子较劲。

这事儿怎么说都羞于启齿啊！

“打败了一个疯子，再加上一个傻子”，这样的事以后别说主动对人说了，和自己不对付的那些人，简直可以拿这个来疯狂地嘲笑自己。

于是，一直气势如虹的狂禅和迪傲思，听到这个消息后，竟然一度气势低迷。

但不管怎么说，就算这两位统兵将帅有一些心理波动，所有人都还是认为，曾经屹立于圣龙帝国的冰龙强国，覆灭之期就在眼前。

从这一点看，狂禅和迪傲思等讨伐军将士，倒也十分高兴。

讨伐军的统帅狂禅，已经想到了和沧雪美人翻云覆雨的美妙场景；兽龙猛将迪傲思，也开始幻想兽龙国一举蹿升为中龙之国，而自己就是最大的功臣。

总之圣龙帝国讨伐军，从上到下，就等着将对面的残军雷霆般碾压粉碎，然后采摘各自应得的美味果实。

讨伐军的千军万马之中，没有一个人，会想到他们还有失败的可能——

“那根本不可能！”

就在狂禅等人坐等冰龙国覆灭时，这一日，苏渐找来了朱松、祝由二人。

苏渐还是第一次认真地看这两人，发现这两人相貌毫无特点。他们两个无论脸型还是身型，全都微胖、圆滑，无论气质还是容貌，都没有任何的棱角，正是典型的华夏中年官员的外表。

“朱郎中，祝拾遗，久仰久仰！”苏渐率先拱手问好。

“苏大人好！”朱松、祝由二人不敢怠慢，赶紧躬身深施一礼。

“不知苏大人找我二人来，所为何事？”朱松迟疑问道。

“大事，大事。”苏渐挺胸说道。

“什么大事？”朱松、祝由心惊肉跳，齐声问道。

“自然是平灭狂禅逆贼了！”苏渐大大咧咧地说道。

“原来是此事。”祝由看了朱松一眼，便小心翼翼地问道，“苏大人您年少英豪，声名卓著，此番出马，自然马到功成，扬名番邦。只是我与朱兄，都乃一介文官，如此征战大事，即使有心，也实无力啊。”

“无妨无妨。先不谈这个。”苏渐摆了摆手，忽然话锋一转道，“两位前辈，你们觉得此番冰龙国之军，由我统领，胜算几何？”

“胜算？”朱松和祝由闻言，心里立时不约而同道，“零！还胜算呢，瞧你这几天小人得志的样子，不仅狂妄自大，还一味胡来，就这样还想打胜仗？肯定身败名裂而死哇！”

唐求带来的密信，果然没错，苏渐眼前的这两人，真是司徒威不为人知的核心死党。

而苏渐，正是让奸相一党覆灭的罪魁祸首，朱松、祝由二人，真可谓时时祷祝苏渐即刻横死。

所以，现在苏渐问他们胜算如何，他们内心里简直想突然暴起发难，一起掐死这小混蛋算了！

当然他们两个都知道，这样的念头，也就是想想罢了。

眼前这人是谁？孤胆屠龙兼不死鸟之苏渐啊！这厮虽然职位不显，但听说他一身功法神鬼莫测，至今遇险无数，却未尝败绩。

面对这样的凶人，除非朱松、祝由不想活了，才会当场动手。

当然，虽然直接动手肯定没戏，但朱松、祝由自诩混迹官场多年，一直都是智计过人，暗地里始终憋着一股子劲，要用杀人不见血的软刀子，将这个生死仇敌给杀了。

怀着这样的念头，当听到苏渐问他们此番用兵胜算几何时，朱松、祝由这两个难兄难弟，几乎不用商量，立即心照不宣地谀辞如涌，使尽平生积累的吹捧之功，大肆吹嘘苏渐，直把他夸得天上有地上无，勇略智谋超越古今战神。

他两人正是心思一同，心说你苏渐已经骄横狂妄，现在咱兄弟再来个火上浇油，让你更加找不到北。

只是，暗藏祸心的吹捧才进行到一半，就被苏渐摆手制止。

“二位前辈，不用说了。”只见苏渐脸色一沉道，“这些吹捧之言，我可不想听。”

“呃？”一见苏渐如此，朱松和祝由顿时心中一沉。

“怎么回事？”他二人相视一眼，心中顿觉不安。

“难道你们真以为，我就像表现出来的那样？”苏渐沉声说道，“那样的话，你们两个也太小看我了！”

“啊？！”朱松、祝由顿时有些惊慌失措。

“哈哈！”苏渐忽然放声大笑，得意说道，“那只不过是我的骄敌之计而已！看来连两位老先生都没看穿，此番用兵一定成功了！”

说到这里，还不等二人反应，苏渐忽然注目二人，高声喝叫道："朱郎中，祝拾遗！我苏渐早愿在朝中大展拳脚，可惜从无自家班底，你二人可愿意跟随我，一起成就一番大事?!"

"这……"朱松、祝由两人对视一眼，都从对方眼神中，看到了惊讶和欣喜。

顿时二人再无迟疑，立即跪倒在地，齐齐叫道："我等敢不从命？愿唯大人马首是瞻！"

"好好好！"苏渐见状大喜，连忙上前扶起二人。

这时苏渐的语气，和之前截然不同，已是一副推心置腹之势。

"朱郎中，祝拾遗，"苏渐语气诚恳地说道，"两位都是我苏某人的前辈。苏某虽然侥幸少年得志，略有声名，但今后要在华夏朝中大展拳脚，成就大业，还需两位老先生多多指教和支持。"

"不敢，不敢。"朱松、祝由连连谦逊。

只听朱松率先说道："苏大人，我二人只不过年岁痴长，哪及得苏大人您少年英豪？短短几年，便创下莫大名声！今后我二人能追随苏大人鞍前马后，正是我等三生有幸。"

"说得好！"苏渐鼓掌赞叹一声，说道，"那咱今后都是一家人，任何事都要推心置腹。来来来，我这就给你们看看，我骄敌之计背后，真正的作战安排！"

"多谢大人信任。"朱松、祝由又惊又喜。

口中答谢之时，他们两个的心里，却浮起相同的念头："哈哈！苏贼，你果然小人得志，得意忘形，竟敢对我二人推心置腹。"

"好好好！苏贼啊苏贼，当日你迫害宰相大人，狠辣猖狂，定没想到，自己的死期这么快便到来了！"

心中诅咒，朱、祝二人表面却极为恭敬。他们毕恭毕敬看着苏渐展开战图，认真聆听他讲解自己真正的作战安排。

朱、祝二人，怀着轻蔑的态度，准备只是随口敷衍，暗中却要看苏渐的笑话；因为很明显，苏渐从来都不是以一个经验丰富的领兵将帅的形象出现的。

但让他们没想到的是,当他二人伸头一看,仔细打量苏渐在桌案上徐徐展开的这份地理战图时,心中顿时一惊。

“哎呀呀! 真没想到,苏渐这厮竟然还真有两下子。这战图,还真像模像样!”两人中相对知兵的朱松,一边看着苏渐的战图,一边心中惊叹不已。

“这行兵布阵,还真不赖啊。”虽然祝由不如朱松知兵,但真正的好东西,外行也能看个热闹,因此他也很快看出了苏渐这张作战图的不凡。

随着苏渐的讲解,知兵的朱松,心中的惊异不安之情,越来越浓烈。

因为他发现,这战图有攻有守,看似秩序井然,用兵稳重,但好几个关键环节,却不乏变幻奇谋。

他想象着,若苏渐真按这张战图去排兵布阵,再加上冰龙国并未真正伤筋动骨的实力,两方决战起来,到底谁笑在最后,还真的很难说。

“不行!”朱松越看越心惊,心中紧张转念道,“绝对不能让苏贼得逞!我一定要将这张战图,通知狂禅大人,哪怕为此赴汤蹈火,也在所不辞!”

怀着这样的念头,他除了继续紧张记忆眼前的战图外,也在思忖如何能在冰龙国王庭的严密防卫中偷偷出城,前去给对面的狂禅大军报信。

作为多年的难兄难弟,祝由的见识和朱松差相仿佛;因此他此时的念头,倒也和朱松差不多。

他们俩几乎同时发现,以自己的智慧,记住复杂的战图,并非难事;此事关键的难点还是在于,怎么才能从强者林立的冰昆王庭偷溜出去,给对面的狂禅大人报信。

正苦心思索之际,他们却听一直滔滔不绝的苏渐忽然停住,然后大声说道:“朱大人、祝大人,你们也看到,我这战图,极为稳健精妙,可谓‘万事俱备,只欠东风’,现在就只等着看你二人的胆量了!”

“啊?”忽听此言,朱祝二人心惊肉跳,强撑问道,“不知苏大人此言何意?”

“哈哈!”苏渐大笑一声,说道,“其实以二位大人的气度胆略,此事也易行。现我战图已定,但仍需让狂禅逆贼彻底轻敌。我这厢该表演的,已经表演完,就剩下二人前去出使,以正式宣战之名,再度坚其轻敌之心。”

“大人，恕我等愚昧，不知何意。”朱松小心翼翼地问道。

“哈，别着急，等我分说给你二人听。”苏渐语气轻快地说道，“很简单，你们前去出使，正式宣战，只是找个由头，让狂禅能盘问你等。

“我相信，你们到达巫龙大军营盘时，他们必会向你二人，问我冰龙、人族联军虚实。

“你二人可先假意不从，被一番威逼之后，再说出我苏渐小人得志，张狂骄横，却其实志大才疏，所拟战法，不堪一击。

“若如此，他们必信之不疑，极度轻敌；等到那真正决战之时，他们以轻敌之兵，攻我如山战阵，必败无疑！”

“哈？”听得此言，朱松、祝由二人，几乎乐得想跳起来！

“这真是想睡觉就有人送枕头哇！刚才还在想怎么万死不辞地偷偷将战图传给对方，没想到才这一会儿，自己二人就能堂而皇之地去跟狂禅大人联络。

“哈哈哈！真是天助我也，活该苏渐这蠢货身败名裂啊！”

心中大喜过望，不免就在脸上表现出来，苏渐看着二人，有些奇怪地问道：“咦？朱大人、祝大人，你们怎么面露喜色？难道你们竟胆大到这种程度，听说去龙族敌营出使，竟然不惧反喜？”

“啊？”朱、祝二人闻言一惊，额头上顿时冒出冷汗。

不过毕竟朱松有急智，立即拱手说道：“大人您误会了，我兄弟二人其实胆子也不大，实在是听了苏大人您如此妙计，想着终于能将狂禅恶龙打垮，不免心中高兴。”

“原来如此！”苏渐脸上疑色顿去。

见得如此，朱、祝二人暗自松了 口气。他俩对视一眼后，连忙再次翻身拜倒，齐声叫道：“我二人愿为主公大业，赴汤蹈火，万死不辞！”

“好，好，请起，快快请起！”苏渐乐得合不拢嘴，将二人一一搀起。

很快，正在讨伐军大营中的狂禅，便听得属下通传：“禀执政官大人，有人族使者前来宣战！”

“什么？”狂禅一愣，想也不想便挥手道，“杀了。”

“是。”巫龙值星官领命一声，便要出去。

“等一下。”狂禅叫住他，“这人族使者，叫什么，说了吗？”

“他们一个叫朱松，一个叫祝由。”值星官恭谨说道。

“朱松、祝由……”狂禅将这两个名字念叨了两遍，忽然眼睛一亮，叫道，“让他们进来！”

巫龙执政官对两个人族使者的接见，持续了半个多时辰。

这样的时间不算太长，但对于接见敌方宣战使者来说，还是稍微显得有点长。

不过，除了这一点稍有异常，其他一应之事，都非常正常。

当朱松、祝由离开狂禅的中枢大帐时，陪他们同来的冰龙族武士，不出意外地听到了狂禅特有的愤怒咆哮声；与此同时，朱、祝二人出门的姿态，也是不出意外的“屁滚尿流”。

“快，快快，我们快回去！”当朱、祝二人来到冰龙武士面前时，一脸焦急，恨不得马上插翅飞离此地。

见他们如此，冰龙武士倒也见怪不怪，如果他们想在这里逗留，那才叫奇怪呢。

很快朱、祝二人，便在冰龙族武士的护送下仓皇而去。

这时候，没人能想到，位高权重的巫龙执政官，正在他的中枢大帐中仰天狂笑！

“真是太好了！”狂禅得意想道，“没想到以前应付着的关系，竟然在今日用得着。如果不是朱松、祝由这俩蠢货，告诉我苏贼真正的底细，我还蒙在鼓里。

“这就对了！苏渐这叛师恶贼，虽然可恶至极，但绝不是蠢货。我说呢，这几天光听说他狂妄自大、胡乱调兵，完全不像他过往诡计多端的风格。对了，这就对了！

“哈哈，他万万没想到，自己精心筹划的阴谋，却这么快就被本座知道了。

“哈！太好了，原来还以为手到擒来，实在没意思，没想到还需要费点功夫，很好，很好。”

面对挑战，狂禅反而兴奋起来。

他觉得，这一仗，终于可以打得漂漂亮亮，而这意味着什么？他征服了一个上龙之国！这在圣龙帝国的历史上，前无古人，估计也后无来者。

他要用这一战证明，他狂禅并非只是力量强大的武夫，而是一个用兵如神的智者。到那时所有龙族都会对他高看一眼，不再只是视他为巫龙之王的附庸和仆从。

想到这里，狂禅兴奋得连身体里冰魔的那一半冰冷之血，都好似跟着一起沸腾起来。

不过，兴奋了片刻，他忽然心中一动，想道："唔……这会不会是，苏贼的奸计？"

此念一起，他原本兴奋的目光顿时凝滞，开始呆呆地出起神来。

"不会！"想了一会儿，他便下了结论，"绝不会是奸计。若是奸计，他首先要知道，朱松、祝由二人，其实与我族私通。但这怎么可能？

"华夏宰相一党，已经遭到最剧烈的清洗；如果他们真的发现这二人的真面目，怎么还可能留到今天，专门只为骗我？不可能！

"他们也不是神仙，怎么想得到，我们龙国内部，竟会发生征讨冰龙国的战争？更不会料得到，厄古烈那老儿神志错乱，发了疯，竟然委派苏渐这个人族，来担任他们的决战总指挥。

"这林林总总，要每一件都对得上，才能有可疑——但这怎么可能？

"再说了，苏贼让朱、祝二人出使，迷惑我军，还特地吩咐他俩，先假意不从，然后才出言蛊惑。如此情真意切、重视细节，如果是假的，真有什么计中之计，那、那苏渐这小贼也太坏了吧！"

想到这里，狂禅决定还是相信一下人性，相信一下世上之人，就算再坏，也应该坏得有个底线。

当然，狂禅还有一个很真切的理由没说出来，那就是：

他根本不相信，孱弱、卑微的低等种族，会有人能有如此智力。

在这番逻辑推理和种族歧视之后，狂禅对朱、祝二人透露的战图情报再无疑虑。

于是他面向东方狞笑一声，阴冷说道："苏贼，你打的好主意。本座真想看看,当你发现自己精心策划的阴谋诡计被本座摧枯拉朽地一一击破之后,你会是什么样的表情。”

一时间,龙魔混血的巫龙执政官,心情快意无比。

本来他觉得,巫龙王大人一直不让他杀苏渐,这让他很难受,但现在他完全不这么认为。

因为他发现,巫龙王大人没骗自己,要报复和惩罚一个人,有时候,杀死他,还真的不一定是最好的方式。

决战,终于开始了。

无论这一场战争打得如何,就凭它是圣龙帝国占据神州后第一场大规模的内战这一点,就足以载入史册。

大战开始时,巫龙讨伐军和冰龙人族联军,全都以精锐之师,阵列在冰龙国西南方的曳咥河荒野。

选择这里作战场,并非苏渐所能决定,而是因为这里是巫龙讨伐军重点集结之地。

曳咥河为冰龙国西南大河,东南、西北流向,乃后世新疆之地的额尔齐斯河上游。

曳咥河所流经的曳咥河荒原,西邻天雪国,南濒兽龙国,东北方直面冰昆王庭所在的三河汇流之地,这样的地形对巫龙讨伐军极为有利。

别的不说,南方而来的兽龙族大军,也正在接近双方决战的战场。

所以,一看这样的决战场所,便知道对战双方究竟谁占上风。

而曳咥河作为北方河流,河水清澈冰冷,其中段经过一个水色幽蓝的大湖,名为“玄池”。

决战之日,狂禅统领的讨伐军,就阵列在玄池东北一侧,兵锋直面更北方的冰龙大军。

狂禅的意图非常明显。他要从此处出发,以摧枯拉朽之势一路突向东北,直扑冰昆王庭,活捉冰龙王,掳掠沧雪。

这时的狂禅,信心十足,因为他不仅有优势的兵力,还有洞察先机的情报,那南方兽龙将军迪傲思率领的精锐兽龙军,更是在完成突袭东南一处冰龙国要塞后,也正在朝此地急行军而来。

所以，当狂禅跨乘冰风之龙，手持白骨权杖，悬浮于玄池荒原之上，面向对面那个人族少年时，他的心情极为愉悦放松。

“蠢货。”注目一时，他深沉阴冷的声音，开始回荡于整个荒原的天空，“不自量力的虫子，也配与本执政官对战。”

面对他的挑衅，苏渐只是沉默不语。

石峡哀声

见他无言，狂禅又冷笑一声，看向少年后面那些冰龙国的将军。

他用一种极度藐视的语调大吼道："冰龙国没人了吗？让一个卑贱的人族虫子当统帅。冰龙族丢脸不要紧，却有辱我伟大龙族的高贵名誉。"

此言一出，苏渐身后的冰龙国将士们，尽皆不安，脸上都浮现愧色。

感受到身后的骚动，苏渐终于开口。

"狂禅，别得意得太早。人族，就不能战吗？"他抬起手中的血歌剑，直指狂禅身后，大喝道，"你知道你身后这片湖，是什么地方吗？"

"哼！"狂禅冷哼一声，并不答话，仿佛连回答少年的问题，对他都是侮辱。

见他如此，苏渐摇摇头，也是一脸轻蔑地叫道："不知道？果然无知。这是曳咥河之玄池。我人族前朝大将苏定方，曾追击西突厥沙钵罗可汗至此，大败其于玄池之西。"

"哈？"狂禅好像听到什么天大笑话似的，终于开口接话道，"愚蠢的家伙，别忘了，今日我讨伐大军，是从这里出发！待会儿看看究竟是谁被追击，哈哈，哈哈哈！"

"是吗。"苏渐看着仰天狂笑的巫龙执政官，沉默片刻后，平静说道，"笑吧。谁笑在最后，还不一定。"

"蠢货！"狂禅那一双冰火之眼猛瞪苏渐，吼道，"谁笑在最后不一定，但哭在最后的，一定是你！"

话音未落，他就将手中的白骨权杖举向天空，狠狠一挥——

刹那间，北方大湖边响起了巫龙军特有的凄厉阴沉号角声，紧接着便是无数沉闷的怒吼如闷雷般响起。黑沉沉的巫龙军大阵，开始滚滚向前！

几乎与此同时，苏渐手中的血歌剑，也发出耀眼的光芒，刹那间犹如烈日附体，发出炫烈无比的鲜红血光。

“杀！”伴随着这一声愤怒的吼叫，一道血光划空而过，宛若血电盘空！

看到了血歌剑的指引，无数冰龙族的白甲大军瞬间汹涌，朝敌军迅猛冲杀。

巫龙军黑袍，冰龙军白甲，一时间风波浩荡的北方大湖之畔，开始了一场血腥的杀戮。

龙族之间的战斗，无论强度、速度还是烈度，远超一般的战斗。

刹那间，这一方天地的天象都被改变。

冰雪漫天。

幽光如电。

鲜血如雨。

咆哮如雷。

即使只是双方在大地上的奔走，也发出轰隆隆的巨响，好似玄池湖畔发生了一场地震——

不对，不该是地震。如此立体、如此全方位的震动，应该是有一位天神正驾着他的雷车，在曳咥河的荒原上空飞驰而过。

相比而言，冰龙族毕竟军力薄弱，又因为临时任用人族为统帅，士气难免比较低迷。

幸运的是，对冰龙族将士而言，现在是为了保家卫国而战，所以他们也都泼了命一般，堪堪弥补了士气的不足。

这场大战，直杀得天昏地暗。双方的战场，从陆地转向天空，从天空又降入湖泊荒原。

龙族特有的凶猛怒吼声，充斥于天空，震荡于大地，回响于湖川，此起彼伏，震人心魄。

这一日，曳咥河一带的凶禽猛兽，全都心胆俱丧逃离此处，至少远蹿于百里之外。

双方开战之后，不到半个时辰的时间，身穿青铜甲胄的兽龙大军，在迪傲思的率领下，从东南方咆哮而来，很快扑向了战场。

见兽龙援军到来，一直没有加入战斗的人族援军，也在轩辕承天的率领下，奋勇向前，迎战兽龙族援军。

本来这些人族援军，大多数是精英，还多有星流武士，实力不可小觑，但面对迪傲思率领的兽龙军精锐时，实力还是明显不如。

要不是兽龙军刚刚也在东方和冰龙族要塞守军一场血战，现在算是驰援而来颇为疲敝，否则人族援军再怎么精锐勇猛，也挡不住兽龙军。

对这样的形势，兽龙将军迪傲思心知肚明。

不过他根本不着急。

在应付轩辕承天的攻击时，这位外粗内细的兽龙将军在心中冷笑。

“嘿嘿，想打我们这个疲惫之军吗？我看你们是打错了念头。”迪傲思阴狠地想道，“你们难道不知，我等兽龙族天赋异禀，体质极强韧，就算在打斗之中，也能暗中恢复体力。

“别看现在相持不下，等我手下兽龙兵都恢复了体力，就把你们这些人族虫子给一只只碾死！”

心中虽然这么想，不过迪傲思很快就发现，自己还是过于保守了。

他本以为要过一个时辰以后，双方胜负形势才会变化，没想到刚才这念头才起，那冰龙国和人族的联军，便已经不行了。

他们中虽然还有将士在支撑，但却更像是在殿后；大部分冰龙国军队，开始向东北方撤退。

看到这情景，不知内情的迪傲思有些愕然，只是在心中惊喜敌手如此之弱。

但心里有数的狂禅，却是冷笑一声，用一种嘲讽的眼神，看着那些装腔作势败退的敌人；尤其是当他看着苏渐那演技浮夸的惊惶表情时，便在心里暗笑。

“不就是诱敌之计吗？”狂禅心中冷笑道，“哼，苏渐你这个蠢货，还自以为得计了吧？却不知你的一切布置，都在本座掌握之中。

“啧啧，我真是等不及了，真想早点看到你那真正惊慌失措的表情啊……

“还‘谁笑在最后不一定’，真是愚不可及！

“嗯，让我想想，那时候你会是什么样子呢？唔……哭是一定的，但作为卑微的虫子，到那时，你这蠢货还该吓得尿裤子吧？哈哈，哈哈哈！”

因为对方的叛徒，狂禅已经掌握了苏渐全部的作战意图，这时候的心情正无比舒畅。

人在心情好的时候，做事也顺当；因此接下来有条不紊地布置追击时，狂禅只觉得自己平生打过无数次大小恶战，却从来没有一次像今天这样，让自己心情如此愉快。

接下来，他直接指挥的巫龙军，在迪傲思兽龙军的辅助下，开始了对敌人的追击。

果不其然，接下来这场追击战，对面敌军的表现，和先前朱松、祝由传递的情报，完全一样。

在哪儿停留抵抗、在哪儿有人接应、在哪儿获得补给、在哪儿有人伏击，甚至在哪儿扎营吃饭，都和先前朱、祝二人提供的情报完全一样。

见得如此，狂禅心情更加愉快。

愉快的心情，一方面来自对方一举一动全在他的预料之中，另一方面，则来自冰龙军将士们的反应。

一骑当先的狂禅，看得极为清楚，当那些冰龙族将士发现自己的一举一动都好像在对方掌握中时，都流露出愕然、惊异、恐惧的表情。

看到这样的表情，狂禅觉得，这仗打成这样，简直就是一种享受；不要说之后杀得人头滚滚带来无上快感，就看眼前这些蠢货的表情，就已经是极大的满足和享受。

追击之时，狂禅忍不住在心中浮想联翩：“嘿嘿，就算冰龙军以前有点名头，现在在一个蠢货的指挥带领下，那也就成了一群蠢货。厄古烈，以前还敬你有点虚名，没想到你现在竟变得这么蠢！

“是因为老了吗？不对，应该是一直这么蠢。否则你在侄女的婚事上，怎么会放着我这样的大英雄不肯嫁。果然也是蠢货啊！

“哈哈哈，还称什么‘龙族双雄’呢，都是因为生得早啊。否则哪轮得到你？今日本座就将你俘为阶下囚，那‘龙族双雄’的名号就要改改，换成我狂禅和撒菩勒伯大人，从此并驾齐名！”

一想到自己竟然有可能和主子相提并论，狂禅内心里那股子兴奋劲儿，几乎无法形容。

这一刻，他身体里所有的血液都好似沸腾起来，恨不得马上将这一切变成现实。

但不知道是不是“人欢无好事”，几乎从狂禅心里生出狂妄念头这一刻起，战局的形势，就暗中悄悄地起了某种变化。

本来得心应手，在狂禅预先知晓的情况下，追兵可谓无往不利；但渐渐地，狂禅、蟠泽、迪傲思等讨伐军将帅统领的各支部队，却发现没有先前那样顺利了。

就好像，冥冥中有一双无形的巨手，开始暗中拨弄这一切。

蟠泽、迪傲思等龙族将领发现，不知道从什么时候起，对面的军情，好像和狂禅大人预先交代下来的情报，有了一定的差别。

刚开始这种差别，还比较细微，并不明显。

但“差之毫厘，谬以千里”，这样不明显的差别，已足以让战况朝另一个方向发展。

狂禅一方的讨伐军，进展开始没先前那样顺利了。

身在局中，狂禅等讨伐军统帅并没能从一开始就意识到，这样的不顺利会有什么后果；或者说，更重要的是，这背后意味着什么……

狂禅并非没有察觉到这样的变化，并且他在领兵作战上，经验绝对丰富，并不是一个只知好勇斗狠的狂徒。

但很遗憾，也许先前的情绪太乐观、太轻松，已经让狂禅在心中提前庆祝了胜利，因此，作为一军统帅，他竟然没有对这样的变化，予以足够的重视。

当然他也不是一味地无视；他只把这种和预知战况的差异，解释成毕竟实战和计划不一样，对面出现这样的误差，也是正常的。

这样也确实太正常了。别忘了对面负责指挥的，是那个卑贱的人族蠢货啊！如果冰龙族军队能完美体现他的意图，那还真的奇怪了呢。

所以，当变故出现时，狂禅反而觉得："就应该这样子啊……"

主帅轻松的心情还在继续，但那些持续追击的龙兵，却在某一刻猛然发现，为什么自己身处的环境，已经变得如此险恶？

狂禅率领的主力，忽然发现自己正进入一个盆地。

因为三面环山，挡掉了北方吹来的寒流，这里不同于外界的荒莽苍凉，反而到处是水泊和灌木。

如果熟知本地，便知这处三山环绕的草木水泽之地，名叫"绿谷"。

绿谷的景色非常优美。那草木摇曳的苍翠，水泊反射的蓝天，让所有看惯了贫瘠土黄颜色的追兵，眼前一亮。

清风徐来之际，甚至还有白羽黄翎的奇异水鸟，从水泊中悠然飞起，如同片片的白雪，飘然飞向远空，姿态极其优雅。

血战之时，如此诗意美景，也将众将士心中的杀意，片刻间冲淡了。

只是轻松愉悦的心情还没持续半刻，就和自己的脚底板一样，不断往下沉——

他们陷入沼泽了！

"一定是个意外！"所有狂禅部龙军都这么想。

他们开始骂骂咧咧，手忙脚乱地努力脱险。

侥幸没失陷的士兵，抓住那些倒霉蛋的胳膊，使劲往外拉。

这时所有人都还想着，等从这片沼泽地中脱困时，继续去追前面一直影影绰绰的冰龙族败兵。

他们这时候并没有察觉，就在大家闹哄哄一片混乱时，本来晴朗的天空，不知何时开始悄悄地飘起了白雪。

而且，这雪花越飘越大，越飘越多……

作为狂禅的左右手，蟠泽也率领了一支主力龙军，追赶前面三四支败退的冰龙军。

他的运气，可能确实没有他的主子好。狂禅部即使失陷于沼泽中，起码周围的景色还不错，接下来还有雪景可看，但蟠泽军却渐渐地追上了一座光秃秃的高山，啥风景也没有。

当然这是在作战，不是观光，从这个意义上来说，蟠泽的运气很好。能把敌人赶上光秃秃的石头山，简直“天有绝人之路”，对追兵一方的蟠泽来说，简直太幸运了。

“快，快！”一看竟然有如此好运，平素最沉稳的蟠泽也忍不住了，连忙一挥乌金刀，下令全员向上突击。

一声令下，蟠泽部龙军如潮汹涌，各展神通，朝光秃石山上努力攀登。

只是，当他们才爬到一半，忽然最前方有人惊叫起来：“怎么、怎么人都不见了？！”

原来，之前一直远远望着的朝山上溃逃的冰龙军，竟忽然消失在石山之巅！

“怎么会这样？”见此情形，蟠泽也十分吃惊，“难道山后有道路？那也不可能啊。刚才一直紧盯着他们，很多人还没爬到山顶呢，怎么可能一下子消失？”

目睹如此怪异景象，一直心情放松的蟠泽，心中忽然升起一丝不祥的预感……

狂禅和蟠泽，一个入沼泽，一个上秃山。那兽龙将军迪傲思，正率着本部兽龙军，死死咬住苏渐一部不放。

作为援军，迪傲思才没那么多大局观；他受巫龙之王的征召来助战，除了垂涎于冰龙国的土地，最着紧的一件事就是立功，不仅要立功，还要立大功！

兽龙战将有这样的想法，非常正常。

总体而言，龙族入主神州这二百多年里，基本没有什么大的战争；他们对战争的观感，和人族完全不同。

作为弱势方，人族只觉得整天都受强大凶悍的龙族威压，但对于龙族来说，基本感受不到人类王国的存在。

对武人而言，只有发生战争，才容易获得实打实的军功，才能更快地晋升。所以，兽龙战将迪傲思等这一天已经等了很久了。上回的二次人龙大战，完全不能让他过瘾。

正因为立功之心炽烈，迪傲思才一直死死咬住苏渐一部不放。

别看迪傲思以武力凶猛著名，但其实他的心思极为细腻。

能从强者辈出的兽龙武人中一路升迁，做到第二大城苦盏城的守将城主，迪傲思有个最大的制胜法宝，就是在战场上迅速判明获取军功的性价比。

只有这样，才能以最小的代价、最快的速度，获得最丰硕的军功。

今天他也不例外，从一开始就开动了脑筋。

作为经验丰富的“性价比”型将官，迪傲思很快就发现，今日要立军功，性价比最高的敌军对象，正是那个冰龙军的统帅苏渐。

很明显，这个人族少年，既有冰龙大军统帅的名分，又不像其他冰龙战将那样冰寒凶狠，正是极佳的立功对象。

所以从加入战斗的一开始，迪傲思就使尽浑身解数，杀开敌兵，排挤友军，上蹿下跳，好不容易终于逼近苏渐那部龙军。

等到他挥师与苏渐交战之时，差不多正是决战的转折点；整个冰龙大军和人族援军，全都抵挡不住，转身逃跑。

不用说，迪傲思怎么可能让到嘴的肥肉跑掉？他立即催动胯下独角巨犀，朝苏渐死死追赶。

只是，差不多就在狂禅部陷入沼泽、蟠泽部跑上秃山之时，迪傲思忽然发现，紧追敌人不放时，不知不觉中自己竟跑进了一条狭长的高山峡谷里。

“这儿怎么这么像残月峡？”看着眼前乱石丛生的峡谷，迪傲思忍不住在心中嘀咕。

兽龙军正进入其中的峡谷，确实很像华夏国与兽龙国交界的残月峡；但就论地形的恶劣凶险程度，这里却还要胜过残月峡。

相比残月峡，这里两侧的山峰更为高耸，山壁更加光滑，简直直上直下，别说树林灌木，几乎片草也无。

两边山壁之间的距离，也极其狭窄，底部是两山相夹的道路，几乎只容得下三个中等身材的龙族将士并肩通过，称其为“羊肠小道”，绝不夸张。

已经这般狭窄，偏偏谷底小道上，还怪石林立，尖锐嶙峋，形状如刀如矛，阻人道路不说，一不小心碰上，破点皮出点血，都算是轻的。

这样狭长绝险的石峡，用一句话来形容，就好像太古之初，有天神怒挥薄刃巨斧，将此地石山生生地劈开，同时散落了一地尖锐的石屑。

初来此地的兽龙战将迪傲思并不知道，这险过残月峡的峡谷，正是冰龙国东南境内的一处凶险之地，名为“哀声石峡”，又名“哀声谷”。

得有此名，是因为此峡谷狭窄绵长，地形奇特，传说如果有人在峡谷的一端轻轻地吹一口气，这轻微的吹气之声，经过两壁山岩反复回荡反射，再叠加峡谷中亘古游荡的风声，传到峡谷另一端时，便如同许多人在哀声悲叹一般。

当迪傲思率军追入哀声石峡时，便发现他现在所面临的境况，比“哀声悲叹”严重得多。

现在兽龙军面临的窘迫，连瞎子都看得出来。哀声谷这样的地形，只要是个正常人，就不会把兵带进这里来。

但谁让狂禅统帅洞察先机，那苏渐统领的人龙联军又那样一败涂地呢？

不提狂禅预先跟他交的底，就拿对面敌军这一路溃败来说，怎么可能有假？他迪傲思打过大大小小的仗，诈败这种平庸的套路如何能唬得住他？

他是看着苏渐带着败军一路逃窜的，如果说那样子都是诈败，迪傲思敢把自己的一双大眼珠子给剜出来。

勇猛的兽龙战将，判断确实没有错。

先前玄池湖畔冰龙和人族联军的溃败，真得不能再真。

已经经过一系列的败仗，现在又推出个乳臭未干的、从来都让龙族看不起的人族少年临时当统帅，那仗能打得赢才有鬼。

但这并不重要。

玄池之战，苏渐根本没指望赢。

或者确切地说，苏渐指望的，就是这场仗一定要败。

现在他如愿以偿，冰龙、人族联军一败涂地，按照他期望的路线，一路溃逃。

败很重要，按照预定路线败，也很重要。

对于这个要求，冰龙族军还是能满足的——

统帅都已经预先发话了，不要你们赢，只希望你们败退时，能优先按几条路线、按某种节奏败退，难道这一点要求你们都做不到吗？如果做不到，你们还是传说中高贵强大的上龙之族冰龙族吗？

安排之时，苏渐还用了激将法；但事实上连激将法都不需要，如果做不到这一点，冰龙族将士们别的不说，光在他这个人族少年面前，这脸就丢不起。

这一番安排，让狂禅大军在追击时，在前一半路程中发现敌军的溃败线路，果然和朱松、祝由预先透露的作战计划完美吻合。

这样一来，还有什么疑虑？其他的都不用想了，该想的是大败敌军后，该怎么大肆掠夺，大肆庆祝。

一旦放松，很难再警惕起来。于是当对面敌军渐渐不按预知剧本行动时，狂禅讨伐军也毫无警觉。

苏渐要的就是这一点。

所以，现在无论狂禅部、蟠泽部，还是迪傲思的兽龙部，全都按照他真正的剧本，进入了精心准备的埋伏圈。

暗藏杀机的绿谷沼泽，四无遮挡的无名秃山，鬼斧神工的哀声谷，全都是苏渐为这些讨伐军精心设置的伏击地。

其实，就看狂禅、蟠泽、迪傲思这三部追兵全都落入相同的圈套，便会觉得有一件事很是奇怪。

古往今来，战争无数，“伏击”是一个极为基本的套路。

如此入门级的套路，按道理说，不会有人再上当。

但世事就是这样，道理一同，变化却万千，戏法人人会变，巧妙各有不同。

这一回，苏渐利用朱松、祝由这两位“没暴露”的叛徒，再加上对方的轻视情绪，只是使了个小小的花招，就让敌人乖乖中招。

“不好！”多年养成的战场素养，终于让迪傲思确认了真相。

他立即一扭独角巨犀的犀角，让坐骑掉转头来，同时用尽全身力气大吼道："撤，快撤！"

一声令下，原本汹涌向前的兽龙军，开始后队变前队，在哀声谷中乱哄哄地想调头。

一旦入瓮，想出去，谈何容易？

且不说后路入口处已经杀声四起，就连谷中正掉头的兽龙军，也忽然惊恐地发现，有无数巨石从谷顶飞落如雨；只是一个愣神间，便有数十名兽龙兵，被砸成了肉饼！

"完了！"迪傲思心中叫声不好，又立即吼道："别撤了，都跟我冲！"

面对绝境，兽龙猛将骨子里那股凶悍劲儿霎时发作，率领着同样悍猛的部下，索性继续往前冲。

设计多日的伏击，哪能让他们那么容易逃脱？

兽龙军来路上的石峡入口处，那个与霜甲齐名的追风龙将晶白，正率领追风军一拥而入，缀在兽龙军后面凶猛冲杀。

头顶大大小小的石块，不停地如雨飞落，就好似有死神不停飞舞在兽龙军头顶的天空。

真正的战场，没有其他嘈杂的声响；这一刻所有人都在厮杀，无暇他顾。

尤其对兽龙族战士而言，这时候已经没有了其他的选择，不奋力抗击，下场只有一个：死。

但情势是如此的不利，不到小半个时辰，迪傲思带来的三万兽龙军，就已经死伤上万人，这条狭长的哀声谷道，已经成了兽龙族的地狱。

要知道，真正的战争，人数一旦上万，就已经是极为巨大的数字。

更何况，立功之心极为强烈的兽龙猛将，这次带来的三万兽龙军，全是兽龙国中的精英；那些在华夏人族眼中已经了不得的兽龙徘徊者，根本就没资格加入。所以这次迪傲思带来的，至少都是兽龙咆哮者以上的兽龙国战士。

正因为这样，半个时辰里死伤上万人，迪傲思的心里简直在滴血。

极度的悲痛化作了满腔的仇恨，迪傲思一扬紫金大板刀，打飞头顶正落下的碎石，咬牙切齿地怒吼："跟我冲！"

他胯下那头凶猛巨大的独角犀，顿时如一架巨大的战车轰隆隆奔驰而过，撞开了一路上的乱石丛林，朝前方的出口迅猛奔去。

主帅拼命，也激起了兽龙残军们悍勇的本性，他们发出嗷嗷的怪叫声，如风如雷般跟在迪傲思后面冲杀。

不知道是他们的勇敢感动了上天，还是冰龙族那些将士在山顶存的石头快扔光了，当迪傲思率领残军快冲到山口时，头顶的落石越来越稀疏。

好消息还不止如此。

在后面追杀的晶白追风军，被一拨大概两千人的兽龙勇士给挡住了。

自愿留下殿后的兽龙兵，这时都是死士，打起来格外勇猛，弥补了面对冰龙族时天生的体力、法力差距。

再加上哀声谷道路狭窄，双方都难以展开，因此战斗很快陷入了胶着。

双方虽然打得难解难分，但作为追兵的晶白部追风军，已经离兽龙军迅速奔逃的主力越来越远，这对他们十分不利。

“哈哈哈！”见此情形，迪傲思仰天狂笑，大叫道，“卑鄙的人族虫子，惯使阴谋诡计，但又有啥用？能困住我迪傲思的人，还没出生呢！”

狂妄的话语声中，仿佛头顶的落石也被他这气势所慑，变得更加稀疏。

这时迪傲思也看到，前面峡谷透露出来的光亮，已经非常明显，这说明自己离石峡的出口已经很近了。

见此情形，迪傲思笑声更狂，一催胯下独角犀，最后加一把劲，要带着部下一鼓作气地冲出去。

只是就在这时，他和自己的兽龙军们忽听到前方传来一句清晰的话语：“谁说能困住你的人没出生？小爷我都二十多了！”

突如其来的话语，语调悠然无比。

原本的声音也不算大，但因为哀声谷的地形奇特，这句话从峡谷通道口传入，被高耸狭长的山壁谷道反复折射，到最后几乎如同晴天雷鸣般，回荡在所有兽龙军的上空。

“是苏渐！”看见苏渐如天兵天将般出现在峡谷的出口，迪傲思目眦欲裂！愤怒之下，他的铜铃大眼尽皆充血，模样十分可怖。

“果然十足狡猾奸诈！”这时迪傲思想起当年苦盏城外，被这少年用计逃走的情形，正是又悔又怒。

悔怒之余，他竟是又有几分高兴。

“就怕你不来堵老子！”迪傲思喝骂一声，便一催胯下独角犀，电闪雷鸣般朝苏渐轰然冲来。

迪傲思的想法很简单，无论第一次的苦盏城，还是后来的二次人龙大战，这个奸诈狡猾的人族少年，不管心眼儿如何，但武力绝对不如他迪傲思。

如果不是这样，第一次苏渐也不需用计才能逃走；第二次人龙大战中就更加明显了，那次双方交手，苏渐根本不敌，当时要不是他的同伙一剑飞来，这厮早就命丧他迪傲思的刀下了。

所以这会儿即使身处绝境，迪傲思看到苏渐出现，还是十分高兴。事实上，他现在就怕苏渐这个头一等的人族坏种，只躲在兵强马壮的冰龙族大军之后，让他没机会报仇。

怀着强烈的复仇之心，迪傲思就这样驱动着独角犀，挥舞着紫金刀，一头撞向了苏渐。

见他奔来，占尽优势的苏渐，不闪不躲。

“哈？”见此情形，迪傲思狂喜想道，“竟有这等好事？竟然不躲？

“哈哈！莫非这只人族卑贱虫子，竟以为打得过我迪傲思？

“嘿嘿，你最好这么想；否则你这厮逃跑本事倒是厉害，若再像以前那样逃了，我上哪儿去找你？就是今日了，咱们就在这里了结吧！”

心中想到这里时，迪傲思已驱驰着独角犀，轰然来到了苏渐的面前。

怀着必胜之心冲到近前，还没等迪傲思抡起紫金刀，只见眼前强光一闪，瞬间就好像有一朵骄阳从眼前闪过。

“怎么回事？！”迪傲思心中念头一起，却只觉得臂膀处一阵剧痛！

这时候迪傲思还没反应过来发生了什么，跟在他后面跑过来的那些兽龙战士，见状大骇！

有反应快的,已经脱口惊叫道:“迪傲思大人的手臂掉了!”

原来,已经在此处埋伏多时的苏渐,好整以暇,早就把迪傲思的一切反应细节推演了不知道多少遍。

苏渐对迪傲思的实力非常了解,但迪傲思对苏渐,即使打过两次交道,对苏渐的真正实力,还是一无所知。

从这点讲,两人一人在明,一人在暗。

不过就算迪傲思当年了解了苏渐的实力,也根本无济于事。他根本不知道,自己一直轻视无比的人族“小虫子”,这几年的进步十分迅猛。

就如“刻舟求剑”,迪傲思还拿当年的老黄历来衡量苏渐,实在错得离谱。

于是,还在他想凭着一身猛力,一头撞碎苏渐、一刀拍扁苏渐时,他的敌人却以无与伦比的速度和角度,挥起极化后的血歌剑,如流星闪电般飞身而过,刹那之间便已将迪傲思刚刚扬起半空的右臂,给一剑砍落在地。

这一切发生得如此之快,不仅迪傲思“本体”没反应过来,就连已经断裂分离的臂膀,也没反应过来。“扑通”坠地之时,断臂手掌中,却还死死地握住紫金刀,还保留着向前猛砍的姿势。

当然,已经坠地,今非昔比,断臂朝前猛砍,却只是贴着地皮,横削了一下而已。

残存的劈砍,已起不到丝毫作用;滴着血的胳膊在地上自行盘旋挥劈,让人觉得无比诡异。

一招得手,苏渐也想乘胜追击,但这时迪傲思的亲信森拳,已经拼了命地扑上来,挥起兵器堪堪挡住了苏渐的追击。

这时其他兽龙族战士也反应过来,不要命般朝这边冲来,掩护自己的主将撤离。

在这样危急的时刻,就看出兽龙族极强的战斗力。

不仅下属们迅猛扑至,各种阻击;就连“受害人”自己,也猛然醒悟,当机立断,扔下断手和兵器不顾,用残存的左手一扭牛角,掉转坐骑的方向,朝后面兽龙军的核心狂奔。

见得如此，苏渐虽有遗憾，也并不贪功。

一击而中，他飘然而返，回到阵后指挥冰龙族战士，朝哀声谷中汹涌冲去。这些人正和对面晶白部的追风军前后夹击，大肆杀伤兽龙军。

到这时，一直心存怀疑的冰龙军，彻底心服口服。

当苏渐下令猛攻时，没有人再拖拖拉拉，就连军中最老油条的冰龙老将，都奋勇向前，拼命攻杀。

这时候他们心思一同，都觉得本来整个冰龙国都撑不住了，现在叫这个人族少年临时顶缸，居然在败局中创造出这样有利的局面。既然如此，要是因为他们冰龙族的战斗力而导致功亏一篑，那真的再没脸见人。

所以，到这时，没有什么过渡，不需要任何缓冲，哀声谷中瞬间杀声震天，战斗很快陷入了白热化之中。

毫无疑问，现在兽龙军被瓮中捉鳖，情势极其不妙。

见这情形，身为一军主帅的迪傲思，也顾不得刚被苏渐砍掉一条胳膊，拼命到处鼓劲指挥。

为了提振士气，他还忍着痛，朝哀声谷出口处大喊大叫："人族小贼，别得意！就算我军不敌，还有狂禅、蟠泽大人替我等报仇。识相的现在快快散去，若等主力大军杀来，定叫你们尸骨无存！"

"狂禅？蟠泽？尸骨无存？"峡谷外，传来少年满含恶意的话语，"迪傲思，我看你是打错了主意。怎么样？愿不愿意听我讲一个人族的寓言故事？"

"啥？！"一听这话，迪傲思就气得要炸毛。

不过，眼看着自己处于极其不利的一方，他转念一想，觉得若是不给这个面子，不听故事，对方一生气，下令加速攻击，那自己这一方就更惨了。

这么一想，虽然心里觉得十分屈辱，迪傲思还是忍着气，仰天吼道："什么故事？快快说来！"

"便是'田忌赛马'。"苏渐侃侃说道，"华夏国中有二人，各有上、中、下三等之马。想赢对方，何由？可以上驷对中驷，中驷对下驷，下驷对上驷。现我两军对垒，狂禅、蟠泽与你，就是上驷、中驷与下驷。轩辕承天与我，便是上驷与中驷。”

苏渐侃侃而谈，很难得的，性情暴躁的迪傲思，平静地听完苏渐这番话。

听完之后，他忽然有所领悟，便高声问道：“那么说，去对付狂禅大人的，便是下驷咯？”

“哈哈！真聪明。”苏渐赞叹一声，叫道，“不过‘水无常形，战无常规’，你说我用下驷去对付狂禅？哈哈哈，那太便宜他了！”

第一百四十章

山口愁云

“那是谁?”迪傲思脱口问道。

“现在你还有心关心这个问题?”苏渐嘲讽说道,“如果你能冲出去,便会知道答案了。”

“我会的。”迪傲思出奇冷静地叫道,“为了这个答案,我迪傲思也会突围出去!”

人常说“盛名之下其实难副”,但更多时候,成名之人并非浪得虚名。

这迪傲思,不愧为兽龙国知名的猛将,即使在如此不利的情况下,也在心中憋了一口气,千辛万苦地冲出了重围。

苏渐一方,并非不能全部将他们留下。但那样做的话,兽龙军死三万,他们差不多也要阵亡一万八。

“杀敌一千,自损八百”,虽然心有不甘,苏渐最后还是下令网开一面,放那个一直悍不畏死、凶猛冲杀的兽龙将军逃出包围圈去。

已是开恩,但冲出重围的迪傲思,等回过神来后,觉得自己还不如刚才在哀声谷中战死——因为他看到,自己带来的三万兽龙国精锐,现在跟随自己突围出来的,只剩下四五千人。

死伤六分之五,这样的损失比例,从军事意义上来说,他这兽龙一部,已经算是被“全歼”了。

眼见如此惨重败局,迪傲思根本顾不得仇恨苏渐了。

一种悲凉恐惧的心情,弥漫了兽龙战将的整个身心。

他觉得，自己就好像中了冰龙族的诡秘法咒，从脚底板开始升起一股寒意；转瞬之间，便渗入了自己的血液和骨髓，几乎让灵魂和精神，都在瞬间凝固冰封。

仓皇逃窜的兽龙战将，面对的不仅仅是逃亡路上的种种围追堵截，还有回国后，兽龙皇帝的滔天怒火。

迪傲思十分清楚，现在的圣龙帝国已经不似当初，众龙族诸侯国之间，已经不是铁板一块，而是各自拼命增长实力，避免在下一次弱肉强食的权利分配中，落于下风。

所以，他简直不敢想象，自己一战便损失了两万五千的兽龙精锐，回国后该如何交代。

“生不如死”，就是他现在的感觉。

不过，心情极度低落的苦盏城城主，在两个多时辰后，碰到了另外两支讨伐军时，心情竟奇迹般地好了许多。

到这时，他不仅知道了苏渐谜题的答案，还看到了那个阴冷强悍的巫龙长老蟠泽，和自己一样，也失去了一条臂膀；唯一不同的是，蟠泽失去的是左臂，自己失去的是右臂。

事已至此，这两位断臂的难兄难弟一碰头，竟然还有些庆幸。

因为，无论是斩断迪傲思右臂的苏渐“血歌剑”，还是斩断蟠泽左臂的轩辕承天“怒雷剑”，都十分锋利，还很是炽烈滚烫，因此截断之时，断口极为平整光滑，虽然有些烧焦，倒不至于后续感染中毒。

这样的心情，自然是苦中作乐，但当迪傲思知道了苏渐谜题的答案时，心情真正变得舒畅了。

按照苏渐所说的寓言，冰龙军要对付狂禅，自然用不入流的“下驷”；但当迪傲思与狂禅残部会合时，却发现己方三支军队中，最惨的还是狂禅之部。

迪傲思发现，狂禅的人马，损失比例甚至还高过自己，原本五六万的大军，只剩下七八千人。

不仅如此，如果不看断臂之事，迪傲思还发现，己方三个统帅里，模样最狼狈的就是狂禅。

曾经威猛雄壮、不怒自威的巫龙执政官，这时却衣衫褴褛，浑身挂满冰碴，涂满烂泥浆，浑身上下浸满了鲜血；那平素凶猛威严的脸上，也横一道竖一道的，布满了血污冰泥，还在眉间留下一长条伤痕，形状十分可怖。

可以说，如果不是因为是熟人，迪傲思第一眼看到时，还以为这是哪个落魄污秽的流浪汉。

迪傲思有心想问狂禅到底发生了什么，但他看了看巫龙执政官铁青的脸色，还是十分机智地闭了嘴。

他转而去和蟠泽套近乎，借着探讨断臂伤口养护知识，委婉地询问了狂禅落败的原因。

涉及自己的主公，蟠泽有心不回答；不过他正是情绪低落到极点之时，本身就有倾诉的欲望，再加上现在大家都是难兄难弟、同病相怜，蟠泽犹豫了一番，也就把实情悄悄地告诉了迪傲思。

当然，蟠泽的叙述，出乎意料地简单，只是说，当狂禅之军陷入绿谷沼泽后，厄古烈、沧雪出现了……

蟠泽的语言也很朴素，只是说，当时，好像整个云天，都开始碎裂了，所有人身周，忽然下起鹅毛大雪——不对，那哪是雪？分明就是一把把高速回旋的刀片！

那一刻，绿谷之中的空间，仿佛被无数道冰霜割裂；陷入沼泽中的狂禅部军卒，完全没有还手之力，只能任人宰割。

当时以狂禅为首的巫龙战将，还想以自己强大的战力挽回败局；但当他们飞上天空一番战斗后，终于发现为什么厄古烈能和撒菩勒伯并称"龙族双雄"，以及为什么沧雪一直被公认为龙族不世出的法术天才。

一方大部分兵力陷入泥淖，另一方守株待兔，还出动了傲视神州的超强猛人，此消彼长之下，狂禅部讨伐军的结局，便可想而知了。

这种情况下，狂禅还能带领七八千人突围出来，已经是不幸中的万幸，很好地证明了他作为巫龙王座下第一打手的价值。

蟠泽在描述主公败战之时，言语寥寥。但正是从这些朴素无华的叙述里，迪傲思反而更加深刻地感受到当时狂禅遇伏时的惨烈与悲壮。

尤其,作为沧雪的仰慕者之一,迪傲思对狂禅在沧雪身上的心思,一清二楚。

所以他非常能理解,被自己朝思暮想之人按住往死里揍时的心情。这样的情况,连一般人都受不了,更何况是心高气傲的巫龙执政官?

想清楚这一点,迪傲思虽然有满腔的委屈和痛楚要诉,但他在狂禅面前,很聪明地闭上了嘴。

不仅如此,他还特地领军殿后,尽量让自己不出现在狂禅的视线中。

三支败兵,就这样会合到一处,一起朝东方仓皇逃窜。

直到这时,这些人都还没想明白,为什么在洞察先机的情况下,会稀里糊涂地中了埋伏。回想整个过程,他们都觉得如同做了一场梦。

这时候,他们并没有意识到,他们的问题,就出在那个“洞察先机”上面。

如果不是自以为是,觉得知道了对方的作战计划,保持了一种虚假的心理优势和控制错觉,他们根本不会这么惨。

如果不是这样,哪怕不动任何脑筋,他们只要和敌人常规作战,按部就班地指挥,也绝不会陷入绿谷沼泽、秃顶光山、哀声石峡这些显而易见的可怕陷阱。

但逃亡之路,风声鹤唳,追兵紧缀,他们根本没心情想这些。

现在狂禅等讨伐军将领满脑子想的是,一定要向东逃、向东逃,早一步逃到东边的雷龙之国中去;那样的话,就能摆脱全军覆没的可怕命运。

一路烟尘滚滚,仓皇逃窜,他们很快就来到冰龙国东部和雷龙国的交界处。

雷龙国,和穹龙、冰龙、灵龙、巫龙之国,并列为上龙之国。

雷龙国国民天赋雷电之能,性情也与雷电一样,暴烈犀利。

在目前的诸部龙国中,雷龙国和巫龙国算走得比较近,在国政方面也比较认同巫龙之王撒菩勒伯。

很显然,只要狂禅这两三万残兵逃到了雷龙国境内,便算彻底逃出了生天。

为了活命，讨伐军败兵从上到下，一个个都拼了命地逃跑。

他们从会合开始，便一路东奔，穿越了此时称为“金山”的阿尔泰山脉，掠过了吉尔吉斯湖，沿着扎布汗河顺流东下。

现在，他们已到了扎布汗河的下游，只要穿过了眼前别名“天山”的乌德鞬山，就能看见仙娥河。

仙娥河已经是雷龙国境中的大河，作为北方最紧缺的水源，仙娥河沿途驻扎了雷龙族的重兵。

可以说，只要穿过了乌德鞬山，狂禅这些人马就逃出生天了。

乌德鞬山，能有“天山”的别名，就可知其山峦雄伟险峻无比。

事实上，在狂禅从西而来最近的这条路线上，乌德鞬山只给他们留了唯一一个可供人马通过的山口——愁云山口。

有“愁云”之名，一来因为此地高绝险要，寒冷非常，无论人畜至此都要发愁；二来它的地势极为高耸，山口处终年云雾缭绕。

乌德鞬山的愁云山口，离先前遇伏之地，已经有四百里之遥。

好不容易跑到这里，狂禅一扫先前的低落，竟有些欣欣然起来。

在他心目中，这样的遥远之地，纵使苏渐再是狡猾，也不可能预先安排军兵把守。

于是，他扬起白骨权杖，仰面一指前面云遮雾绕的愁云山口，大叫道：“诸位，只要我等冲过了这个山口，便安全了！”

一听此言，他身后这些残兵败将，全都欢呼起来。

现在这支败军，从上到下心思一同，都觉得这个愁云山口只是通道而已；冰龙国的重兵都安排在先前的决战和伏击战场上了，不仅想不到，也根本没有余力在这里布置伏兵。

逃出生天的心情，如此愉快，先前他们还一路保持着的战斗阵型，到了往愁云山口跑时，已经变得七零八散。

这时人人都在胡乱欢呼着往上前方的山口跑去，若是不知情的当地土著看见，还以为这些人打仗得胜归来。

见军阵散乱，狂禅心情转好之际，也不多加计较。

跟在乱军之后往愁云山口而去时，狂禅还指着云雾弥漫的山口，朝身边蟠泽说道:“你看,苏渐那叛师小儿,还是不知兵;如果在这儿安排一支伏兵,我等便求生不得了。哈,哈哈!”

“是,是!”蟠泽也不扫兴,忍着左臂断口传来的疼痛,凑趣说道,“那人族小贼,只不过运气好而已,怎么可能想得到如此高深的——”

“计谋”二字还没说出口,蟠泽便忽听前面军队一片大哗!

“怎么回事?!”蟠泽和狂禅不约而同地抬头朝前面看去,却见此时恰好云开雾散,那愁云山口之前,分明有一支盔甲鲜明的精锐冰龙军,正刀枪林立,阵列如林,朝自己这边冷冷俯视。

“怎、怎么会……”刚还自以为是的狂禅,呆若木鸡。

冰龙国的腾云将军霜甲,在这半天中,经历了这辈子最跌宕起伏的心理变化。

好几天前,他便被苏渐指派着,来到这鸟不拉屎的偏远山口。

按霜甲的理解,这绝对是苏渐对他的无耻报复。

“为什么不让我参加决战? 无耻小人! 卑鄙之徒! 没想到你竟公报私仇!”

这样的想法,已经在霜甲脑海中反复翻腾了好几天;有时候想得心情实在激荡,他竟忍不住脱口喊出声来。

霜甲绝对是冰龙国青年一代中的翘楚。他麾下五千腾云军,个个精锐,无论哪个人单独拉出去,都是傲视一方的强者。

所以他觉得,自己这支腾云军,就该亲自参与决战,说不定凭着他们强大的武力,不用苏渐后续那些虚头巴脑的所谓计策,都能直接把狂禅讨伐军打垮。

只可惜,他还是被派到遥远无比的愁云山口来了。

“唉,当时还是中了他的激将法。”站在愁云山口,满面愁云的霜甲,每次回忆起接令时的情景,便长吁短叹。

原来,苏渐在决战之前进行各种布置时,直到最后才安排霜甲的任务。

本来霜甲以为,苏渐最后提到他,一定是有什么压轴的重头戏要安排给他,毕竟他麾下五千腾云军,是冰龙国有名的生力军。

没想到，和满腔期盼截然相反，当时苏渐说道："霜甲将军，今日你立即带领麾下腾云军，昼夜行军，埋伏在东方天山的'愁云山口'。"

一听这命令，霜甲当时整个人都傻了。

当时他就立即震怒质问道："为什么?！派我去这么远的地方干什么??"

"干什么?"苏渐瞥了他一眼道，"当然是在巫龙贼军逃到那里时，阻截他们，不让他们逃入雷龙国境。"

"怎么可能！"霜甲叫起来，"那愁云山口离玄池湖不下五百里，就算狂禅能被你打败，你怎么可能算准他一定跑到那里！你、你这分明是——"

霜甲很想说，你这绝对是"公报私仇"，但当着厄古烈和众将军长老之面，没法说出口。

他只能在心里说："苏渐你这个混蛋！就因为对沧雪妹妹不怀好意，才故意把沧雪的青梅竹马支开；这样一来，我霜甲离主战场极远，肯定不可能立下军功了。

"没想到，你这人竟然这么卑鄙！"想通其中的缘由，霜甲心中咒骂，满脸悲愤。

"霜甲，"正愤恨间，霜甲忽听苏渐冷冷说道，"怎么回事？霜甲将军，看你脸色十分不好，莫非是怕了那狂禅？

"哎，也是，狂禅身为巫龙国执政官，成名多年，又是龙魔混血，凶名在外，你有些害怕，也是常情。

"算了算了，你不敢去就算了。要是到时候因为你畏惧他而放跑他，就坏了我等的大事了。"

"什么?！"霜甲一听就跳了起来，怒吼道，"你胡说什么！这怎么可能？我霜甲一身绝学，手中一柄苍月白玉斧所向披靡，怕过谁来？再说了，我和那狂禅，有不共戴天之仇，正愁无由攻杀呢。"

"咦?"这次苏渐是真奇了，问道，"你怎么和狂禅有仇？之前……我没听说过啊。"

"哼！"霜甲一听，不屑说道，"看吧，你对沧雪妹子根本不是真情！这还用听说？狂禅那厮，也不看看自己是什么血统，竟然敢觊觎沧雪，就算没有实际恶行,光想想也是亵渎!简直罪不容诛!只此一点,我就和他有不共戴天之仇!"

"霜甲!"听他一连串说到这里,沧雪再也忍不住了,看了苏渐一眼,便朝霜甲喝道,"议事便议事,你说我干吗?哼!"

"呃……"霜甲的气势顿时好似矮了一截。

"好好好!"苦闷之际,霜甲怀着一种破罐子破摔的心情,叫道,"去就去吧,我倒要看看,你这个'统帅',是真正的智者,还是个饭桶!"

扔下这句话,他就转身跑出去,召集自己的腾云军部下,一刻都不停留地朝东方开拔。

当时一时意气,等真到了愁云山口,霜甲就傻了眼。

别的不说,这里离主战场,实在太远太远了。

就算霜甲之前相信苏渐的判断,这时候真正身临其境,来到这么远的地方,眼前只有无边无际的迷雾,耳中只有有气无力的鸟鸣,这让霜甲整个人都泄了气。

就在狂禅败军奔到此处的前一刻,霜甲还在看着山口白茫茫的云雾,郁闷地想:"唉,神鬼之事,不得不信。我军名'腾云',此处却叫'愁云',如此明显的谶语恶兆,我竟然还懵然不知,中了苏渐那厮的激将圈套。莫非,我的智力真有问题?

"不过呢,如果败兵真不来,倒也好。这不正说明,苏渐那混蛋算错了?如果这样,回头定然好好嘲笑他,也好让沧雪妹妹看清这人愚蠢的真面目。哈哈,这样倒也挺不错!"

"将军!"正当他悲喜交加时,却听得那个叫"晨风"的副将,蓦然叫道,"禀将军,他们、他们竟真来了!"

"什么?!"霜甲猛然一惊,连忙跳上身旁巨岩,登高一望,却见山下人马迤逦,绵延而来;那队伍中打着的旗帜,东倒西歪,无精打采,显然正是一支败兵。

见是败兵,霜甲便是一愣。

他揉了揉眼睛,仔细看那杆最前方的旌旗旗号,却见乌黑的底色上,正绘着两只红蓝相对的凶猛巨眼。

“呀，果然是！”确认之后，霜甲心中升起一缕深深的哀愁。

“唉……竟然真被那厮算到了。难道是我错了？那个还要靠沧雪保护的孱弱人族少年，真有神鬼不测之能？啊……还真有可能是，否则沧雪妹妹如此聪明绝顶之人，怎么会选择他呢……”

想到这里，霜甲先前因为看到败兵前来升起的一丝喜悦，转眼便被这个念头冲得一干二净。

静立山口怨念之时，霜甲感觉自己终于理解了，人族经典中为什么会有“愁云惨淡”这样的词……

“哀兵必胜”，按这一条规律，本来现在占便宜的应该是狂禅败军；可是等愁云山口前的阻击战一打响，局势就完全反了过来。

狂禅败军惊恐地发现，伏兵最前方那个俊朗无比的冰龙将军，本来因为好整以暇，该满脸得意从容才对，但这时候，他却分明耷拉着一张脸，看那悲哀的表情，简直比他们这些疲惫不堪的败兵还要悲痛。

悲痛得快哭的哀兵之将，手挥白玉巨斧，使尽了全身的气力，发了疯似的朝狂禅败军扑来！

名声在外的腾云军，一直以来的制胜法宝就是上下齐心。现在看主将这么凶猛不要命，那等得早就不耐烦、憋了好几天劲儿的五千腾云军，也都“嗷”地发一声喊，如开了闸的洪水般跟在霜甲后面猛冲了下来。

五千精兵，一齐居高临下地俯冲下来，气势如惊雷，迅猛如洪水，似乎能将前面道路上的所有障碍都一扫而清。

这时候，即使是狂禅、蟠泽、迪傲思这样的知名猛将，以疲敝之军，对上威猛无比的生力军，也完全没有取胜的希望。

刚开始狂禅还狂呼怒吼，喝令部下抵挡；但很快就连他这样的凶猛固执之人，也认清了现实。

很快他不再苛求将士们攻击，而是黯然传令大家分散逃跑，能逃出去多少，就逃出去多少。

本来他们就只剩下两三万人，经过愁云山口这一番折腾，最后冲过山口逃入雷龙国境的讨伐军，竟只剩下了不到万人。

虽然狂禅、蟠泽、迪傲思这些主将，凭着自身的武力和亲卫殊死的保护，狼狈地逃出生天，但显然对他们这种地位的人来说，逃得一条性命，并不是全部。

当到达雷龙国安全的地域，狂禅回首望着高耸入云的天山，看着来路上那一路的斑斑血迹，出神良久之后，猛然仰天大叫一声，"哇"的一下吐出一大口血来。

此后，他整个人一阵摇晃，竟是一头栽下冰风龙骑来……

听说巫龙国讨伐军失败，最不敢相信这消息的，竟是朱松、祝由这两个人族奸细。

"怎么会这样！"私下里，朱松十分震惊，便跟祝由说道，"祝兄，那狂禅大人，乃当世除撒菩勒伯摄政王之外第二豪杰，怎么可能败给苏渐？"

"对啊……"祝由也一脸懵然，讷讷说道，"再怎么想，也不可能败啊？尤其是，苏渐那小贼的作战阵图，全都被我们透露给狂禅大人了啊。"

想到这个，朱松、祝由二人更加迷惑，不知道是哪里出了问题。

这两人也真是不知死活，满腔疑惑之际，竟然颠颠地跑去找苏渐，想旁敲侧击地问清缘由。

从这一点看，别看他们表面谦卑，骨子里还是看不起苏渐这样的年轻人的。

按理说，他们俩这做法，就是找死，但没想到，苏渐听人通传，说是这两位前来拜访时，他竟然笑了。

"快请两位大人进来！"当朱松、祝由两人往里走时，他们还听见苏渐极其热情的招呼声。

"恭喜大人，贺喜大人！"一见到苏渐，朱、祝二人不管心里怎么想，还是一个劲儿地恭贺苏渐。

"你们也听说了？"苏渐一脸惊喜的模样。

"当然！"朱松虚情假意道，"打败奸雄狂禅，大败龙国讨伐军，如此天大的功绩，我二人怎么会不知？"

"哈哈！"苏渐朗声大笑道，"人说'好事不出门，坏事传千里'，没想到现在好事也传得这么快啊。"

“那当然那当然！只是……”朱松察言观色，话锋一转，小心翼翼地问道，“只是不知，那讨伐军的势力不小，大人因何制胜？”

“嘿嘿！”苏渐闻言得意一笑道，“无他，唯智勇双全尔！”

“朱郎中、祝拾遗，”只听苏渐说道，“你俩不知道，为了这次胜仗，我可是殚精竭虑，夙夜忧叹，也以为不赢；谁想到，那狂禅奸贼只是徒有虚名，其实外强中干——

“呃不对！其实朱郎中说得不错，他乃当世奸雄，也是十分厉害的，但谁叫他遇到我了呢？小爷只不过稍微用了用心，就叫他一败涂地了。”

“啊？”听到这个答案，朱松和祝由不由得面面相觑。

此时他二人心中，不约而同冒出俩词：“大言不惭，小人得志！”

虽然心中不屑，但他两人好似心灵相通，满嘴好话谀辞，犹如泉涌，只吹捧得苏渐更加膨胀，不停地得意大笑不说，整个人都飘飘然，好似要离地飘起来。

听到高兴处，苏渐还假作谦虚，对朱、祝二人说，其实也有他们的功劳，毕竟战前由他俩前去敌营出使，肯定是两位老大人的过人风采，也震慑了对方。

听得如此，朱松、祝由口中又是一阵暴风骤雨般的吹捧，但心中却道：“好个不学无术的小儿，没什么本事，对做官之道倒是精熟。”

不经意间，朱松、祝由对苏渐充满了鄙视，却忘了自己来这里的目的是什么。

直到回到自己的住处，他们两人这才醒悟：

自己专门跑了一趟，除了说了一大堆好话，看穿了苏渐不学无术的真面目，好像什么都没打听到。

想到这一点，朱、祝二人就有点懊悔。

不过很快他们也就释然，因为他们想到，虽然没直接问到苏渐获胜的原因，但苏渐小儿的这一番表现，就说明了一切：

为啥能赢？运气好呗！

除此以外，看苏渐这小人得志、骄傲自大的模样，根本不可能有其他任何正经的缘由。

暗地里两人鄙视了苏渐一通之后，又想起了老恩公司徒威惨死在苏渐手中的往事。

想到这个，两人便两眼通红，咬牙切齿地发誓："好！虽然你现在打赢了狂禅，但我们两个却一点都没暴露；今后，总会找到机会，让你死得比老主公惨十倍！"

他二人在这里赌咒发誓，却不知道苏渐正在自己的大帐中，看着他们两人住所的方向，云淡风轻地自言自语："呵，两个蠢货，还来套我的话，问我战胜之因。却不知道，此番能胜，除哀兵能战之外，全因为你们两个啊。"

听了他这般自言自语，在朱、祝二人走后，悄然现身的唐求，便有些不解地问道："大哥，这俩蠢货，明明就是里通外国的叛贼，你怎么不当场将他们斩杀了？"

"为什么要杀他们？"苏渐一脸震惊地看着他，"胖子，你是怎么了？这么好的两个人，你竟然想杀了他们？"

"啊？！"唐求白胖的脸上，一脸吃惊和茫然。

"嘿，和你开个玩笑。"苏渐打了他肩膀一拳，笑道，"还别说，虽然说得夸张，兄弟我还真舍不得杀他们。

"你想，这两位本就自以为是，到现在还以为自己没暴露。这样的人，哪儿去找？相比现在就杀死他们，他们活着，对我们、对朝廷，更有用。"

"哈？大哥，真有你的！"这时唐求也醒悟过来，不由得一脸佩服，由衷赞道，"大哥！小弟对您是彻底服了。我现在知道，为什么咱俩同龄，你却当了银徽卫，不仅仕途风光，连情场也得意。什么雪晶国国主、冰龙巫女，都上赶着来嫁你。我就不同了，唉，老大不小，却还要去相亲，一个字，'惨'啊！"

"呵呵。"听得此言，苏渐没别的话，只是淡淡一笑，轻声说道，"胖子，你要去相亲啊，我倒不知道。灵珊学妹应该也不知道吧，回头我跟她说一声。"

"哎哟别别别！"唐求就好像突然被蝎子蜇了一下，猛地一蹦三尺高，一脸谄媚地赔笑道，"大哥，大哥，我也是开玩笑呢！这玩笑话可千万不能让灵珊妹妹知道!”

“知道就好。”苏渐嘿嘿一笑,半真半假道,“胖子,以前你好色也就罢了,现在有了灵珊,可别在这事儿上开玩笑了。”

“当然当然!”唐求拍着胸脯赌咒发誓道,“你还不知道我?我也就是过过嘴瘾。现在我可是灵珊口中的‘求求’了,怎么可能去别处拈花惹草。”

“哈哈,相信你。”苏渐笑道,“不扯闲篇了,跟你说个正事。”

“诶,我听着哪。”唐求立时神色一肃,认真聆听。

“唐求,”苏渐也一脸认真地说道,“你这次回去,便把我对朱松、祝由二人的想法,说给大统领听。如果大统领同意,便留着这二人,不过要暗中时刻盯牢监视。”

“晓得了。”唐求拱手领命。

停了停,他又道:“事不宜迟,我这就回去。大统领来之前说,你与冰龙国素有渊源,现在我族命悬一线,这打出反旗的冰龙国,便是我华族幸免于难的重大倚靠。

“所以大统领说,按陛下和诸王国首脑的意思,你一时不必急着回去,务必要将冰龙国反叛之事,做个确凿,必要时……”

说到这里,他欲言又止,用一种古怪的神色,看着自己的大哥。

“唉,我知道。”苏渐摆了摆手,叹道,“不就是必要时,牺牲色相,为国捐躯么。

“唉,这叫什么事儿啊……果然乱世之中,人如浮萍,诸事不得自主啊……”

“大哥,知道你不容易。”唐求一脸悲壮地看着他,“大哥,你听小弟一句:不管怎么样,到了危急时,先把国事放一边,你一定保护自己的安全!”

“知道。”苏渐勉强一笑道,“你放心,虽然她一身功法,毁天灭地,但对兄弟我还是有好感的,不会有事的。”

“那就好,那就好……”唐求喃喃两声,脸上忧色并未褪去,依旧眉头紧皱。

踌躇片刻，他想说些什么，却叹了口气，只是躬身行了一个大礼，便转身走出大门去。

正是：

平生不会敛眉头，
诸事等闲休。
元来却到愁处，
须著与他愁。

大战方歇，冰龙国反败为胜，厄古烈大喜过望。

冰龙之王做的第一件事，便是行文去圣龙城，言明“清君侧”之意。

从这一点可见，纵然是异族，论及朝堂军政，很多事情也道理一同。

做过这些标准动作之后，决战大胜之后的第二晚，冰昆王庭中便举行了盛大的庆祝晚宴。

冰龙族的宴会，和其他龙族相比，颇多冷食，更有许多直接生吃的鱼肉。

不过今晚为了照顾此役最大的功臣，每一样食物，除了生吃，还特地加热烹煮。

不用说，他们要照顾的，正是苏渐。

经此一役，一向对人族不屑一顾的冰龙之王厄古烈，对苏渐肃然起敬。

同样，轩辕承天神武非凡，也在对付蟠泽的阻击战中，用蟠泽的一条胳膊，赢得了所有冰龙族战士的敬意。

正因为这两人，他们忽然发现，原来人族并不似印象中那种与猪狗同级的孱弱种族。

虽然现在持有这个念头的人还不多，但这就像一颗种子，今日埋下，逐步生根发芽，假以时日，很可能会改变龙族对人族的看法。

至少，目前看来，在冰龙国中，已经将人族视为平等的联盟。

晚宴气氛，极其热烈。

压抑了许久的冰龙之王，今晚喜笑颜开，不仅在酒宴开场白中，罕见地风趣幽默，甚至最后还打趣地说道："诸位，原本我听说，沧雪她喜欢上一个人族之人，我还极为不屑。但今晚，我要纠正一下，我族与人族通婚呢，自然是不行的，不过如果是苏将军的话，没问题！"

"哎呀！"厄古烈这番话，对沧雪来说猝不及防；她当时就惊呼一声，羞红了脸面。

作为天才龙巫女，按沧雪的性子，哪怕是位高权重的冰龙之王，她也本能地想叱喝反驳；不过刚要开口，转念一想叔叔所说的内容，却止不住地笑意流露，乐个不停。

开心之时，沧雪暗地里也为自己独到的眼光感到骄傲。

容光焕发，更增娇美十倍；看见她这般惊人的美丽，霜甲自然一如既往地惊艳，那颗心扑通扑通地跳个不停。只是此时惊艳心动之余，他的心中，却极为苦闷。

霜甲愁闷的理由，显而易见。

谁看到自己青梅竹马的对象对别人倾心，会感到开心？

不过，就如冰龙族的天生性情一样，霜甲也是犀利磊落，爱憎分明；经过愁云山口一役，他已对苏渐心服口服。

所以，听得冰龙王大人当众提起苏渐和沧雪的姻缘，他虽然心底发苦，却依旧端起美酒一杯，走近苏渐，诚恳说道："苏将军，我霜甲服你。"

说着话，他一扬脖，将杯中美酒一饮而尽。

"不敢。"见他如此，苏渐也连忙将杯中之酒一饮而尽。

霜甲的酒量，其实并不大，先前便抢先一个人喝了好几杯闷酒，现在向苏渐敬酒，为了不弱势头，喝得着实很猛。

他已经有了好几分醉意，便大着舌头，有些含糊不清地说道："苏将军，我虽然服你，倒不是你本身有太多本事。若论力量，你等人族，差我族太远。

"不过呢，正因勇力不及，你们才更加依靠阴谋诡计，所以这回讨伐军才落入了你的圈套。嗯，嗯，是你们人族都擅长阴谋而已。好事，好事，我们胜了，好好好，厉害厉害！"

说到最后时，霜甲已经醉态酣然，语无伦次，自己都不知道自己在说什么了。

见他如此，刚才还害羞的沧雪，却有些不高兴了。

她立即走过来，朝霜甲不满道："你这人说话，怎么这么奇怪呢？阴谋诡计？好，你给我使出一个来看看，看看能不能打败狂禅那坏蛋。

"再说了，我去人族国境的次数比你多多了，哪像你说的，什么人族都擅长计谋？分明我家苏渐，是他们中最厉害的一个！"

一吻倾情

见她毫不掩饰地维护苏渐，这时候霜甲已经喝醉，再加上之前已经知情，他也没觉得有多难过，但此时晚宴大帐之中，不知有多少冰龙族的青年才俊暗恋沧雪。

这时他们一见自己心目中的女神，真的对那个人族之人爱护有加，那颗萌动已久的心，顿时无形中已碎成了千片万片……

庆功宴之后，以轩辕承天为首的人族援军，便也开拔回国去了。毕竟，因为有血祭大阵的存在，巫龙王撒菩勒伯给人族带来的压力，并没有因为与冰龙国开战而减小。

毕竟对龙族来说，冰龙王的反抗，只是他们内部的矛盾；但巫龙王的天雪攻略，却是真正的种族之战。

而冰龙之王厄古烈，坦率说现在也没太多心情支援人族。他目前自顾不暇，虽然大败狂禅后压力稍减，但还要面对撒菩勒伯可能的强力后手。

他现在唯一感到欣慰的是，因为龙族一贯奉行强者为尊，现在他打败了凶名在外的巫龙执政官，在暗中得到了东邻雷龙国暂不讨伐的暗示。

面对这样的局面，苏渐得到国内传来的指示，让他在冰龙国再多留一段时日。

这么做，有两个目的。

一方面，他要观察龙族内部的形势变化，看冰龙国是否会和撒菩勒伯一路对抗到底。

另一方面，让苏渐利用自己刚为冰龙国立下的功勋，尽可能保证他们对人族的友善。

在轩辕承天等人离开后的这段时间，冰龙国中迎来了暂时的宁静。

这一日上午，苏渐在苍玉山顶的住所中，用过了早餐便去门前石坪上踱步。他一边看着远近千山如黛，一边想着如果没什么事，自己也就赶紧回国去。

待在苍玉山顶固然安宁，但苏渐现在并不安心。他一直惦记着天雪国境中的战局，并不想置身事外。

正在斟酌之时，他忽见沧雪从山下翩跹而来。

往日的龙巫女，总是一身白衫，宛如月宫之雪，但今日她却是一身粉红衣裙，行走于苍翠山间时，仿如一朵娇艳的桃花翩然回舞。

"她不是喜欢穿白衫么？怎么换了粉红？莫非有什么古怪？"苏渐的职业病发作，开始对龙巫女的换装疑神疑鬼。

浮想联翩时，沧雪很快到了近前。

"苏渐，来，跟我走。"来到近前，沧雪二话不说，拉住苏渐的衣袖便往山下走。

"走？去哪儿？啊，别使劲拉我啊！"突如其来的动作，让苏渐更加惶恐，惊叫之时，声音都有点变形。

"咦？"见他如此，沧雪奇怪道，"苏渐，你这是怎么了？听你的声音，不知道的还以为你怕我害你呢。

"是这样，我想带你去苍玉山的南边。那儿有个翠晴坡，兰雅跟我说，现在那里山花开得正盛，风景很美，就想让你带我去看看呢。"

"哦，这样啊。"苏渐一听，情绪顿时稳定。

"好的。"他看着沧雪拉住自己衣袖正使劲往前拽的手，说道，"那我就带你去看看吧。"

翠晴坡离苍玉山并不太远，正是苍玉山向南余脉的一处平缓山坡。

因为面向南方，背后的苍玉山脉挡住了北方吹来的寒风，让翠晴坡上长满了花草，风景极为优美。

苏渐第一眼看到翠晴坡时，几乎不敢相信自己的眼睛。

他没想到，在苦寒的漠北之地，还有这样花红草绿的美丽山坡。

此时阳光正好，日光明媚如玉，照在青青草坡上，将本就绚丽的花草，渲染耀映得更加亮丽。

片片的阳光里，无论是苍青翠绿的草，还是五颜六色的花，呈现在眼前时，好似都自带了光环，呈一种半透明的亮色。它们娇艳欲滴，好似有了灵性，随风舞蹈，如对人笑。

翠晴坡上的花草，种类也极其繁多，远看似乎差别不大的同种颜色，很可能是由多种多样的野花共同呈现的。

远看似乎黄晶晶的一片，走近细看时，却见有金白色的春黄菊，米黄色的石竹花，鹅黄色的报春花，金灿灿的金光菊，鲜黄色的金羽花；

远望如天蓝海蓝的一片，近看便有浅蓝色的百子莲，鲜蓝色的绒蒿花，粉蓝色的风铃花，浓蓝色的滨紫草，紫花金蕊的紫菀花，紫蓝号角般的龙胆花；

远看红艳艳如火的一片，认真看却形态颜色各异，有小红鞭炮一样的炮仗竹，下垂长灯笼一样的毛红雾花，密集橙红皱褶般的落新妇，还有玫瑰粉色的胡麻花，红粉铃铛一样的钓钟柳。

正是这些从深到浅的同色变化，当它们共同生长在一起时，让这尺度浩大的景物，呈现出无数细腻动人的肌理颜色。

而更多的时候，五彩缤纷的山花交错在一起，如繁星般密集，映入眼帘，五彩斑斓。

又或是在局部，某种颜色占了上风，成了那一块的底色；然后银灿灿的延龄草或是粉绿绿的火炬花，连绵生长，勾勒出色块与色块之间的边沿线条。

这花色繁多、分布各异的美丽野花，共同将这苍玉山南的翠晴坡，烘托得如同一块巨大无比的锦绣花毯。

看到如此绚烂的风物，呼吸着清新馥郁的花香，苏渐原本因为战乱而阴郁的心情，也忽然有了几分亮色。

见他暗藏忧色的表情在看到翠晴坡的景色融化开时，沧雪的心情也变得明亮欢快起来。

“来，到这里坐下吧。”沧雪拉着苏渐的手，往坡顶一处平缓的凹处牵引。

“好的。”苏渐跟在少女后面，朝那边走去。

不过他猛然便惊觉：“啊？我什么时候，竟和她牵了手了？”

还要回想时，沧雪已拉他到了那里，一起坐了下来。

这时苏渐想再深究，却发现沧雪的手已经松了开来。

并肩坐在花草山坡上，吹着微微的南风，看着花毯一般的山坡，听着清脆婉转的鸟鸣，苏渐的心情变得越来越舒畅。

仿佛有默契一般，在苏渐专注地欣赏自然美景时，沧雪没有再说话。

轻风里，粉红衣的少女，双手抱膝，贝齿轻咬，一双明眸望着远方，静静地出神。

在一片宁静里，苏渐的目光，渐渐掠过锦绣花毯一样的山坡，看到了更远的地方。

他看见，远处那片绿洲中，正有农人装束的冰龙族人，在开垦出来的田野中耕植劳作。

在绿洲更远的戈壁里，冰龙族猎手的身影影影绰绰，看样子正在纵放猎狗，努力地奔跑追逐猎物。

看到这样的情景，苏渐心中一动。

他忽然意识到，原来心目中凶猛残忍的龙族，也和自己的族群一样，不仅有王公贵族、王侯将相，也有普通的百姓民众。

对于这些人，无论族与族之间如何仇视，国与国之间如何倾轧，他们一如既往，默默无闻，有如蝼蚁尘土，卑微而努力地过着自己的生活。

想到这一点，苏渐心里忽然有些发堵。

酝酿了片刻，他有了些感想，便转过脸来，想跟沧雪说一说。

不知什么时候，沧雪已转过头来，一直安静地看着他。

见他转过脸来，少女想也没想，用一种极自然的姿态，就和她过往施展法术一样流畅自然地吻上了苏渐的唇。

思前想后的事情，就在如此自然、如此没有前兆的情况下，发生了……

感应到那两片湿热的柔软，苏渐初时本能地想远离。

但只是愣了一下，他没有退缩。

他回应了少女的热吻，还在那一缕丁香般的香舌拨动试探时，顺应着微微地张开了口……

亲吻之初，苏渐的状态，只能用“理智”来形容。

“这算是为国捐躯了吗？”苏渐的心中，哭笑不得。

在他的心里，最多只能算对沧雪有好感，但暗地里敌我两族的观念如一条巨大的鸿沟，始终影响着他对两人关系的看法。

想到这里时，越来越投入的少女，正转过身来，张开了双臂，抱住了少年。

做出这些动作，自始至终，沧雪始终闭着眼眸。

苏渐没有她专心。

感觉到她抱住自己，他张开双臂回抱，同时也睁开了双眼，看着近在咫尺的少女。

他看见，因为亲吻，沧雪的面容呈现出和平时不一样的形态，那粉嫩的脸颊正塌陷下去，姿容清丽。

因为闭起了眼睛，她的睫毛此时显得格外地优雅修长，正随着亲吻的节奏，微微地颤动。

看到这里，苏渐便看不下去了。

因为他忽然有种负罪感，觉得对方如此投入，自己却睁眼乱看，毫不专注。

于是从来认真做事的玄武卫少年，也忙闭上了眼睛，开始把全身心的注意力，都集中在黑暗天地里的那两片柔软上。

一旦专注，对面少女体验到的感觉，很快便不一样。

她的身子，开始颤抖。

她的呼吸，开始急促。

情到浓处，情不自禁，她的鼻子里发出片片的呻吟……

人非草木。

刚开始时，苏渐以为只是完成任务；但这样的事情，如何能用理智来控制？

渐渐地，他也投入了。

他现在唯一残存的理智，只让他觉得，正在做的事，很美好；毕竟这是茫茫天地间，另一个生命对自己亲密无间、全身心的投入。

对此，至少自己，要感恩。

灿烂的阳光，也照入了两人共同的这片黑暗天地，但并没有让视野变得明亮，而是加热了本就悸动的情火。

一切都要靠触觉。

一切都在纠缠。

心与心也纠缠。

伸入，探出。

迎合，喘息。

数遍了每一颗牙齿。

品味着不同于任何花香的甘甜。

这一刻，仿佛天地初萌，生命初醒，一切渴望裸露无遗。

这一刻，又好似群星璀璨的夜空，在眼前优美无限地垂落；两位旅人在暗色天地里跋涉寻觅，忽然被呼啸而来的风暴席卷，双双卷向浪潮的巅峰，然后面对着灿烂无垠的星空，飞翔，翱舞，舒展，滑落，如梦如幻，最后双双坠落于深邃黑暗的无尽深渊……

这样的感觉，游走于真实与虚幻之间，让人迷失，无法自拔。

万花丛中的两个生命，就这样沉迷于前所未有的体验，两人都快窒息，却舍不得分离丝毫。

这时幸好有清风来救场，带着清幽的花香，在紧贴的面颊中如丝般滑过，让他们不至于就此窒息。

有时也在不自觉地调整姿态，偶尔分离，又紧密贴合，于是女孩儿身前那两只优美的隆起，圆了，又扁。

不知多久之后，两人才告分离。

刚才如此亲密，让恢复了清醒的沧雪，变得万分羞涩。

她飞快地转过身去，双手抱膝，又恢复了最开始的姿态，看着远方的青空白云，怔怔地出神。

当然这时候的出神，和先前完全不一样。

望着美丽的花海，看着天边的流云，她在心中默默地想："以前不知道自己一直爱惜的美妙身体，将来会属于谁。

"现在，我知道了……"

想到这里，她的内心羞涩而甜蜜，也终于有了勇气，转过脸来，看向身边之人。

她看见，此时的少年，同样看着远方，但表情凝重。

见他如此，沧雪没来由地有些紧张，忙问道："你……在想什么？有什么问题吗？"

"我……"苏渐很想告诉她，自己想的是受苦受难的家国，想的是家国受苦受难时，他却在百花丛中，和一个敌族的少女亲热。

但话出口时，却变成了："没，没问题。我只是在回味刚才的每一刻。我要记住那每一瞬间的感觉，直到此生的终结！"

听到他这句话，沧雪的内心，忽然被一种阳光般的温暖充斥，让她的心甜蜜而又慌张。

这并不是什么不好的感觉，但情窦初开的天才龙巫女，却笨拙地想要去掩饰。

于是她叫道："苏渐！为什么你看我胸前的目光，这么不真诚？闪烁虚浮，一掠而过，难道你认为，它们不美么？难道你讨厌它们么？"

听得此言，苏渐终于见识到，龙族的战斗力固然比人族可怕，天才的龙巫女一旦开窍，也要比人族的少女可怕得多。

这两者间，有什么区别呢？

如果说人族的爱恋是：

"我曾到过江南，三月桃花，谁家小姐眉眼无邪？窗前静坐看落花；谁家少年青衣白衫？轻踏青石路，手执油纸伞。"

那龙族的爱恋则是：

"来吧！你我都沉浸在此时此刻的快乐里，所以真的不必去害怕明天！"

正浮想联翩时，苏渐忽然看到，沧雪一下子轻盈地弹跳起来，站在他面前，双手叉腰，做出一副傲慢凶狠的样子，叫道："从今以后，你就是我的人了！你不能再属于别的女人，但她们可以属于你，而你属于我！"

气咻咻地说完，还没等苏渐想清楚这其中的逻辑，沧雪已转身轻快地奔去，在斑斓如锦的花野中，如仙灵般飘然远逝。

刚才那么亲密，转眼如仙远逝，苏渐觉得自己刚才好像做了一场梦，一切都显得那么的不真实。

"呼——"苏渐长长地吐了口气，向后躺下，双手交叉，垫在脑后。

他仰望着浩荡无涯的蓝天白云，沉默了很久。

当他偶尔转过脸来，看见脸旁几朵盛放的野花，便不自觉地想起，刚才少女那沉醉投入的模样。

他的心，仿佛被刺痛了一般。

沉默了片刻，他仰望着青天苍穹，自言自语地说道："苏渐，你真是个混蛋。"

此后他躺在清风里，卧于花丛中，仰望着浩渺的青空，悠然出神，几近半梦半醒。

这时候，他并不知道，如仙飘逝的少女，在离开他的视线后，不顾仪态地迎风飞奔。

奔跑之时，她的脸上挂着轻微的泪痕，本来仙逸空灵的面容，此刻竟显得有几分憔悴。

"你以为，我不想和你多待一会儿吗？赶快离开，是因为，怕你这次又是骗我啊……"

此后的几天里，苏渐再也没有看到沧雪。

直到问过兰雅之后，苏渐这才知道，原来沧雪已经离开了冰昆王庭，前往西北方要冲之地，协助冰龙之王厄古烈布置防务。

听到这个消息，苏渐觉得自己该庆幸，但不知为何内心有一丝怅然，还有些担心龙巫女的安危。

又过了几天，苏渐见冰龙国从上到下，反叛之心已变得极为坚定，便想着自己也该回国去了。

只是，正当他准备行囊想要回去时，沧雪却忽然回来，急急地找到了他。

“苏渐，”征尘未褪的少女，站在苍玉山巅的木屋前，对着苏渐说道，“那个拿着永寂之刃的灰发少年，是不是你的熟人？”

“是啊，怎么了？”苏渐有些惊愕地问道，“他叫亚飒，已是魔匪军的头目。怎么回事？你怎么忽然提到他？”

“原来他就是你们那边的反叛军首领啊。”沧雪若有所思道，“如果知道是这样，就不用急着回来告诉你了。我原本还以为，那个人，是你的好朋友呢。”

“好朋友……算是吧，至少曾经是。”苏渐不置可否地问道，“他有什么事？”

“看来你还是担心他啊。你知道吗？他出事了。”沧雪说道。

“出什么事了？快告诉我。”苏渐急问道。

“嗯，听我说。”沧雪道，“就在前天，守卫我国北方冰潮岛的守卫来报告说，有手持永寂之刃的灰发年轻男子，应该是在雪牙圣殿入口处的星潮廊庭，被冰雪妖魔追赶，结果不小心陷入‘冰光之漩’，被围困其中，出不来了。”

“啊？”苏渐一惊，思忖片刻便问道，“如果久困其中，会如何？”

“若长时间不能脱困，轻则身中寒毒，神志错乱，重则冰冻碎裂而死。”沧雪答道。

听得此言，苏渐身躯微微一震，但一时并没再说什么。

亚飒被困在冰光之漩中，已经有三四天了。

如果说只是无处不在的冰寒之气，那倒还没什么。现在亚飒已经拥有了黑暗国师赋予的高等天魔之气，对付一般的冰寒之力，根本不算什么。

但正如“冰光之漩”的名称，这里的冰寒之气中，竟好像还附有某种巫术。

随着冰寒之力的环绕奔流，亚飒不仅身躯被搅动得随波逐流，那心神精魂，也好似渐趋混乱。

察觉出这样的苗头，亚飒悚然而惊，极力压制。

但即使如此，有好几次，亚飒整个人都好像进入和醉酒相反的状态，身体仍受控制，但精神却兴奋奔溢，难以自控。

随着时间的推移，这种不受自控的次数越来越多。

“难道，我就要死在这里了吗？”亚飒不甘心地想。

这并不是杞人忧天。

当最严重的一次神魂错乱到来时，亚飒真的觉得自己的魂灵就要飘出身躯去，自己想抓都抓不住。

在死亡阴影的笼罩下，往日混世大魔王一样的混血少年，也难免陷入了惊恐。

而这时，他还发现了一件怪事：

面临真切的死亡威胁时，他第一个想到的，既不是黑暗国师这样的精神导师和强大靠山，也不是沈克敌、萧龙雀这样的左膀右臂，更不是慕容雨蝶那样半路掳来的替代品。

缭乱的冰光寒气里，他第一个想到的，是苏渐。

不仅想到了他，当死亡来临时，他仿佛还在缭绕的寒冰光影中，看到了那张英俊亲切的脸。

第一次看到这张脸时，他惊喜地叫起来，甚至用残存的力气，驱动自己在冰寒旋流中极力向前，朝冰光中浮现的苏渐拼命游去。

但很遗憾，当他历尽千辛万苦，来到近前，伸手想要去拉苏渐的手臂时，却发现，自己一下子抓了个空。

“原来，这只是自己神志错乱濒死时，产生的幻觉……”

幻影破灭，亚飒心如死灰。

当他第二次看到苏渐的身影在冰光中浮现时，他已没了丝毫的心气。

见他没有动作，那冰光中的苏渐幻影，却还朝他这边飘摇而来。

当苏渐的幻影飘到近前，还探手朝他伸来时，亚飒依然无动于衷。

“亚飒！快抓住我。”熟悉的声音，有些焦急，仿佛正从邈远的天顶传来。

“唉。”亚飒叹息一声，哀伤地想道，“神志错乱，越来越严重了。”

“怎么回事?”茫然中，他听到那个熟悉的声音，继续说道，“难道没救了? 唉，还是捞出来，好歹落个全尸。”

“嗯?”听到这声音，亚飒有些惊讶，心想道，“怎么? 真的快死了吗?自己的幻听越来越严重了。”

正想到这里时，他已经快冻僵的手，忽然被一只温暖有力的手握住。还没等他反应过来，他整个人就如一个溺水者，被轻飘飘地拉起，迅速地漂移。

当亚飒彻底清醒过来后，发现自己已经躺在一块平整的草坪上。

睁眼仰望之时，他先看到旁边巍峨的宫殿，紧接着一张脸出现在他的视线里。

“苏渐!”他惊叫起来，“真的是你!”

“是我。”苏渐板着脸道，“要不是想审问清楚你为何来此，刚才本官就已经将你就地正法!”

“是吗……”亚飒仔细地观察着苏渐的表情，觉得这位昔日的大哥，还真的说得出，做得到。

真的，可能这世上没有一个人，像亚飒这样了解苏渐。他既是苏渐曾经的密友，又是后来的对手。

也只有这样亦敌亦友的关系，才让他比任何人，对苏渐的研究都要透彻。

亚飒知道，在大义面前，苏渐完全干得出这样的事：上一刻笑脸相对，下一刻就痛下杀手。

正因如此了解，已经有“大魔王”恶名的混血少年，面对苏渐并不算重的话，却不敢有丝毫怠慢。

“苏渐，”亚飒急声道，“你要相信我，我来这里，是为了拯救整个人族!”

“哦?”苏渐盯着他，“我知道你最近做的一些事，果然并未彻底泯灭良心。好，我听你说，为什么说来这里是为了拯救我族?”

“是这样——”接下来，亚飒就把自己的来意，一五一十地告诉苏渐。

“原来，你来这里，是为了解救恶魔女王的肉身。”苏渐口里说着话，脑海中不由自主地浮现出当初魅帝姒那妖艳无比的魂魄幻影。

想到这个魔界之主，苏渐心中忽然生出些古怪的感觉。

“世事还真是奇妙，”他想道，“自己误打误撞，解除了魅帝姒魂魄的封印，现在自己曾经的好兄弟，想要解救她被镇压的肉身。”

想到这里时，他又想了想亚飒刚才的话，觉得确实有几分道理。

敌人的敌人，就是朋友。

现在人族陷入巫龙之王带来的灭顶危机，要将人族从危难中解救出来，还真需要重新武装的魔族，才能与之匹敌。

先前的冰龙国，只能算迟缓片刻压力；在强敌环伺之中，他们能够自保，都已经谢天谢地。

苏渐甚至有些悲观地认为，都不需要连绵的战火，只要近年行事中庸的圣龙皇忽然奋起，发一道意志坚定、语气激烈的讨伐檄文，冰龙之王厄古烈，就可能会乖乖地自解武装，前去圣龙城请罪。

苏渐心想，把希望寄托在别人身上，总是不靠谱的；但如果只剩下依靠别人的选择，显然选择重新强大的魔族，要比冰龙族可靠得多。

毕竟，魔族作为曾和龙族抗衡一时的种族，拥有人族和单个龙族不可匹敌的力量。

同样，他们对在神州耀武扬威的龙族，有着比人族更加强烈的仇恨——

毕竟龙族把他们封印镇压了三百多年！

几乎不用想，一旦魔族破除封印，重新武装，将对龙族造成山呼海啸的破坏。

而现在，他听亚飒说，能让魔族重新崛起的钥匙，就是在前面雪牙圣殿中冰封的魅帝姒肉身。

相不相信亚飒的话？

其实现在摆在苏渐面前的抉择，极其重大。

但他也是果决之人，几乎没多想便判定，亚飒此举若能成功，一定有助于解决人族已经迫在眉睫的灭绝危机。

至于那之后怎样，谁也不知道。先活命吧。

这时候，无论是黑暗国师和亚飒，还是苏渐等人，已经部分了解了撒菩勒伯的用意——

这个号称“龙族双雄”之一的一代枭雄，竟然异想天开，想要牺牲绝大部分人族，来彻底毁灭整个魔界！

“必须阻止这个疯子！”

“好，我支持你。”下定决心的苏渐，脸上露出了招牌般的明亮笑容，朝亚飒伸出手去。

亚飒本以为曾经的兄弟，要和自己击掌结盟，没想到自己的手刚伸到一半，却见苏渐手掌半途打横挥去，转眼一道鲜绿色的晶莹光华细碎播撒，如一道春雨般笼罩在自己身上。

转眼间，亚飒觉得整个躯体如释重负。

到这时，他才意识到，原来自己刚才，身体里一直被一条无形的绳索绑缚，直等到苏渐确认结盟后，才真正出手将其消除。

想通这一点，亚飒表面不动声色，心里却有点后怕。

他暗中叹道：“唉，我这位大哥，果然不是省油的灯。

“他来救我，分明是听说了我带着混血军在帮助王国联盟作战。但即使如此，在刚才救人之余，还不忘暗中下个圈套。唉，这谨慎劲儿，连我也望尘莫及啊。”

想到这里，亚飒不禁有些腹诽；不过埋怨归埋怨，见苏渐露出这一手，亚飒也把自己的机灵劲儿，往回收了收。

曾经的兄弟再次相见，和上回万花国中的相逢，感觉自然不同。

那时亚飒还是满手鲜血的大魔头，苏渐则是奉命刺杀的玄武卫。但现在天雪城陷落、血祭大阵升起，在如此大劫面前，许多事情已截然不同。

一路反叛的亚飒，现在已暂息兵锋，暗中与朝廷结盟。

时移世易，苏渐对过往的恩怨，自然也不会太纠结。

关系相对缓和之际，亚飒再次对苏渐袒露了招揽之意，并且他明言，只要苏渐愿意来，他亚飒甘愿退居副手，以苏渐为王，未来共建大同乐土、光明之国。

很自然，苏渐再次断然拒绝。

见他态度如此坚决，亚飒急了，忍不住质问道："苏渐！你我相知这么久，你有什么放不下的？难得你一身文武双全，难道甘愿一辈子就当朝廷的鹰犬？你究竟知不知道自己为什么活着？"

"为什么活着？"苏渐闻言，没有答话，一时若有所思。

停了片刻，他才道："亚飒，有些事情，你并不知道。所以你才不知道，我为什么活着。"

"为什么？"亚飒气冲冲问道。

"很简单，我活着，为挚友，为家国。"苏渐道。

"为家国，我苏渐始终未忘反攻龙族、夺回家园。这是我的使命。就这一点，我就不能加入你，因为只有华夏人族诸国联合起来，才有可能实现光复的目标。

"为挚友，不说为冰焚、雪穹、唐求、玉妃、小眉，就是你，难道你以为，就算你最倒行逆施的那段日子，我会真正忘记曾有你这个兄弟？

"只是那时，为了你自己，也为了家国万民，只要有机会，我就会杀了你。

"还有一个挚友——唔，可能不能算挚友，应算恋人。"

"恋人？"亚飒大奇，脱口道，"怎么从没听你说过有恋人？雪穹？还是小眉？不过外人可能觉得她们二人是，可我知道，你说的一定不是她们。"

"对。"苏渐点点头道，"不是她们。我说的恋人，正是对面龙国的月歌公主！"

"什么？！"亚飒一脸骇然。

"是的。"苏渐平静道，"恶龙帝国的公主，就是我魂牵梦萦的那个人。她不仅是我的恋人，还是我的恩人；没有她，我早就灰飞烟灭，尸骨无存。

"但现在，她却因为我的事，生不如死。所以我活着，还有一个重要的理由，便是将她解救出来！"

"这、这是怎么回事？"听了这番话，亚飒变得越发迷惑。

"是这样——"接下来，苏渐便将自己和月歌那一段奇妙的情缘，讲给亚飒听。

听完苏渐的叙述，亚飒震惊之余，也有些怅然。

他沉默了良久，才悠悠说道："苏渐，虽然你我的道路不同，但知道你也找到了自己的道标，作为兄弟，我也为你开心。"

"你早就该相信我了。"苏渐捣了他肩膀一拳，笑道，"我苏渐，可是孤胆屠龙的大英雄，一向很靠谱的！"

在这一番倾心交谈之后，苏渐和亚飒之间的关系，终于不再剑拔弩张了。

此后，苏渐跟亚飒详细地说明了雪牙圣殿中各种机关道路。

能获得这些宝贵的情报，自然是因为苏渐干起了老本行。

这几天里，他在冰龙国中一番紧急侦察，获得了亚飒等人梦寐以求的雪牙圣殿进入方法。

本来这些情报很难获得，但作为打败讨伐军的大英雄，现在苏渐在冰龙国中，可谓众星捧月，就是想了解些机密情况，也不是什么难事。

尤其是这雪牙圣殿本来就很偏僻，虽然曾经是冰龙国的神殿，却被圣龙皇朝征用了很长时间，冰龙国人不满之余，对其重要性也在无形中忽视了。

所以，当苏渐跟他们套取雪牙圣殿的情报时，他们并不是很在意，为取得苏渐的好感，他们不仅知无不言，甚至还主动去帮他打听更多的消息。

亚飒对苏渐给他提供这些情报，简直是感激涕零。

有了这些情报，就意味着，他们不仅会少死很多人，而且此行成功的可能性，也大大增加了。

获知了情报，再加上先前听到了兄弟的心声，亚飒的心情变得极好。

这样的好心情，在他快和部下会合时，突然就消失了。

亚飒本来以为，苏渐这样帮忙，接下来一定会和他们一起进入雪牙圣殿，去解救恶魔女王的肉身。

苏渐的实力他是知道的，要是有苏渐的加入，亚飒觉得今日之事，基本上十拿九稳了。

没想到，当他们二人已经能看到远处萧龙雀、沈红袖等人焦急等待的身影时，苏渐忽然开口道："亚飒，送君千里，终有一别。我这就告辞了。

祝愿你们一切顺利。”

“苏渐！这是怎么回事？”亚飒猝不及防，一下子就急了，简直怒吼道。

“我不会跟你们进圣殿的。”苏渐不为所动，沉声说道。

“为什么？”亚飒瞪着眼看着他，“你不要告诉我，说你害怕这个秘境！”

“怕？”苏渐傲然道，“亚飒，你是知道我的，我苏渐只畏天地君亲师，其他怕过谁？就连叛国奸相，也被我拉下马来！”

“那你是为什么？难道是因为……”亚飒停了一下，看了看远处那几个影影绰绰的身影，便若有所思道，“莫非，是因为萧龙雀？”

“不完全是。”苏渐摇了摇头道，“我并非不知变通之人，大劫当前，过往恩怨，可暂放一边。”

“那究竟是为什么？！”亚飒更加不解了，急声问道。

“亚飒，你还是不知道，”苏渐摇摇头道，“救你，指点你，是一回事；但要我明知解救的是魔王的肉身，还要去，对不起，我有我的原则，我不能做这样的事。

“你要知道，不等于我族的大敌龙族镇压了魔族，和魔族互为仇敌，那魔族就是好东西。所以，你要去救，就去救，但我不去。”

“这样啊……”亚飒终于明白了苏渐的心意，便长叹一声，“唉！苏渐，我也不劝你。

“我知道，别人都说我亚飒心狠手辣、铁石心肠，可我知道，若认定了一件事，你只会比我更坚定，绝非言辞可动。好吧，那你先回。”

“嗯。”苏渐点了点头，“那你保重。”

一旦沟通了心意，两人毫不拖泥带水，简单告辞一声，互相只是摇了摇手，便各自转身离去。

萧龙雀和沈红袖等人，在亚飒陷入冰光之漩后，便失去了主心骨，正在不远处的冰潮岛海滩边焦急地等待，不知如何是好。

当亚飒毫发无损地重新出现在他们面前时，萧龙雀等人惊喜的心情可想而知。

“走吧。”寒风中，亚飒对他们一挥手，坚定地说道，“我们继续前进。”

第一百四十二章

永刑之地

“大人，如果我们……再陷入冰光之漩，怎么办？”沈红袖有些迟疑地说道。

“无妨。”亚飒摆了摆手，“我已得高人指点，雪牙圣殿的机关道路，已经了然于心。”

“哎呀，那太好了！”灵俏的火舞灵蝶雀跃不已。

只是，就在众人要动身出发之时，最近才加入的神戟将萧龙雀，忽然躬身一礼，语气郑重地说道：“亚飒大人，属下有一事，要跟您私下禀报。”

“哦？”亚飒看了他一眼，也不迟疑，立即道，“好。”

于是，两人一前一后，几乎走出数十步远，已经快到了浮冰海潮的边上，这才停住脚步。

“龙雀，什么事？”亚飒看着他，和蔼地说道。

“是这样，属下……”萧龙雀压低了声音，朝亚飒低低地说了一番话。

此时的冰潮岛海滩边，正是寒风呼啸；北方大洋上亘古纵横的冰风，吹在二人脸上时，如一道道冰刀在割着脸面。

不过，寒风再冷，也不及亚飒听了萧龙雀这番话后，内心寒冷的程度。

“你说的，是真的？”初时的震惊过去，亚飒面沉似水，朝萧龙雀确认。

“千真万确。”萧龙雀道，“属下一直留心此人，终于功夫不负有心人，被属下偷听到。”

“哦。”亚飒沉吟片刻，忽然话锋一转，凝视他道，“你怎么会一直留心于他？”

“禀大人，这是因为，属下先前跟在宰相大人的身边，成天都跟阴谋诡计打交道，所以对属下来说，离得七八丈远，都能闻到阴谋诡计的味道。”萧龙雀沉稳地答道。

“哈！这理由，倒有趣。”亚飒看着他，笑了两声，忽然厉声说道，“萧龙雀，以后记住，别宰相大人宰相大人的，叫得这么尊敬。那司徒老儿跟我苏渐大哥作对，不是什么好东西。我知道你顾念旧情，叫声‘岳丈’足矣。”

“是！是属下言辞欠妥。”萧龙雀慌忙垂首道歉。

“嗯。”看到他这样小心翼翼的样子，亚飒忽然也有些感慨。

当年星降高原上，他和苏渐等人路遇宰相的车队，看到耀武扬威的萧龙雀和位高权重的司徒威，他还心生“大丈夫当如是”的羡慕情绪。

那时候，羡慕归羡慕，却知道自己和他们，乃是天差地别，自己完全不可能追赶到。

但现在呢？

没想到，世易时移，如此天翻地覆，当年曾经羡慕的对象，一个已经葬身火场，一个成了自己的下属。

世事难料至此，纵使亚飒是个“得利者”，想到此节，也不禁感慨颇多。

亚飒心中感慨，但看在萧龙雀眼里，便是亚飒有些出神。

等了一时，见他仍是无语，萧龙雀便出言问询：“大人？”

“无事。”亚飒回过神来，摆了摆手。

“对了，龙雀，”亚飒好像想起什么，忽然面沉似水，凝视萧龙雀问道，“你怎么会将此事告知我？要知道，他可比我强大多了，这一点难道你不知道吗？”

“属下当然知道。”萧龙雀平静说道，“可我萧龙雀，并非吕奉先，绝不当三姓家奴。况且跟随大人之后，每日都有‘觉今是而昨非’之感，如何还会行差踏错？”

“很好，很好。”亚飒击了两下掌，终于脸现笑容道，“龙雀，你今日能将此事告知，足见你忠心。你是何等人才，我亚飒心知肚明。

“本军之中，高手不少，但像你这样的将帅之才，却终究难得。

“你放心，翌日若有所需，我定当让你担当大任，届时你可万万不要推辞。”

“啊？”忽然听到这样推心置腹的话，萧龙雀有些猝不及防。

愣了片刻，他才反应过来，感激涕零地躬身行礼道：“多谢大人厚爱；我萧龙雀只不过旧焰余烬，能得大人收留，已经感激不尽，根本已无争强好胜之心。”

“这个话，别说得太早。”亚飒目光灼灼地看着他道，“我只问你，若将来我以大任相托，你可会推辞？”

“不会！”萧龙雀斩钉截铁地答道，“能得大人青眼，乃我萧某三生有幸；只要大人一句话，萧某上刀山、下火海，在所不辞！”

“好，那就好！”亚飒拊掌赞叹一声道，“走吧。我们先打进雪牙圣殿，救那个魔王去！”

“是！”萧龙雀大声应道。

有了苏渐的指点，接下来亚飒这些人的前进之路，顺畅了许多。

他们有惊无险地躲过了四处浮动的“冰光之漩”。

他们用最小的代价穿过了密布冰晶傀儡的“星潮廊庭”。

又用一番极其复杂转折的步伐，通过了“雪尘之路”。

最后，他们终于到达了隐在冰潮岛北侧深处的雪牙圣殿。

严格来说，雪牙圣殿建立在冰潮岛北侧边缘的一处泄湖中的岛屿上。

千万年前的晶灵族能工巧匠，按照冰海潮汐的节奏，通过星海晶石的力量，让雪牙圣殿随着潮涨潮落而上下浮动，始终保持在水面之上。

不过，千万年过去，当年精妙的晶石法阵已经失去了部分机能，不能让雪牙圣殿还像当年那样巧妙地浮沉。

在当年冰龙族发现这座失落圣殿时，每当涨潮的时候，圣殿已经全部浸在海面以下了。

即使是玉石筑就的高大圣殿，也经不住年长日久的海水浸泡和侵蚀。

当冰龙族占据圣殿时，这座传说中被晶灵族奉为“光辉神庙”的北海圣殿，已经被海苔覆盖，成了鱼虾蟹贝的乐园。

见这情形，冰龙族肯定要予以修缮。

但问题在于，虽然冰龙族的建筑技艺也极为高超，但在这方面毕竟还无法和当年晶灵族的神之技艺媲美。

为了在涨潮时也能保护雪牙圣殿，最后冰龙国的法师们做了变通，在雪牙圣殿的东南西北四个方向，设置了四个法阵。

这样的法阵，能让雪牙圣殿在涨潮之时，自动笼罩一层冰晶之罩，从而屏蔽了涨潮时涌入泄湖的海水。

托冰龙族重修雪牙圣殿的福，亚飒这行人在得到苏渐传递的情报后，很快便来到了雪牙圣殿中。

因为此处乃是镇压恶魔女王肉身之所，所以圣龙城也在雪牙圣殿的核心区域，布置了精悍的守卫。

只是此地承平已久，从来没什么不速之客窥视，所以那些圣龙守卫们，也都丧失了警惕。

再加上苏渐也把守卫分布当值的情况同样打听到了，所以亚飒等人很容易便找了个空隙，潜入了封印魅帝奴的核心区域。

这片区域，在雪牙圣殿正殿之后的庭园之中。

它并不在地上，而是漂浮于半空中，如同一座悬空的冰山。

在当年晶灵族时代，这个地方名叫“永冰之阁”；不过当圣龙皇封印魅帝奴于此后，便被改名为“永刑之地”。

永刑之地，本来当年只是晶灵族营造出来的人造冰山景观，终年冰雪飘舞，状极凄美，但后来就被圣龙皇改造成了封印之所。

虽然早有心理准备，但当亚飒等人历尽千辛万苦，终于来到永刑之地时，他们抬头一看，还是不由得一阵心惊。

原来，在这片雪牙圣殿的后花园中，竟有一座硕大的蓝色冰山，寒光闪烁地飘浮半空；看山形极为沉重，但此时呈现在面前的，却好似轻若无物，如雪花羽毛般飘浮在空中！

这还不是最奇的。

在一片迷离的冰光中，亚飒等人赫然看见，这座不大不小的冰山核心中，真的凝固着一具极度妖娆魅惑的女体。

毫无疑问，这就是魔界之主、魔族之王，号称“黑暗魅力”的魅帝奴女王。

相比之前的松懈，永刑之地的守卫，要森严得多。

在封印魅帝姒的寒冰周围，有十二名武士浮空环绕；看他们的光明金甲和星光战袍，便知来自光暗圣龙一族。

虽然人数不多，但亚飒等人很清楚，这些人绝对不是寻常的守卫，而是无比强大的高手。

要夺取魅帝姒的肉身，以亚飒这些人的能力，根本不可能战胜圣龙守卫。不过，算无遗策的黑暗国师，已经安排好了一切。

靠近永刑之地后，亚飒一挥手，萧龙雀、沈红袖等人，便从怀中掏出一只只黑玉琉璃瓶。

随着亚飒再次挥手，众人齐齐把琉璃瓶往地上一摔——

瓶子落地碎裂，并没有发出很大的声响，那碎裂的声音，几乎只比枯叶坠地大了一些。

伴随着碎裂声，一个个淡若无色的魔灵，宛如一缕青烟般飘然而起，朝那些圣龙守卫悄悄飘去。

黑暗国师赋予的魔灵，神秘，诡异。

那些圣龙守卫在无声无息之间，起了奇怪的变化：

本来庄严无比的守卫，忽然间嘻嘻哈哈，就像工场放工一样，他们勾肩搭背地一哄而散。

"成了！"亚飒一直悬起的心，顿时放下。

等圣龙守卫彻底走远，他们赶紧从藏身之处奔出来，按照黑暗国师预先教导的方位，各自站好，然后每个人都双手交叉在面前。

随着亚飒一声轻喝，他们开始结起奇怪的手印来。

源自魔界皇族的魔王手印，蕴含着神秘的力量；随着亚飒和部下们不断变换的手印，冥冥中仿佛唤醒了沉睡千年的魔物，一种源自湮灭地带的诡秘能量，开始渐渐地积蓄。

原本冰封如铁的永刑之地，开始渐渐融化。

炫蓝的冰光中，原本仿佛死去的魔界之主，在某一刻忽然转动了眼眸，好似下一刻就会活转过来。

冰山融化的速度越来越快，转眼纷落如雨。

随着冰层的削减，那冰封中的妖娆肉身，越来越有鲜活之色。

眼看魅帝姒周边的冰山外壳融化得只剩下五六寸厚时，寂静的永刑之地中，忽然响起一声刺耳的尖啸！

伴随着尖啸声，这庭园中强光闪耀，一条条星光螺旋纵横往来，如同一条条长鞭向亚飒等人抽来！

能被亚飒带来之人，全都是混血魔军中一等一的高手。尤其在此关键时刻，对这种层次的人来说，什么被胜利冲昏了头脑的情况，根本不可能发生。

但即使如此警惕，当星光长鞭抽来时，好些人还是猝不及防，瞬间哀嚎一声，重伤倒地。

最严重的，几乎整个人都被星光之鞭拦腰抽断，就好像受了最残酷的腰斩之刑一样。

"不好！"一声声惨叫中，亚飒等人立即停止了手中的结印，跳到一边，结阵自保。

随着魔王手印的停止，封印魅帝姒的冰山，不仅立即停止了融化，那些冰层，还以肉眼可见的速度开始重新凝聚。

眼见功亏一篑，亚飒等人自是惊怒异常；不过等他们看清眼前来人之后，冲天的怒火立即烟消云散。

其实，一看见那纵横挥洒的星光螺旋，亚飒和萧龙雀的心里，对来人是谁，已如明镜。

"嘿嘿。"伴随着一声带着娇意的冷笑，一个高挑袅娜的身姿，出现在冰雪庭苑中。

"隐龙君！"亚飒眼神一缩，忽然好似想到什么，便大叫道，"原来就是那个在灵洲被我兄弟打个半死的女娃！"

"什么！"亚飒这声吼，真是出乎隐龙君雪冽迩的意料。

本来以她的修为，什么样的言辞都难以让她动容；但偏偏亚飒这一嗓子，恰好戳到了她平生最大的痛处！

那次在灵洲被苏渐打伤，不知道的人还以为并不严重，但雪冽迩有苦自己知，那回的伤势，真的差点要了她半条命。

如果不是这样，灵洲之行后的大半年里，她也不会如此老实。

事实上，她王兄撒菩勒伯的惊天计划，就因为她的意外重伤，而相应地推迟了大半年。

这样一来，那次受伤，对雪冽迩来说，真的就是奇耻大辱了。

在面对自己的兄长时，她还可以半真半假地找借口，说毕竟那苏渐是法力无边的兄长您的弟子；虽然这份师徒关系持续了没多久，但作为当事人，撒菩勒伯肯定不会跟自己要强的妹妹较真。

但放到外人眼里，雪冽迩这个亏，可就是吃得实实在在。

所以，那次受伤之事，几乎成了她的“逆鳞”，任何人提起来，她都会发狂。

亚飒这一嗓子，可把她气得够呛！本来还想多戏弄戏弄这些不知死活的虫子，现在她的想法立即改变了。

“找死！”她凄厉地呼喝一声，便要搅起漫天的星光螺旋，将眼前这些可恨的家伙一网打尽。

只是，当她才抬起手时，眼角的余光却只觉眼前人影一闪，一道饱含寂灭死意的刀光，犹如星河倒挂般迅猛砍来！

这一刀，不仅事出突然、角度奇特，更令人感觉奇诡的是，这刀势宛如瀑布洪流，但劈来时却无半点声息，几乎让人怀疑出刀之人，乃是九幽地府中的死寂之灵。

当然不会是死寂之灵。

而是亚飒已和永寂之刃合为一体！

只是如此犀利、刁钻、无声无息的攻击，雪冽迩却是毫不为意。

她好整以暇地道了句“你比你的兄弟差远了”，这才伸出纤纤玉指，在倏然而至的永寂刀头一点。

霎时间，迅猛如瀑的永寂之刃瞬间歪去，亚飒和永寂刃一起，就在离隐龙君只有毫厘距离时，堪堪地擦了过去。

如此细微的距离，可见隐龙君对力量的把握何等惊人：她竟似乎不愿意多浪费一丝一毫的气力！

亚飒不是笨人，就算在此生死时刻，也能察觉到其中蕴含的意义。

自从举起反旗之后就不知道“怕”字怎么写的混血少年，这一刻终于怕了。

但现在害怕，已经晚了。

这时候，雪冽迩一只手仍牵动漫天的星光螺旋，将萧龙雀等其他人赶得无处可逃，另一只手看也不看地朝身畔侧后方的亚飒后背拍去。

这一掌，动作和江湖武人打斗时的动作差不多，但其造成的杀伤和后果，想也不用想，定是天差地别。

对雪冽迩来说，这电光石火间的一瞬，便已知大事已定。

于是在满天星光和犀利掌影下，她放声大笑道：“蝇营鼠辈，王兄早已预料到。去死吧！”

说话间，漫天星光鞭影瞬间如网收拢，那斜后挥出的一掌，任亚飒极力躲避，也即将印在他的背上。

只是就在这时，在雪冽迩笑声未歇之时，这永刑之地的冰雪天地中，瞬间响起了惊涛骇浪一样的沉闷声音！

这声音初听如风浪之音，细辨却似来自黄泉九幽的风声，呜咽凄怆，充斥四野。

悲声之中，洁白的冰雪背景中，忽然冲出无数魔将暗影。

这些魔将，甲胄奇特，面目狰狞，胯下都骑着奇形怪状的魔兽坐骑；他们并非实体，而是某种幻影，看似淡然无物，却以一种闪电惊雷般的气势，挥舞着各种突兀狰狞的兵器，朝隐龙君迅疾扑来。

飒然出现的魔将幻灵，根本不去救亚飒和他的部下，而是从四面八方直攻隐龙君。

催动这些魔灵之人，未必有救援亚飒等人的意思，但客观上却造成了“围魏救赵”的效果。

感应到魔灵攻击中的炫烈杀意，隐龙君只好放弃了到手的猎物，带着一丝苦笑，消散了刚才的所有攻击。

她凝聚起浑身的灵力，在第一支魔灵兵器伸到眼前时，瞬间升起了她的幻界之盾。

飞旋的五彩光盾，立时将漫天魔灵幻影的攻击悉数抵挡在外。确保自身无忧后，雪冽迩怒从心头起，立即催动幻系分身斩，将那些魔灵一对一地制住。

站稳脚跟后，她又想奋起紫炎巫火、死光螺旋、锁天星链，将这些可恶的敌手一扫而空；只是就在她想回头再去找亚飒等人的麻烦时，那个头戴银笠、身披黑袍的老对头，又倏然出现了。

“是你！”一见到他，雪冽迩几乎咬碎银牙，寒声吼道，“混蛋！是该叫你幽玄，还是伊尔丹？怎么哪儿都有你？总是不请自来，难道不知道自己很烦吗！”

“你才知道？”幽玄抬起头，露出银斗笠下那张邪气凛然的俊脸，冷笑说道，“我从来都是这么烦。”

“闭嘴！”雪冽迩一声怒叱，漫天的星光火影瞬间朝幽玄罩去。

“哼！”黑暗国师这时再也不保存实力，一声闷哼后，便有无数闪着紫焰的黑色波纹，朝雪冽迩汹涌而去。

无论是雪冽迩的星光火影，还是伊尔丹的黑暗波纹，看似都没有实质；但在两者乍一接触的那一刹那，只听得轰隆一声巨响，好似两朵蓄满雷电的雨云碰撞在一起，爆发出通天彻地的惊雷！

龙族的巨擘、魔界的巨头斗在一起，声势惊人，势均力敌。

其实幽玄毕竟只是魔界国师在人间的投影，无法发挥出完全的实力，本不是雪冽迩的对手；但正如亚飒所言，半年前雪冽迩被苏渐蓦然爆发的魔炎朱雀给击伤，虽然伤势已经痊愈，但力量还未完全恢复。

所以一时之间，两人竟斗得势均力敌。

他们两人势均力敌，从总体上来说，亚飒这一方占了便宜。

眼看幽玄将雪冽迩挡住，亚飒等人毫不迟疑，立即重新结阵，急速运转魔王手印。

从这一刻起，包裹魅帝姒的厚重冰甲，再次开始融化。

雪冽迩看在眼里，急在心里，但却无济于事。

这时她心中十分后悔，觉得自己不该如此轻敌——千算万算，她竟漏算了幽玄也会前来冰潮岛。

要知道先前亚飒等人一路的行踪，雪冽迩都看在眼里，正要在此地守株待兔，一网打尽。

主意想得很美，但当幽玄这个意外出现时，一切都发生了改变。

不知不觉间，老谋深算的黑暗国师，就将雪冽迩驱离了永刑之地；当雪冽迩惊觉之时，两人已在五六里开外的冰潮岛边缘。

就在雪冽迩听到北方冰洋上特有的汹涌涛声时，那永刑之地中封印魅帝姒的“永刑冰山”，恰好彻底融化。

一旦融化，魅帝姒的躯体便从空中坠落；亚飒等人立即上前将她接住，放在准备好的锦绣床垫上，几个人一起抬着，就往雪牙圣殿外面奔跑。

“事成矣！”感应到永刑之地的变化，黑暗国师大喜过望，仰天长笑一声，便要飞身遁走。

雪冽迩正是气急，如何能让他跑掉？漫天星光鞭影瞬间闪耀，将黑暗国师死死地困在眼前。

雪冽迩一旦发狠，威力非同小可；纵然黑暗国师这时无心恋战，却也得打起十二分的精神，全力支撑。

对亚飒等人来说，幽玄没能及时前来会合护送，并没有什么影响，一路上并无多少阻挡。

他们按照预定的计划，不走回头路，直接往冰潮岛西北方急行；在那里，有几只预先藏在海湾里的小船。

他们这么安排，正是要让龙族守卫摸不清他们的路线，从而难以阻截。

这样的安排，算是天衣无缝。很快他们就抬着魅帝姒的肉身，在阴沉沉的云天下，来到了藏匿小船的海湾。

这是一处半圆形的海湾，其轮廓就像一只缺了口子的手环，所以龙族称之为“裂环湾”。

北方大洋的冰海怒涛被狂风鼓动，澎湃而来，在裂环湾的豁口处激起冲天的雪浪，伴随着雷鸣般的巨响，声势极为惊人。

不过当汹涌的怒涛冲过豁口后，一路被各种水上水下的海岩暗礁阻拦，到了裂环湾中央的位置时，已经变得风平浪静，没了半刻前“惊涛拍岸，卷起千堆雪”的宏伟声势。

听到裂环湾中的浪潮声不久，亚飒等人便看到了藏匿在海湾中的小船。

看到了小船，原本一直提心吊胆的亚飒等人，终于放下心来。

来到离小船藏匿地点最近的一块高耸的礁岩前，亚飒转过身来，朝众人挥手道："兄弟们，我们——"

话还没来得及说完，却见一道乌光电射从他背后的礁岩顶端而下，以泰山压顶之势，直取亚飒头颅！

亚飒也是极为机警之人，但不得不说，隐藏在礁岩后的这一刺客，挑选的时机太好了！

方才经历了雪牙圣殿中三番五次的惊心动魄，现在到了逃生之地，眼见胜利在望，就算亚飒这样机警谨慎之人，也不由自主地放松了精神。

隐匿的刺客，将亚飒的心理揣摩得极其透彻；就在他心神放松，并且专心说话之时，突然扑击而下。

更不要说，他选择的伏击地点，也仿佛事先看过亚飒站立的位置一样。

这样一来，根本不用考虑刺客的武力如何了；有他这样的见识，基本上这样的人做事，没有失败的道理。

眼见一缕劲风扑下时，亚飒完全呆立当场，甚至还在疑惑头顶的风声，是金铁破空的异响，还是忽然吹来的海风。

亚飒都反应不过来，更不用说其他人了；当反应最快的萧龙雀惊呼一声，展动身形飞扑上前时，那之前的时间已经够亚飒死七八个来回了。

但亚飒并没有死。

就在钩形的犀利乌光几乎触及亚飒天灵盖的一瞬间，忽然一道剑芒灿烈如日，自天外狂飙而至，刹那间主客易位，偷袭者转眼成了被偷袭者！

“啊——”一声凄厉的惨叫声响起，倒把亚飒吓了一跳，也惊醒了众人，这才有萧龙雀飞扑向前。

不过，当萧龙雀扑到亚飒近前时，那偷袭者已经带伤逃窜，半路杀出的救星也紧缀其后，沿着冰潮岛海滩朝南方追去。

两人这一前一后飞奔的路径上，从前面奔逃者的肋下、后面追击者的剑尖上，正不停地滴下鲜血，落在白雪上，斑斑点点，极为瘆人。

“苏渐？厉华楚?!”还是萧龙雀先反应过来，看见这两人的身形，顿时惊呼出声。

“苏渐?”和萧龙雀不同，亚飒根本没理厉华楚的茬儿。

刚差点被人削顶而死，他却好似毫不放在心上，反而面露喜色，朝着苏渐追下去的方向大声叫道：“苏渐！你不是说，你有你的原则吗？怎么还是来帮我了？可见你——”

刚要继续往下说，却听得苏渐清越的声音，夹杂在风声涛声之间传来：“我的原则，从未改变；只是这厉华楚，是我身为玄武卫一直想要缉拿的罪犯啊……”

苏渐一边追击一边说话，当最后那句话传来时，已经只剩余音，很快散入了天风海涛中。

听到风中传来的声音，一贯在部下面前板着脸的“大魔王”，这时候的脸色忽然变得柔和。

“这家伙。”亚飒其他什么话都没说，只是看着苏渐消失的方向，微笑着自语。

被厉华楚这一搅，不知不觉又是一刻时间过去。

“亚飒!”正张望苏渐背影的混血少年，忽然听到那个熟悉的声音在喊他。

“恩师?”亚飒回头一看，正是化身幽玄的黑暗国师，从东边疾奔而来。

和刚才厉华楚奔逃时类似，幽玄这一路飞奔时，也洒下点点猩红的鲜血。

“哎呀！您也受伤了!”亚飒见状，大惊失色，连忙迎上去。

“无妨。”幽玄很快便到了近前。

看着焦急的少年，他摆了摆手，傲然说道：“为师虽然受伤，那巫龙女受伤更甚，已经无力追赶我等了。”

“是吗!”亚飒又惊又喜。

不过喜形于色之时，他暗中却是心惊不已：“呀！这黑暗国师，只是以人间幻形，便大败隐龙君，这实力何等惊人！”

心中正转念时，他听幽玄说道：“好孩子，今天做得不错。事不宜迟，我们须立即迎接魔界之主的魂魄回归肉身。只要此事一成，人族危机立即可解，龙族作威作福的好日子，也立即到了头。”

“哈？太好了！”亚飒一听，喜动眉梢，急不可耐地叫道，“该怎么做？咱们快点开始吧！”

“好，你等且听我说，”幽玄朝着亚飒这些人说道，“我等之中，只有我与亚飒有天魔之气。要迎魔主魂魄回归，唯有天魔之气方能牵引。”

“所以，所有人，听本座号令——除你们的亚飒大人外，其他人都去周围，按三才七星方位站好护法；亚飒，你跟我来，并立我主身后，同催天魔之气。”

“是！”众人领命而去，亚飒也跟在幽玄身后，依照他的样子，站立在魅帝姒头部的后方。

这时的恶魔女王，卧在锦绣床褥上，不仅肤色鲜活白腻，面容也颜色如生。

魂魄未归之时，恬然静卧，无形中去除了生时的媚惑妖艳，就好似“清水出芙蓉，天然去雕饰”，这时候呈现出一种难得的静谧之美。

但就是这样的静谧美感，却也让亚飒的目光不敢过多停留。

几次不由自主地挪开目光之后，亚飒才意识到，作为魔界领袖的魅帝姒，有着何等强大的气场——

就算她现在魂魄全无，依旧让凡人不敢直视！

感慨之余，在这事到临头之际，亚飒心中也忍不住有些纠结：“难道，真要救活这魔界之王？”

见他踌躇，幽玄嘴角露出一丝笑意。

“怎么，你害怕了？”有着仙风道骨之貌的黑暗国师，和蔼地问道。

“不，我不害怕！”亚飒立即凛然说道，“我可是他们口中的‘灭世大魔王’呢，怎么会有害怕的时候？”

“哦。”幽玄若有所思，喃喃自语道，“没有害怕的时候啊……亚飒啊，你又把话说绝对了。只要是人，怎么会没有害怕的时候呢？你会有的。”

"是吗。"亚飒有些发愣,"恩师此言何意?"

"本座的意思是——"话音未落,幽玄已是倏然动作,疾风闪电般拍出一掌——

那掌风所指的方向,竟赫然是亚飒!

而这时,幽玄的脸上,仍然带着亲切无比的和蔼笑容。

幽玄的突袭,迅如雷电,也毫无征兆可言,亚飒已是避无可避;但没想到,当幽玄的掌风挥起之时,亚飒的永寂之刃竟然先于他的掌风飞起,一刀砍向幽玄的脖颈!

这时,亚飒的脸上,也仍然带着疑惑愕然的谦卑神情。

可以说,虽然先后差有毫厘,但这一向友爱和睦的师徒二人,竟几乎在同时向对方发起攻击!

看这架势,这师徒二人乃是心思一同,都想出其不意地偷袭对方;只是没想到对方和自己一样,竟也是心怀鬼胎,造成了有史以来最有"默契"的一次偷袭……

如此短兵相接之际,两人都是泼命相拼。

以他们远超现场他人的功力,在外围萧龙雀等人能反应过来之前,双方便已经交换了无数招。

在这过程中,亚飒愤怒地吼道:"为什么!为什么你要害我!"

"谁说我是害你?"幽玄也叫道,"本座是想让你接受我族秘术的洗礼,成为新的强大魔灵,从此便可和我们高贵的魔族并肩战斗。"

"新的强大魔灵?"亚飒冷笑道,"被你改造后,我将失去所有意识记忆,那样我还是'亚飒'吗?"

"是不是亚飒重要吗?"幽玄吼道,"你将拥有强大的力量,难道这还不够?"

"我不要这样的力量,不行吗?"亚飒愤怒地反驳道。

"不行。"幽玄这次根本没张口,但阴冷的声音仿佛穿透了亚飒的灵魂,直接印在他的心里,"亚飒,你还是这么天真。魔人混血军,其实是我伊尔丹一手催生。现在它越来越强大,你以为我能放心如此强军,掌握在非我族类之人的手中?"

听得这话，亚飒终于被彻底激怒了！

“非我族类、非我族类……哈哈哈！”狂笑数声后，这位当世最有志向的混血者，霎时间凝聚起浑身所有的灵力，激发出星流术“黑暗之幽路天蝎”。

幽暗阴邃的星流术，混杂着可怕的天魔气，与万古寂灭的永寂之刃合为一体，如流星袭月般朝幽玄杀去！

现在的幽玄，其实是黑暗国师在人间的投影，先天上便不可能施展出魔界国师真正的实力。

刚才他又和隐龙君雪冽迩一番剧斗，那样的战斗强度、烈度非同小可。

所以，现在幽玄和亚飒的实力，其实只在伯仲之间；要不是这样，他也不会以堂堂魔族国师的身份，而用计偷袭。

即使如此，当他看到亚飒汹涌如潮地杀来时，他眼中还是露出了欣赏的神色。

“这个‘人’，真了不得。”电光石火间，黑暗国师心中想道，“我是谁？威震六界的黑暗国师！但我暗中筹划之事，竟然被这个混血人给知道了。

“知道也就罢了，他竟然还敢抢了先机攻击！这样的话，这个人真的不得不除了。

“当然确切地说，是将他的意志、灵识、记忆消除，成为我放心使用的魔灵傀儡。

“我将利用他，操纵越来越强大的魔人混血军。现在这支军队，游荡于人间，还和人族暂时联盟，正适宜用来作为我魔界反攻神州的急先锋。”

心中这般筹划时，黑暗国师伊尔丹，也使尽浑身功力，朝亚飒反击。

一瞬间，震慑魔界多年的阴影，如梦魇般朝亚飒罩去；无边的黑暗面前，愤怒的混血少年，如一个永不低头的不屈斗士，带着视死如归的姿态，一往无前。

亚飒是聪明的。

他已经预感到，即使面对的是魔界的国师，他这一击经过了精心的测算，也完全能够成功。

于是他像一颗不顾一切的流星，带着灿耀和寂灭两种矛盾的光辉，轰轰烈烈地朝黑暗国师扑去。

说起来，权倾魔界、威震八荒的黑暗国师，无论经历多么惨烈的战斗，从来都面不改色，保持着邪魅优雅的表情。他的表情，只会为伟大的魔界之王而改变。

但这一刻，面对轰然而至的灰发少年，他的嘴角，却不由自主地牵动。

这一缕牵动，带动了他的表情，产生了微妙的变化——

这竟是一种"恐惧"的表情！

"真不错，真不错。"些微恐惧后，接踵而来的，是伊尔丹极其欣慰和自恋的表情，"果然不愧为我选中之人。亚飒，你将成为我伊尔丹有史以来最强大、最智慧的魔灵仆从！"

这样的想法，在奇异魔界力量的推动下，再次穿透了亚飒的精神，直接映刻在他的灵魂上。

第一百四十三章

生死如潮

察觉到这样带着无比蔑视的“欣赏”，亚飒什么话都没说，但那扭曲凝结的面容，在传递着一个唯一的信息：

“去死吧！”

曾经那样屈辱、自卑、微贱的混血少年，这一刻在决死的心情之下，爆发出他此生最灿烂的光华。

他的英姿和力量，在这一刻达到了巅峰。

只差毫厘，他的刀锋和怒火，就要将眼前的阴谋者给撕碎和吞噬。

只是就在这时，助推他如流星、如火山的灵力之气，却忽然开始自己燃烧了。

它们原本暗如黑洞、紫如幽华，裹挟着少年，让他达到了此生武技的最高峰；但就在快触及攻击对象时，幽紫色的光幕上，却开始燃烧起碧色的火焰。

如同干燥的绒布上，被溅上了一点火星，火焰瞬间蔓延到整个黑紫色的光幕上。

原本离击中伊尔丹的时间，只是一个呼吸的几分之一，但就是这个无比短暂的时刻，却忽然在某一刻停止，然后无限细分，让飞速燃烧的诡秘绿焰，有着无限的时间肆虐。

这时候，作为当事人，亚飒并不知道发生了什么事。

他不知道，成也萧何，败也萧何，让自己变得如此强大的天魔气，这时候却在其本主的催动下,反噬了。

亚飒不知道正在发生的事。

他感觉到自己的整个身体都在燃烧。

他很恐惧。

他忽然又发现,自己弄错了,自己的身体并没有燃烧。

他变得更恐惧,因为他发现,是自己的灵魂在熊熊燃烧。

虽然身体毫无异样,但他知道,他,“亚飒”,就要从这个世界上,彻底消失了……

“为什么!”智慧无比的混血少年,自幼深埋心底的自卑和偏激,在这一刻达到了顶点。

“为什么我们混血者,做个事情这么难?已经有了勇气反抗,眼看成功的曙光就在眼前,已经得到了人族的认可,但他们的王,却要从这个世上消失?

“以后,他们怎么办?”

想到这些问题时,灵魂不断被魔焰吞噬的混血少年,眼前瞬间出现了无数可怕的场景。

天空在燃烧。

大地已破碎。

鲜血流成河。

无数种族在他们的王的带领下,艰难地搏斗生存。

但混血者之族,不在其中。

混血者无论男女老少,只能凄厉地哀嚎,一个个孤独地死去。

“不!”一声巨吼,在已经残缺的神魂中爆发,一瞬间仿佛冲破云霄!

接下来,脸上已浮现轻松笑容的黑暗国师,却惊讶地看到,这个已如砧板上的鱼肉的混血少年,空洞无神的眼眸中,忽然爆发出一抹前所未见的神采。

“那是什么?”他喃喃自问,“愤怒?绝望?凄凉?悲伤?还是只是不甘?”

黑暗国师伊尔丹的脑海中,检索了无数种可能,最后他终于想到,那是一种带着哀伤的坦然啊……

意识到这一点，他内心中猛然叫道："不好！"

但已经晚了。

好似砧板上的鱼肉的少年，在那无限细分、逼近静止的局部时空里，好似忽然挣破了时空的牢笼，奋力前突——

一刹那间，猛然惊醒的伊尔丹发现，自己忽然被一种无边的寂寞围拢。

"完了。"不祥的念头升起时，伊尔丹一扬手，一个隔空的魔界手印，带着沉重的黑暗之力，轰然印在了亚飒的身上——

完成了绝地反击的少年，就这样像一只破口袋一样，倏然倒飞出去。

不过倒飞之时，他的手中已经空空如也。

出自魔语海渊的永寂之刃，这时已插在了道骨仙风的幽玄身上。

"嗷——"一声凄厉的哀嚎，如同飓风一样，在周围那些正扑上来的亚飒下属脑海中，掀起一场精神的风暴。

所有人一声闷哼，瞬间便软绵绵地倒在了地上。

这一刻，这片荒芜的冰霜海滩上，已经没有人站着了。

那个仙风道骨的银笠道人，仰面朝天，身上插着那把奇异的兵刃，向周围散播着无尽的寂灭之意。

被永寂之刃奋力刺穿，毫无意外地，这个化身尊龙教主、在人间大陆暗中搅风搅雨的幽玄，宣告死亡了。

但很快，那个魅惑妖艳的魅帝姒肉身，忽然从锦绣被褥中飘然而起，如幽灵般破空而去，朝北方大洋上方幽暗的天空中疾飞。

很快，那妖娆的身形，就用一种不同寻常的诡异姿态，投入了无尽的阴暗雨云中，转眼消失不见。

这时候，远在北方数万里之遥的混乱界域中，一直手抚水晶球、入神观看的黑暗国师，忽然间变得神气恹恹。

消沉了好一阵后，他才愤然而起，然后仰望南方，目光中混杂着愤怒和渴望，似乎在等待着什么重要之事的到来。

情绪奇妙的等待之中，他忽然转过头，朝旁边一片璀璨迷离的光影没头没脑地说了一句:“魔主陛下,谢谢你。如果不是借您的尊贵身躯,我那缕精魂,早已灰飞烟灭。”

虽说黑暗国师的精魂得以保全,但他在人间的化形,还是烟消云散了。

这时候,亚飒也是不行了。

刚才的那场大战,主要的拼斗发生在亚飒和幽玄之间,萧龙雀和沈红袖等人为了护主,也拼命向前。可黑暗国师的力量如此强大,只是举手投足之间,就让他们受了伤。

他们的伤并不算重。尤其是萧龙雀,十分神奇的是,他几乎没受伤,只是刚才被黑暗之力冲击倒地,磕破了点皮。

不管伤重伤轻,他们都挣扎着爬起来,冲到了亚飒的身前。

这时,他们愿意一生追随之人,已经仰卧倒地,奄奄一息了。

众人见状,大惊失色,赶忙使尽浑身解数,将各种治疗法术的光华,聚焦于亚飒的身上。

但很快他们就发现,所有人的努力,都无济于事。

这时候,很奇怪地,他们不约而同升起的念头是,向刚才那位离去的玄武卫少年求救。

碍于往事,萧龙雀没有去找苏渐,而是由“火舞灵蝶”沈红袖去寻找求救。

沈红袖离去后,以萧龙雀为首的下属们,围在亚飒的身边,使尽浑身灵力,为他续命,为他祈福。

不知是否因为他们的努力和诚心感动了上苍,本来已经出气多、进气少的少年,勉力睁开了眼睛,看着他们这些人。

“您、您醒了?”萧龙雀靠得最近,顿时又惊又喜。

听他惊叫,周围人全都激动起来,看着自己敬佩的主公。

“我、我……”亚飒干枯的嘴唇,动了两动,想说什么,终究还是没说出来。

“大人!”萧龙雀见状叫道,“您现在别说话。沈姑娘已经去找您的大哥了,他乃是天宸阁勇士,一定有办法救您!”

在场这些人当中，大多出身草莽，没有谁的见识比得上萧龙雀；萧龙雀随口说出的这句话，顿时让周围的人一惊。

他们不约而同地想道："哎呀！原来那孤胆屠龙苏大人，竟然是天宸阁的弟子，还拥有他们中最强大的'勇士'头衔！"

"嗯，这也说明，咱们的主公真的不是一般人，连他的大哥，都是世所罕见的天宸阁勇士。"

这时候，亚飒本来已经灰暗的眼神，一听到去找苏渐了，立时又有了几分神采。

不过这神采，就像篝火的余烬中，偶尔爆出了几点火花，很快又黯淡，熄灭。

本来已经睁眼的混血少年，眼睛渐渐地闭上，呼吸也越来越缓慢。

见此情景，萧龙雀大惊失色。

"不行，我得跟主公不停说话！"

心里这么想着，萧龙雀立即道："大人，你知道吗？刚才打斗时，那幽玄竟在暗中传音，说要扶植属下，来替代你。笑话！我怎么会投靠他呢？我萧龙雀岂是愿做三姓家奴之人？"

听他这么一说，周围那些人，忽然明白了一件事：

为什么刚才大家都受了不小的伤，萧龙雀却几乎没事；本来还以为他身为神戟将，力量惊人，才能幸免，没想到却是那邪恶的幽玄，暗中想拉拢他。

想到这一节，不少人也对亚飒的力量，充满了敬意。

别看现在亚飒濒状若死，但想想幽玄的强大，再想想自己的主公，居然能杀死如此强大的幽玄，也真是了不得。

还别说，萧龙雀这么一说话，本来生命渐趋暗弱的混血之王，又重新恢复了几分精神。

"诸位，"亚飒开口道，"有一件重要的事，要交代你们。"

亚飒此时，神色极为凝重，本来众人还想劝他别多说话，保重精神要紧，但一看他这表情，所有人都神色一凛，恭谨无比地俯首倾听。

只听亚飒继续说道："我今日，怕是不成了。若我一命归西，萧龙雀便是尔等新主;一切军政事务,都由他主理,任何人不得违背。听清楚了么?”

“什么?!”对亚飒这个决定,不要说众人了,就连萧龙雀自己,都十分吃惊。

但尽管吃惊,经历了这么多腥风血雨,这些人完全敬服于亚飒的智慧和威严。

所以,包括萧龙雀在内,所有人都恭恭敬敬,垂首一礼,齐声说道:“愿听我主安排。”

“龙雀,”这时亚飒艰难地转过脸,直视萧龙雀,轻声道,“你要答应我,这些混血者,都是世间最可怜的人,你要带领他们,获得新生。

“你一定要记住,不要为任何一方效命;我们混血人,或是愿意追随我等理念之人,要自己主宰自己的命运。”

“是,大人……”从来骄傲高贵的神戟将,这时候却泪流满面,几乎泣不成声。

“不要哭。”亚飒看着他,勉强摇了摇头,说道,“龙雀,是我错了。

“那个邪恶的魔师,曾跟我说,‘天生神将,将乘着燃烧火焰的战车,来投奔我这个真正的新世界之王’。我一直以为,那人是苏大哥,没想到,却是你啊……”

“呵……”这时亚飒苍白的脸上,挤出了一丝笑容,“想想,还真是对呢。

“当初你和你妻子投奔我时,你正拉着一架破牛车,上面还插着追兵射来的火箭,熊熊燃烧……

“原来、原来,那就是‘神将乘着的火焰战车’啊……

“我亚飒,做梦都想领着被压迫的混血族人,逆天改命,但有时候,天命真可敬畏啊……”

说到这里时,亚飒已经气息微弱,命若游丝。

他的眼睛,渐渐闭上。

众人见状,大恸失声。

他们一起呼喊,想让亚飒不要“睡去”,但完全无济于事。

就在这危急时刻，听得一阵急切的声音从远处传来："我的兄弟在哪里？他怎么样了？"

十分神奇的是，刚才众人千呼万唤都难以叫回混血之王远逝的魂魄，这一声急切的呼喊，却让亚飒再次睁开了眼，甚至，那面容上流露出来的神情，比刚才还要活泛。

"苏渐，是你来了。"亚飒虽然身子不能动弹，却欢笑着说道。

"兄弟，是我来了。"那个熟悉的英俊脸庞，伴随着悲痛的声音，出现在亚飒的视野上方。

"我要死了，你看到了吗？"亚飒笑着说道。

"你不会死的！"苏渐含泪笑道，"有大哥在，没什么事情解决不了。"

"嗯。"亚飒眨了眨眼，好似在替代点头，但口中却说道，"大哥，这一次，你却在吹牛了。

"小弟中了魔界国师的黑暗之力，已经救不活了。我知道的。

"大哥，为了保住你做什么都成的名头，我劝你，别救我了……我满手鲜血，这是我的报应……"

听得此语，看着亚飒苍白的面容，苏渐心如刀绞。

他什么话都没说，立即使尽浑身解数，来替亚飒治疗。

刚开始时，他一直用的都是自己会的治疗术。

过了一会儿，那些不会的、只是曾经耳闻的，他也尝试着开始用了。

他多么希望，曾经骗过他一次的小弟，这次也是骗他。

但他失望了。

这一次，亚飒真的说了实话。

他救不活亚飒了！

看到他还在徒劳地努力，亚飒眼中蓄满了泪水。

"抱着我吧。"他忽然说道。

"好。"到这时，苏渐已知天命。

他挥散了手中最后一缕微弱的治疗光华，俯身上前，盘腿坐在地上，将濒死的少年，抱在了胸前。

被大哥抱在了怀里，亚飒脸上忽然泛起了红光，好似忽然间精神抖擞。

见他如此，所有人心中大恸。

“我们和解吧。”回光返照的少年，仰着脸儿，微笑着说道，“大哥，这样的结局，是最好的了。

“你的使命，不比我小，而且只能你自己亲身去做，所以，我死最好。

“大哥，你知道吗？我已经找到接班人了。”

“萧龙雀？”苏渐含泪说道。

“对。”亚飒欣喜说道，“大哥果然是大哥，都说我亚飒足智多谋，可我知道，你才有大智慧……嗯，小弟的宿命，已经完成了；你也该去完成自己的宿命了。

“大哥，我快走了；临走前，我告诉你一个秘密，你想不想听？”

“想，当然想！”苏渐泪流满面，使劲点头道。

“好，我告诉你。”亚飒仰望着少年，说道，“你知道吗？在我的内心，你一直都是我的好兄长，这一点从未改变。虽然后来，我好几次骗你，但在内心里，这一点从未改变。”

“我知道，我知道……”苏渐流着泪道，“亚飒，我的好兄弟，你也要相信我，以前我在魔语海渊中说的事，是真的。

“那回碧山小筑中，被摔死的，只不过是一个幻术伪装的山间狸猫而已。所以，你的儿子，小春原，还活着。不仅活着，我还请了名家大儒、名门武师，将他教导得很好。”

“嗯，我相信你……”亚飒气息微弱地说道，“那更没有遗憾了……如果你不嫌弃，小春原就认你为父吧……将来你将他交给慕容雨蝶……她是个好女孩……我对不起她……希望她能不计前嫌，将小春原养育大……”

说完这句话，他歪过头，看向萧龙雀，点点头，又回过头来，看着苏渐。

他的瞳孔开始放大。

他的眼神开始涣散。

“苏渐，你看见了吗？”他盯着苏渐的眼睛，喃喃地说道，“我好像看见了，那一回我俩初相见时的泪原……落日，夕阳，到处红彤彤的……好美，好温暖啊……”

说着话，他的目光渐渐黯淡，最后彻底没了生气。

抱着他逐渐冰冷的身躯，苏渐呆愣了许久。

猛然间，他仰天号叫，那声调，那神态，就像一匹失去同伴的狼……

正是：

相逢正值年少，
豪情心比天高。
不知世情如水，
生死起落如潮。

生死离别已是悲伤，偏偏这样的离别时刻，还不能好好地告别。

很快，远处传来一些不寻常的响动，不管是魔族还是龙族，显然都不太友好。

叵测之地，不可久留。

纵然有心好好安葬，却终不可得。

苏渐等人，最终在雪牙圣殿中寻找了一个冰室，认定它僻静难寻，便将亚飒的遗体存贮其中。

雪牙圣殿，本身极寒，又可能有着特殊的冰霜奇能，所以当亚飒葬入冰室中时，那些洁白的冰霜雪花，在他脸上、身上以肉眼可见的速度迅速蔓延，又飞速凝结，很快就在他的遗体上覆盖上一层寒冷而透明的冰层。

可能因为冰封的缘故，虽然亚飒已然身死，容颜却依旧如生，看得苏渐的心头更添伤痛。

苏渐不忍再看，拿了永寂之刃，便和萧龙雀等人离开了这个伤心之地。

离开雪牙圣殿的途中，出乎苏渐的意料，骄傲如孔雀的萧龙雀，向他诚恳无比地剖明心迹。

萧龙雀说道："苏大人，可能你不知道，其实之前，那魔界的黑暗国师伊尔丹便暗中许诺，说会扶植我，取代亚飒大人。"

“哦?!”纵然有些心理准备,苏渐听得此言,还是十分惊讶。

面对苏渐惊讶的表情,萧龙雀庄严地立誓道:“苏大人,请放心,我萧龙雀绝不会投靠恶魔! 或者更确切地说,我不会再投靠任何人。”

“为什么?”苏渐看着他问道。

“因为,我要继承亚飒大人的遗志。”萧龙雀铿锵说道,“我们混血军团,不会再为任何一方效命,我们要主宰自己的命运!”

“苏大人,在下已经想好了,”萧龙雀的眼神熠熠放着光,“我决定,我们混血军团,要立国,国名就叫‘亚飒’;虽然基于混血者军团,但我们将包容一切血脉血缘的成员,只要他们认同我们自由不屈的信念。”

看着萧龙雀兴奋的表情,听着他铿锵有力的话语,苏渐若有所思。

这时候,他对亚飒国,并没有太多概念,但有一点他已经知道,那便是:

如果这样的立国理念真的能施行,那即使初期可能会比较弱,但将来一定有无限的可能。

心中思索之际,他又听到萧龙雀用一种沉痛的语气,对自己真诚地说道:“苏大人,今天我萧龙雀,要对你致以最诚挚的忏悔。当日寂灭林中,我不该屠杀你的战友兄弟。

“我并不对这种恶行作任何辩解,我只想恳求您,请让我萧某人再苟活十年,因为亚飒大人的遗志,需要用这十年施行。

“而十年之期一到,如果我萧某人还活着,绝不贪生,立即就把这条命交给您。”

“这样啊……”听着萧龙雀这样的话,苏渐沉默不语。

看着苏渐沉静的面容,曾经啸傲天下的萧龙雀,心中竟是无比地忐忑。

说实话,此时的苏渐,内心中思绪翻滚,五味杂陈。

寂灭林中的血案,他始终未能忘记。

当时战友们惨死的场景,至今仍然历历在目。

当然他也可以从理智上分析,说当年萧龙雀,也只不过是奸相司徒威的一个杀人工具;真正的元凶并不是他,他只是被人利用的一把刀。

但毕竟是那么多条人命啊！

苏渐无法用这样理性的想法来说服自己。

毕竟他不是司徒威。

他不能这样冷血。

但他又不得不理智、冷血。

且不说现在的亚飒军，已经成了牵制龙族入侵者的重要力量，更何况，还有他兄弟亚飒的遗志。

那么多混血弱者等待拯救，那么多被压迫者等待解放，一种超越血缘和种族之上的崇高信念，正在昏暗的地平线上露出微茫的曙光。

从这一点讲，他苏渐似乎又不能因为自己的快意恩仇，将千千万万个受苦受难混血者的希望，粗暴地掐灭在萌芽阶段。

毫不矫情地说，苏渐现在真的很恨自己。

为什么要这么聪明？聪明到已经明确判断出，如果没有萧龙雀，只靠沈克敌那些人，不用说亚飒国，就连亚飒军，在此乱世中走向分崩离析也只不过两三个月的事。

作为长期以来的对手，苏渐比别人更清楚萧龙雀这个人不简单，可以说他有雄狮之威、鹰隼之锐、豺狼之忍、狐狸之智，正是当今弱肉强食乱世中，生存下来的不二领袖人选。

于是，在情感与理智的剧烈冲突之下，苏渐的内心经受着旁人难以想象的煎熬。

他很痛苦。

他并无意掩饰这一点，那扭曲的面容，就连萧龙雀也看得触目惊心。

正因如此，萧龙雀更加忐忑、更加惶惑，并已经做好了放弃的准备。

对萧龙雀来说，这并不算长的时间，又何尝不是痛苦的煎熬？相比苏渐，他的痛苦煎熬中，还多添了一个成分，那便是“羞耻”。

就在他快要撑不下去时，他终于听到苏渐开了口：“萧龙雀，我告诉你，我的选择。”

“我选择暂时宽恕。”苏渐双眸湛然有光，看着萧龙雀，“这个选择，不是我忘却仇恨，也不是说你当年造下的血债不用再追偿，而只是为了亚飒，为了他那个将成为弱者乐园的亚飒国。

“这样的国度，是我的好兄弟的夙愿。萧龙雀，你好好经营它，就是对受害者最好的忏悔和补偿。

“而你刚才也说了十年。那我苏渐，便在此跟你立下十年之约。等到了十年之后，若你我都还活着，我会再找你，那时候，再理一理你该偿还多少罪责。”

“……”听得苏渐这一番话，萧龙雀瞬间热泪盈眶，久久无言。

良久之后，他才迸出两个字：“谢谢！”

听过苏渐这席话的萧龙雀，从冰潮岛离开后，打内心里觉得今是而昨非。

他从来没像现在这样急着赶回神木国亚飒军大本营。

以前他觉得自己只是寄人篱下的过客，现在却已经变成了主人。

这样的转变，并没有让他有什么大权在握的欣喜，更多的是沉甸甸的责任。

其他亚飒部下的感觉，和他差不多，他们都用一种同情和期望的眼神，看着这位亚飒军的新主。

此番萧龙雀回去，一方面要告知大家主公身死的噩耗，另一方面还要实施亚飒的遗愿，独立自主，建立兼容并蓄的亚飒国。

一路上，萧龙雀已经下定决心，此番回去后，要进一步清理亚飒军中的魔人力量。

一方面，对那些不愿在新理念、新亚飒国旗帜下战斗的魔人士兵，毫不犹豫地请他们离开；另一方面，对那些愿意留下来的魔人军，他要和沈氏兄妹、慕容雨蝶一起严格审核，只有确认完全没问题的魔人，才能够留下。

萧龙雀本以为不会有多少魔人将士留下来，没想到当他宣布决定之后，大多数魔人竟然选择留下。

萧龙雀刚开始有些惊诧，不过很快也就想通了。

毕竟，虽然最初由魔界安排而来，但这些魔人军经过这么多时的并肩征战，已经和其他混血军将士有了感情。

不仅如此，魔人拥有着魔族和人族的双重血统，也是混血者的一种；当萧龙雀宣布了亚飒的遗愿，以及建立混血者乐园的亚飒国之后，这些魔人混血者也大感振奋。

他们不仅扬眉吐气，甚至还有种重生了的感觉。

毕竟，以前在纯正魔族的眼中，他们这些半魔人，也只不过是低劣的生灵；他们被歧视，被当作炮灰，只是魔族眼中可资利用的低廉工具。

萧龙雀统领新亚飒军，大展拳脚，已是后话了。当他和同伴们离开冰潮岛时，苏渐回望了埋葬亚飒的冰室方向一眼，也怅然离开。

向南走了一程，正要离岛之时，他发现前面一阵喧闹。

苏渐一愣，侧耳听了听，便听得有冰龙族特有的冷冷冷的声音在叫："抓住了抓住了！这魂魄，真难拿，幸好有咱的冰霜术。"

苏渐闻言，心里一动，连忙朝声音来源处快步走了过去。

"发生了什么事？"还没走近，苏渐便叫道。

"是苏大人啊！别吵了别吵了，苏大人来了！"乱哄哄的冰龙族士兵们扭头一看是苏渐，连忙毕恭毕敬，变得安静肃然。

冰龙族军士，从来冷峻强硬，就连势头如日中天的巫龙族也不服气，更别说人族了；他们现在能对苏渐这样恭敬，完全是他之前在大决战中的指挥表现，将他们彻底折服了。

当然如此恭敬，还有个说不出口的原因，便是这些冰龙族守卫知道，根据冰龙国中私底下的传闻，这位智谋卓绝的苏大人，竟很有可能成为沧雪大人的夫君！

所以，当苏渐走近，冰龙族士兵们自动地让开了一条道，还用一种尊敬的目光看着他。

等苏渐走到中间一看，正有两个冰龙族武士相互离了四五步距离，面对面地口吐冰霜寒气。

刚开始时，苏渐只看到冰霜之气带来的雪白烟气，等走到近前才发现，缭绕的皓白冰气正中，竟有一个淡淡的光影，在动荡挣扎。

本来已经被冰气冻得动作变慢的光影，一看到苏渐走近，忽然间挣扎得更加厉害了。

一看到它，本来眉头紧锁的苏渐，忽然笑了。

“原来是你啊，老熟人。”他看着冰气中的光影，戏谑地说道。

原来，不知何故，眼前这抹光影，竟然是魔界之主魅帝姒的一缕残魂！

魅帝姒的残魂，此时看着逼近的少年，变得越来越不安，挣扎得越来越激烈；那两眼中的魂火，似乎快要烈燃起来。

见她动荡不安，苏渐却不以为意。

他一边凑近观察，一边拉家常一样，跟魅帝姒的残魂说道：“哎呀，还真是你呢。怎么回事？你的魂魄，不是都已经回归魔界了吗？难道是舍不得小弟，留着要见我一面？”

顿了一下，苏渐笑道：“我明白了。你一定是魔王肉身上，还残留的一缕魂魄。”

“原来是这样。”旁边的冰龙族守卫们闻言，恍然大悟。

他们中的首领立即问道：“那苏渐大人，我等该如何处置她？”

“不用你们处置。一缕残魂而已，交给我吧。”苏渐不以为意道。

“好！”一缕过气女魔王的小小残魂，根本不在这些冰龙族守卫的眼里，于是他们毫不犹豫地答应了。

不过，点头应和之际，他们也有些好奇，便问道：“不知大人要如何处置她？是不是像我们这样，或冰冻、或火烤为乐？”

“那倒不是。”苏渐好似漫不经心道，“太忙了，哪有时间逗她？不过是羁押——禁锢而已。”

“原来如此。”见苏渐回答得这么正经，冰龙守卫们倒有些失望。

他们又不怀好意地看了魔王残魂几眼，便也各自散去了。

目送他们远去之后，苏渐回过头来，看着惶恐不安的恶魔女王残魂。

“禁锢，羁押……”重复了一下刚才自己说的话，苏渐忽然笑了起来。

“这，不就是‘绑架’吗？”他自言自语道，“相信我国圣上在此，也会这么决定的。毕竟他老人家以前，让我‘奉旨放火’‘奉旨勾引’，现在再来一出‘奉旨绑架’，也是十分合理的。”

自言自语到这里，他低下头，看着自己的胸前。

仿佛感应到他的注目，那一条光华璀然的星降之链，忽然间奇光一闪,便将魅帝姒的残魂吸入。

见魂影没入“星降之心”宝钻,苏渐手抚宝钻,在神魂之中对月歌之魂耳语:“拜托你了。”

“嗯。”空明之中,传来一个美妙空灵的声音。

初入星降之心,感受到充斥其中的星空澄明之力,魅帝姒的残魂很不适应。

正是如此,这星降之心成为一个天然的囚牢,将魅帝姒的残魂牢牢禁锢。

不过,被星空之力冲击,残魂动荡飘摇,竟是流离欲散;见此情状,苏渐心中一动,立即向星降宝钻中灌注一缕天魔之气。

来自魅帝姒本身的天魔气,灌注入宝钻之后,就如一团紫云,将魅帝姒的残魂柔柔地托举掩护。

本来残魂已如风中残烛,但在天魔之气的呵护下,不仅重新凝聚集结,变得鲜明,还感觉到莫名的舒适。

而这时,在魔界之中,魂魄、肉身已经全都回归的恶魔女王,正坐在万仞山巅的白骨王座上。

本来妖艳魅惑的女王,神情从容威严,但不知何故,忽然神色一凛,转而竟是一脸古怪的表情。

见得如此,黑暗国师伊尔丹连忙问道:“敢问我主,莫非有何变故?”

“并无。”魅帝姒淡淡说道,“不过是些许残魂,被个小鬼头绑架。”

伊尔丹有些惊愕,忙问道:“难道是……”

“不用问了。”魅帝姒挥了挥手道,“国师大人,你还是管好自己的事情。本王既已回归,解除更多族人封印之事,便应该加快进行了。”

“是!”伊尔丹神色凛然,举起宽袍大袖,深深一揖,便转身离去。

随着恶魔女王目光的注视,黑暗国师修长邪魅的身形,很快没入了阴郁昏暗的魔界阴云。

没过多久,白骨王座上的女王,便感受到脚下的高山和大地传来一缕轻轻的震动。

这样的震动,微不足道,但魅帝姒妖冶的眉眼立即随之舒展开来,显得无比欣悦。

她知道，更多的魔族人正在被解除封印；整个魔界重新崛起、卷土重来的日子，越来越近了……

在魔族大规模解除封印之时，魔界国师伊尔丹还做了一件事——

他手一挥，凭空划过一道无法言喻的异色光芒，触动了冥冥中一丝无影无形，却始终存在的羁绊。

话说幽小眉这些天，正在往冰龙国境中游走。

她从撤军的轩辕承天那里，得知了苏哥哥的确切去处，便开始向冰龙国前进。

这一日，她正在一条荒废的古道上，看着路边一棵粗大的桑树。

可能因为人迹罕至，这棵桑树自由生长，虽然年头不会太多，却已经长得粗壮茂盛。

此时正是桑葚成熟的季节，那紫红色的桑葚饱满圆润，一簇簇地挂在苍翠枝叶间。

正因如此，粉妆玉琢般的小魔女，凝视桑树的眼神极为认真；那光鲜嫩洁的嘴角，也出现了一丝晶莹的口水细线。

“是紫色的好吃，还是红色的好吃？”她在心中认真地考量，“小苏哥哥说，紫色的桑葚熟透了，很甜，所以好吃。

“可是呢，小眉却不觉得。无论果实，还是我们，熟透了有什么好的？将熟未熟，酸中带甜，这样青涩的滋味，才更值得回味吧。”

想到这里，幽小眉忽然又惊又喜：“哎呀小眉，你真了不起！居然吃个桑葚，就能想到这么高深的哲理！”

自夸自赞时，她便运起魔功，身子无翼而飞，轻飘飘地飞向枝头那一簇鲜红带紫的桑葚。

只是，当她飞悬半空，伸手去摘桑葚时，她的娇躯轮廓忽然模糊。

不过片刻之间，幽小眉的身影便由实转虚，渐渐虚化成千万个晶莹的光点。

就如，仲夏夜池塘边聚起的萤火，渐渐飞散，渐渐飘入虚空，最后消失于人间……

已经置身于魔界无边阴云中的幽小眉，从未感到如此惆怅。

人生就是如此无奈，悲伤。

纵然有千般留恋，万种牵挂，却无法和心爱的人来一个完整而深情的告别。

乱世飘萍

这几年，即使幽小眉知道，自己只不过是客居异域，游戏人间，却一直有一种感觉，自己并不会离开。

就算会离开，她也觉得，自己将会和相熟相知的人，来一个极其隆重、热烈、深沉、多情的告别。

她还在空闲时间，花了很多心思来发呆，想象这样的离别，甚至想到泪流满面，但始终没能想到一件事：

根本没有告别……

天下之事，常常无奈若此。

回到魔界后，再回首这数年，幽小眉只觉得宛如一梦。

梦，终究会醒来。

但惆怅的小魔女，却只愿此梦不醒……

幽小眉等不到一场想象中的离别，苏渐却和龙巫女沧雪，正在冰龙国东南的玄池之畔，郑重告别。

经过鲜血浇灌的玄池之畔，荒原上的草木野花生长得更加美丽繁茂。

浩阔的湖畔荒原上，除了星星点点的野花，还生长着千百棵野梨树。

此时，正值野梨树的盛花期。

当苏渐和沧雪自东北方而来时，正看见西南那一汪湛蓝浩渺的大湖畔，满眼都是雪白的花树。它们连绵数十里，宛如逶迤的雪山，又宛似白云坠地。

按照之前的约定，沧雪送别苏渐至玄池，便该回去了。

但很显然，天才龙巫女即使至此，依然依依不舍。

见她满怀的眷恋之情，苏渐心中着实不是滋味。

这些天来，每当沧雪不在眼前时，他都能说服自己。他告诉自己，所有和沧雪相处的一切，都是为了祖国和族群，才应付，才虚与委蛇。

但这些结论，一旦到了他和沧雪相处时，却又动摇了。

比如此时，看着依依不舍的女孩儿眼眸中蓄起的泪水，宛如远处玄池的脉脉柔波，苏渐便忍不住在心中质问自己："你，真的对她无情吗？"

想到这个问题，苏渐的情绪，陷入了低沉。

俄而，他摇了摇头，看着龙女，忽然开口："沧雪，送君千里，终有一别。此后我从玄池溯曳啌河而上，便能回到故国去。临别之时，我想赠你一句诗。"

"是什么？"沧雪抬起头，看着他，颤颤地问道。

"宜观星辰辨南北，勿随萤火逐东西。"苏渐朗声吟道。

这样的诗句，苏渐说出来，是想坚定沧雪他们反叛撒菩勒伯的决心，但又何尝不是他在坚定自己的信念？

他用这样的诗句告诫自己，不要被美色所惑，要牢记和异族龙女交往的初心，不要在感情的歧路上越走越远。

这时候，沧雪将苏渐吟诵的两句诗，在口中重复念诵了几遍，说道："苏渐，你们人族这样的词句，真的很好。可是临别之时，你送我这样的诗，是不是……太方正了？"

听得此言，苏渐一愣，心中顿时想道："呀，确实有些失误。我这回，乃是'奉旨相恋'，不管如何还是要善始善终。

"嗯，反正就快分别，下次再见还不知道是什么时候。那这次，就索性显得风流倜傥一些吧！"

心中动念之时，他和沧雪正走近一片野生的梨花林。

看着盛开如雪的梨花树，苏渐心中一动，便对着梨花林，曼声吟道："触目横斜千万朵，赏心只有两三枝。"

听得这句诗，沧雪先是一喜，尔后却有些不高兴道："苏渐，难道你真要喜欢两三个女子吗?”

“哦,失误了。”苏渐心中苦笑,立即道,“应是‘触目横斜千万朵,赏心只有一两枝’。”

“好一点了,但是,”沧雪看着他的眼睛道,“怎么,还想两枝呢?”

“还没改好,还没改好,”苏渐额头冒汗道,“应是‘触目横斜千万朵,赏心悦目只一枝’!”

“嘻,这还差不多。”听得改成如此,沧雪这才转嗔为喜。

见她面露喜色,苏渐却在心中想道:“哼,赏心悦目只一枝,又不一定是你这枝。”

心中动念之时,他却感应到胸口一热,低头一看,那颗星降之心宝钻,正发出微微的白光。

看见星降之心现出异状,苏渐心有所感。

他转头看了一眼,却见沧雪因为自己刚才的诗句,正在梨花丛中寻找最美的那一枝。

见沧雪无暇他顾,他便稍稍走到一边。

他微微动念,在神魂之中,对月歌道歉:“对不起。我和沧雪如此,肯定惹你不高兴了。”

冥冥中,那如雪月皎洁的少女微微一笑,轻轻说道:“不用解释,我相信你。但我还是有些不高兴。”

苏渐慌忙道:“为什么?”

“你想不到么?”月歌少有地露出嗔怪的表情,“你不知道吗?沧雪妹妹,才华罕见,是我族全体的骄傲,乃是圣龙帝国的天之骄女。

“却没想到你一个劲儿只管骗她。以前种种哄骗也就罢了,现在沧雪妹妹难得如此动情,你却在这事上也哄骗她,那我作为龙族,自然会不高兴呀……”

“这……”听了月歌这番半真半假的嗔怪话儿,口才其实不错的少年,这时却口角嗫嚅,说不出话来。

他想认错,却觉得不妥,因为要让他去怎么改正?难不成就此假戏真做,把沧雪娶了?别的不说,月歌怎么办?

苏渐可不是什么都不懂的小童，知道女孩儿的心思最是复杂。

往往她们口中说是了，其实不是；口中说不是，你真的不是了，她却又生气了。

如果辩解反驳呢？

那更不可能。

栖身于星降之链中的月歌之魂，某种程度上已和他心灵相通；自己那点心思，难道骗得过她？

于是苏渐在心中长叹一声，道："唉，这真是'进亦忧，退亦忧'，难办啊。"

正想到这里时，他却忽听沧雪关心的声音在耳畔响起来："咦？你怎么了？脸色这么难看，有什么心事吗？"

"呃？"苏渐闻言一惊，脱口说道，"嗯，并无他事。只是离别在即，心中十分惆怅罢了。哦，对了——"

苏渐忽然想起一事，便从背后解下一物，递与沧雪道："这个，物归原主吧。"

"什么？"沧雪不明所以，接过来褪去外面一层厚布，忽然间眼睛睁得大大的，"是'永寂之刃'！"

"对。"苏渐怅然说道，"当年魔语海渊之事，此刃被我兄弟亚飒辗转得去；现在他已身死，这把兵刃，便也物归原主吧。"

"这……"面对失而复得的神兵，沧雪并没有欣喜若狂，反倒是陷入了迟疑。

"怎么，你不担心，我拿它来对付你们的风暴之墙？"沧雪看着苏渐道。

"以前担心，现在不担心了。"苏渐道。

"为什么？"沧雪问道。

"你看，没有任何永寂之矿制造的兵器，可那个雪冽迩，还是打开了风暴之墙的要塞之门。"苏渐神色忧伤地说道，"所以，我为何还要纠结呢？

"更何况，你们现在要面对那个狂禅的威胁，这把永寂之刃，正好克制他的'暴风之戒'。"

说到这里，苏渐停了下来。

他望着远近开得灿烂如云的美丽花海，神情变得落寞无比。

沉默了一阵，他才叹息一声，道："唉，更何况，斯人已逝，我每看到它，就想起往日一幕幕，便心如刀绞一般。

"而现在乃非常时，由不得伤春悲秋，儿女情长，我索性将它归还于你，落个眼不见心不烦吧。"

听得如此伤心之语，看着如此忧伤的表情，沧雪的心里也很不好受。

不过她内心的想法，却和苏渐的说辞大相径庭。

"哎，"天才龙巫女心中慨然想道，"苏渐他，终究还是担心我的。

"他一定是怕自己深爱之人，也就是我啦，被那个讨厌好色的龙魔侵犯，便将这把能克制暴风之戒的永寂之刃，赠还于我。

"嗯！一定是这样！怎么可能有其他理由呢？毕竟这是把世间罕有的神器啊。"

想到这里，沧雪不由得万分感动。

她变得眸光盈盈，明眸之中蓄起了莹莹的泪水。

在深情注视着少年之时，她也在心中立下了永恒的誓言："嗯！苏渐，你就放心吧，作为你深爱的人，我会誓死保卫自己的贞洁；除了你，我不会让任何人得逞的！"

就在这样庄严的誓言之中，她目送着苏渐英挺的身影迤逦远去；直至苏渐的背影消失在茫茫的草木天地间，再也看不见，她才怅然而返。

回到冰昆王庭后，沧雪鬼使神差般，又到了那苍玉山上。

走到苍玉山巅的木屋前，沧雪推开房门，见得房中陈设依旧，只是斯人已远。

沧雪的性格，专注，磊落，犀利。

她从来没有像现在这样。看着木屋内苏渐曾经用过的器物，愁肠百转，眷恋难舍。

小女儿的情怀，弥漫在心胸，渐渐也弥漫了眼眸。

冰龙巫女漂亮的眼睛，好似蒙上了一层朦胧的雾岚。

驻足良久，沧雪转身走出了木屋，却看见苍玉山间，正下起蒙蒙的细雨。

青山苍翠。

迷蒙的雨雾,有密有疏。

那密的地方,犹如几缕洁白的绢纱,上下悬浮。

山风吹拂,雨雾在青翠山林前飘摇,游移,像轻柔飘荡的白纱,又好似有了生命一般,徘徊不定,无限流连。

溟濛小雨来无际,云与青山淡不分。

看着这样清雅的山间雨景,沧雪心有所感,一时间竟顾不得细雨扑面,竟是看得痴了。

山间清似梦,丝雨细如愁。

沉浸在心中一种难以言说的情绪中,女孩儿悄然伫立,浑然忘了时间的流逝。

不知多少时间之后,她忽听得有人清咳一声,这才如梦初醒,朝声音来源处看去——

“叔叔,你怎么来了?”

“我怎么不能来?”俊美如神的冰龙之王,轻步走到近前,看着沧雪,关心地问道,“怎么了? 怎么在雨里发呆?”

“我在想——”刚说到这里,沧雪忽然醒悟,忙改口道,“没什么呀,这雨丝清凉,宛如晨雾,淋一淋更清醒呀。”

“更清醒? 哈!”冰龙王哑然失笑,“我看你啊,眼神迷离,不是发愁,就是想念什么人,或者说,是因想念人而发愁吧。”

“叔叔!”听他挑破自己的心事,沧雪不由得嗔怪一声。

“哈,这有什么,又不是丢人的事。”厄古烈慨然说道,“你想谁,我又不是不知道。嗯,关于他,有件事叔叔想纠正一下。”

“什么事?”沧雪莫名地变得有些紧张。

“就是,他,是个好男儿;虽然是人族,但如果是他的话,就没问题,你要好好把握。”厄古烈认真说道。

“把握什么呀!”沧雪本能地羞涩,不过转念又一想,有些惊讶地看着叔叔,奇怪道,“叔叔,您当初可不是这么说的,怎么……噢,我懂了,是因为他帮你打了大胜仗吧。”

“当然。”厄古烈毫不掩饰道，“我厄古烈一生征战，最重杀伐英雄。那一场大战，他打得有勇有谋，正是本王敬佩的真豪杰。”

“但不管怎么样，他还是人族，不是龙族呀。”沧雪追问道。

“呵。人族？龙族？”厄古烈冷笑道，“别忘了，撒菩勒伯、狂禅，都是龙族呢。”

说到这里，他凝视沧雪，郑重说道：“你现在既然有了目标，就要好好把握。我族从来敢爱敢恨，一旦决定，就放开手脚去做！你叔叔我也有了新目标，我们一起努力！”

“不用好好把握，”沧雪闻言，立即自信说道，“叔叔你就放心吧，凭着侄女我过人的魅力，以及和他的深情厚谊，相信不久之后，他腾出手来，就会来坏了我的清白——倒是叔叔你，有了什么新目标呀？”

“自然是成为帝国新的摄政王。”莽莽青山前，厄古烈凛然说道，“到那时，冰龙国的事情，就由你多担待；你负责执掌冰龙国，由苏渐来统领冰龙国的军事。”

“好！”沧雪点头答应。

其实沧雪的兴趣，真不在国政上。哪怕让她成为冰龙国之王，她也没什么兴趣。

不过她痴迷法术，并不等于不知时事。

经过狂禅这一场讨伐，她已知道，自己的族群，和当今的摄政王势力已经势不两立，严重点说，不是你死，就是我活。

这种情况下，当叔叔说出了对冰龙国极其重要的安排，她怎么可能会推脱拒绝？

不过，爽快答应之后，过了一会儿，沧雪的心里又有些迟疑。

她想道：“呀，好像那人，对人国的仕途，挺看重的。要他来掌管我国军事，他愿不愿意呢？

“嗯，下次见面，我问问他吧。

“他说怎样，就怎样，我沧雪也要像人族的新嫁妇一样，夫唱妇随。”

现在的冰龙国和兽龙国、天雪国一带，已经完全是战乱的景象。

苏渐在玄池之畔向沧雪道别后，回到幽州城中，已经是十日之后。

按理说，他一回来，就应该去见大统领，然后面圣，说明此行的一切重要事宜。

而苏渐为了完成心中的远大志愿，向来看重仕途，无形中已成了一种习惯，但这一回，他却鬼使神差般，回到幽州城后的第一件事，是去找那位雪晶国国主洛雪穹。

幽州城中的西南郊外有一处温泉，名为“热池”；依托热池，建有“热池山庄”。

因为温泉的缘故，这片小小的天地四季如春，庄里庄外长着千百株蓝花楹。

千百株蓝花楹一齐开放，那景象唯美壮观，就仿佛整座热池山庄都被笼罩于无边无际的紫蓝纱幔之中。

这样的地方，自然风景绝佳；于是天雪新皇雷冰梵，出于一个小小的私心，便把此地划拨给雪晶国，作为洛雪穹暂驻幽州城的行宫之地。

紫蓝纱幔般的蓝花楹，在热池山庄东南角的通道两边整齐排列，还形成了一座紫蓝花幕遮盖的长长树廊。

苏渐面见洛雪穹的地方，就在唯美梦幻的蓝花楹树廊下。

紫蓝色的花廊下，苏渐说起了军国大事，洛雪穹神色淡然地听着。

当苏渐无法回避地提起“为国勾引”之事时，女国主的表情，明显变得有些特别。

怎么说呢？

这种特别，是那种很想掩饰、很想和之前保持一致，但无论颤动的睫毛还是波动的眼神，全都泄露了主人别样的心情。

习惯冷静的雪晶国国主，这时候，异乎寻常地经常追问。

大部分追问，苏渐都能很好地回答。不过，当他说起和龙女接吻时，洛雪穹竟然出乎意料地问他和龙女亲嘴的感觉。

苏渐顿时感觉，很尴尬！

本来接吻这样的事，他也不愿主动说，但这一回他前去冰龙国，“接吻”正是华夏之主李翊钦定的任务成功标志之一。

所以，现在洛雪穹问起来，倒也自然，就是苏渐听了后，那表情实在无法自然得起来。

“你真的想知道吗?”苏渐无奈地问道。

“想知道。”洛雪穹的神态宛如万古冰峰,岿然不动。

“好吧,”眼见躲不过去,苏渐便诚恳地说道,“雪穹,其实,这事情,感觉也挺美妙的。怎么说呢?”

苏渐仿佛回忆一般道:“那感觉,异样的甜美,像吃了蜜糖,但又不太一样。好像那魂灵儿不由自主地飞向了云空,腻歪,却空灵,仿佛要羽化而登仙一样。”

认真追问的少女,当真正听到对方的回答时,却觉得身上某处,忽然痛了起来。

有了痛楚的感觉,她想伸手去按一下疼痛的地方缓解一下,却发现,自己并不知道身上具体哪儿疼痛。

痛,却也有些前所未有的羞涩,还有心动。

“吻,真的那么好么?”她想着,竟有点想尝试,但微微抬起头,看着苏渐那英俊而有光的侧脸,实在不好意思说出口。

两人陷入了沉默。

洛雪穹心潮涌动,恰如潮起潮落,那悲喜交加的心情,飘起,又跌落。

良久之后,她忽然道:“苏渐,你说的是假话吧?骗我的吗?嗯,若有机会,我也想试试呢。”

听得此言,苏渐身躯一震,转过脸来,不敢相信地看着她。

看着洛雪穹发着玉样光辉的面容,苏渐忽然也觉得有了痛楚的感觉。

他也想伸手去按一下疼痛的地方,好缓解一下,但却发现,自己并不知道身上具体哪儿疼痛……

至此苏渐心有所感,便看着洛雪穹的眼睛,真诚地说道:“雪穹,你知道吗?乱世之中,人如飘萍;直到方才,我才惊觉,自己在心里给情爱留的地方,已经很少、很少。

“所以,雪穹,请你理解我。我知道,你喜欢我,但现在我的心里,真的没有那么多空间,来盛下这么多的厚爱;如果现在敷衍答应,草草应对,那是对你最大的不尊重。

"给我一点时间，好吗？至少等眼前这个劫难过去，如果真能过得去这个坎儿的话，我苏渐，一定会给你一个说法，好吗？"

听得苏渐发自肺腑的话，洛雪穹虽然依旧冷静沉默，但脸上的表情却逐渐融化，变得生动。最终，她带着无限的伤感，轻轻说道："好……我信你……谢谢你……"

说此话时，正是清风徐来，花楹树上一阵落英缤纷，铺满了地面。

一身白裳的清冷少女，就这样立在满地的紫色花毯上，于漫天的花雨中伫立着，神情委婉而哀伤。

这样的情景看在苏渐的眼里，他只觉得内心不知何处，又压抑不住地痛了起来。

仿佛要逃避这样的感觉，苏渐慌慌忙忙地拱一拱手，便跟洛雪穹道别，转身离去。

洛雪穹的目光，追随着他匆匆的背影。不知道她心里想到什么，先是摇了摇头，转而又点了点头……

"雪穹，原来你在这里！"忽然间，一个欣喜的声音，从洛雪穹的身后响起。

洛雪穹闻声，如梦初醒。

缓缓地转过身形，看见那个紫衣雪发的冷峻少年正立在不远处，又惊又喜地望着自己。

不得不说，雷冰梵此时很想掩饰自己的喜悦之情，毕竟眼前这位冰雪佳人还一脸哀戚。

但他真的无法掩饰这种喜色，以至于开口说话时，那声音都有些无法自控的颤抖。

"雪穹，"雷冰梵道，"苏渐刚才那番话，委婉而已，他不好意思直说，怕伤你的心。

"我来替他解释一下：就是他的心里，没有你啊！

"但雪穹，请相信我，我雷冰梵的心里，有你啊！

"而且我不像苏渐那混蛋，有你的青睐还不够，还又是月歌又是沧雪又是幽小眉，不是龙族就是魔族，简直比混蛋还混蛋！他——"

雷冰梵一口气说到这里，还要说下去时，没想到洛雪穹却摇了摇头，截断他的话头："冰梵，对不起，我的心里，没有你。"

说此话时，洛雪穹虽然语气干脆利落，但神情却惆怅而伤感。

雷冰梵被如此明白地拒绝，虽有失望，但并不难过。

因为他已经习惯了。

愣了一小会儿，他看到洛雪穹哀婉无限的表情，也变得很难过。

"苏渐你个混蛋！"他愤怒地叫喊一声，转过身，便要冲出去追上苏渐，揍他一顿。

只是没想到，才冲出了五六步，他却忽然惊讶地看到，七八支寒光湛然的冰凌，突然在自己的去路上"噌噌噌"地升起。

"雪穹？"他满脸讶然，转身叫道，"为什么？！"

看着他满脸疑惑的样子，洛雪穹说道："你为什么要去追苏渐，我就为什么要阻挡你。"

雷冰梵闻言一愣，转而神色黯然。

"我懂了。"他道，"但我是不会放弃的！"

说罢，他也转身离去。

他二人全都离去后，花楹树廊下，变得冷清无比。

洛雪穹也觉得冷清无比。

那感觉，就好像回到了灵山圣门的万丈雪峰上。

心境冷寂之际，即使看着满眼的艳丽鲜花，表情也无法避免地转为黯淡。

静默良久，在缤纷飘零的漫天花雨中，洛雪穹忽然开口，轻轻吟道：

"万点春色撩心弦，一枝独秀寄余生……"

这时候，匆匆逃离的苏渐，正在心中责骂自己："唉！苏渐啊苏渐，你还真是个混蛋！

"刚才是怎么了？雪穹她即使贵为一国之君，却还是个年轻的女孩子，你干吗要说什么'乱世儿女、谈何情爱'？还说什么劫难未解、何以家为，真是平白惹人心酸罢了。"

在苏渐回归之后，形势变得越来越糟糕。

冰龙族举起反旗固然减轻了一部分压力，但也激发了巫龙之王撒菩勒伯的凶性。

而冰龙国为了应付撒菩勒伯后续不断派来的讨伐军，已经十分吃力。

冰龙国能支撑下来，已经很不容易。

这还是因为他们最开始时，面对狂禅讨伐大军，竟然出乎意料地一举翻盘，从而赢得了其他龙国的尊重，让其他龙国没有按照惯例全力围攻上来。

冰龙之王厄古烈和天才巫女沧雪的声望，也起到了一定的作用。

面对他们二人统领的冰龙军，不少龙国接到撒菩勒伯命令后，阳奉阴违，表面向冰龙国发兵，实际却用五花八门的理由拖延时间，让他们的君主可以有时间观望形势。

面对不利的形势，冰龙之王厄古烈，也在试图拉拢更多对撒菩勒伯不满的同道。

比如疾龙之国向来对冰龙国友好，现在更是举国敬重厄古烈和沧雪，因此冰龙国举起反旗后，疾龙之国一反常态，从一开始就不遵奉撒菩勒伯的征讨令。

虽说疾龙之国只是下龙之国，但其疾龙族人拥有着近乎闪电般的攻击速度，其战力不可小觑。

还有位列上龙之国的穹龙之国，他们对冰龙国有些"瑜亮情结"，不太服气；但因为一个人，在这次冰龙王竖起反旗后，他们也选择了站在冰龙王一边。

这个人，是月歌公主。

作为九大龙国的公主，月歌在近两三百年间，被确立为圣龙帝国的继承人。

作为法理上的继承人和下一任的圣龙国主，月歌公主在被镇压封印前，自然有着众多的追随者和拥护者。

当然这些追随者，也不都是因为月歌的血统和身份而追随。

月歌公主气质华贵圣洁，性情正义善良，处事公正严明，武力也强大卓绝，又具备女性本身的娇柔之美，因此，光是她本身的人格魅力，就足以吸引一大批追随者。

在这些追随者之中，穹龙之国乃是其中的佼佼者。

在月歌失势后，和许多曾经的追随者不同，穹龙之国并没有改变自己的立场。

他们依旧保持着对月歌公主的忠诚，不相信撒菩勒伯宣称的月歌叛国罪行。

他们一直觉得，所有的一切，都是巫龙摄政王觊觎帝位的阴谋。

因为，高贵而睿智的圣龙公主，怎么可能会被区区一个人族少年诱惑？这样的鬼话，也只有那些"愿意相信"的人才信！

其实，在月歌的追随者当中，有着穹龙之国这样的想法的，并不在少数。但他们的力量大多弱小，即使心存怀疑和不满，也不敢说出口，在强势的巫龙之王面前，只能暂时忘却曾经对圣龙公主的仰慕和忠诚。

但穹龙之国不一样。

他们拥有着龙族中最高明强大的飞行之术，因此他们的视野和格局，也变得格外地高远宏大，不会轻易地被改变。

他们难能可贵地保持着对月歌公主的忠诚，同时这样的忠诚有多强烈，对巫龙之王的仇恨就有多强烈。

穹龙之国一直都在寻找机会对抗撒菩勒伯；现在冰龙之王厄古烈一举起反旗，撑过了开头狂禅的大举讨伐之后，穹龙之国就像找到知音一样，立即表明立场，派出精锐的"穹顶军团"，大举支援冰龙国。

如果不是因为穹龙之国的援助，在虎狼环伺一般的圣龙帝国中，冰龙王根本支撑不到现在。

冰龙王也只能是支撑了。

他们对人族王国的支援，只能是间接的。

因为他们的存在，撒菩勒伯需要分兵围剿，在无形中削弱了撒菩勒伯用来进攻人族的兵力。

在目前的形势下，冰龙王和沧雪有心无力，只能通过这样"拉仇恨"的方式，间接地支援人族。

所以说，冰龙王造反之事，并没有从根本上改变双方的力量对比。

情况变得越来越危急。

天雪城上空的诡异血光越来越强烈，范围也越来越大。

更大范围内的人族军民，陷入了虚弱和狂乱。

魂气被血祭大阵抽吸的范围，甚至已经触及绛雪城的守军——

要知道，处于幽州城正北方的绛雪城，离现在人族的中枢首脑之地幽州城，也只有二百多里的距离！

照这样下去，不用多久，血祭大阵就会按照撒菩勒伯的期望，产生真正的净世之光。

到那时，是魔界毁灭的序曲，也是人族灭亡的终章。

危急时刻，就好像病急乱投医一样，曾经被人族封存的禁忌武器——翡翠惊天雷，被人从武库的深处拿了出来。

人族的领袖们，开始秘密地遴选死士。

这些死士，将带着可怕的禁忌之雷，前往天雪城，炸掉一切灾祸的根源——血祭大阵。

按理说，以苏渐的身手和经验，他是这类死士的不二人选。但最终五十名死士之中，并没有他的名字。

因为冰龙巫女的缘故，现在苏渐在人族高层的眼中，已经具备了战略价值，因此不会再让他出现在这样的场合。

但玄武卫的银徽卫端木楚，入选了这五十名死士。

作为当今华夏皇后的亲弟弟，端木楚的入选让许多人很诧异。

但进一步想想，便会觉得这样的安排，十分合理。

因为现在，人族已经到了亡国灭种的边缘。

这时候只要能成事，是不是皇亲国戚，已经不重要了。

更何况，这样的差事交代下来，端木楚第一个站出来报名。

毕竟，和苏渐一样志向远大的端木楚，一直想向世人证明，他端木楚出人头地，不是因为皇亲国戚的裙带关系，而是因为自己的能力。

而现在，确实已到了最紧要的关头，就算不因为这个，他端木楚作为这个任务最合适的人选，也应该毫不犹豫地站出来。

“时穷节乃现”，这句话一点不假；遴选死士时，固然有端木楚这样主动锐身自任的英豪，也肯定少不了想尽办法逃避责任的懦夫。

刚开始出现一两个胆小鬼还好，但当越来越多的人效仿，极力逃避这个生存率极低的任务时，作为人族共主的光武帝李翊，毫不犹豫地挥起了屠刀，将这些畏战而不奉召的懦夫斩于幽州城刑场。

当五十名死士挑选完成，他们便带着人族王国的最机密任务，辗转徘徊，朝北方的天雪城秘密潜去。

这样的行动，已是“病急乱投医”；这一点，无论决策者还是执行者都知道。

但又有什么办法呢？作为绝对的弱势一方，他们没有其他的选择。

因为携带翡翠惊天雷的缘故，这五十名死士，又被后世称为“惊天死士”。

这一路，对五十名惊天死士而言，可谓艰难险阻。

他们不仅要躲避龙兵的稽查封堵，还要对抗日渐强烈的抽魂血光，并且离目的地越近，那能让人虚弱狂乱的诡异血光，就越难抵抗。

但即使如此，这些死士大部分还是坚持了下来。

他们毕竟是人类王国中选了又选的英雄豪杰，经历了一系列艰难险阻后，最终有三十多人成功抵达了天雪城。

这些人当中，也包括端木楚。

这位顶着光环，同时也顶着误解的皇家子弟，用自己的身先士卒、浴血奋战、有勇有谋，赢得了所有同伴的尊重。

成功潜入天雪城后，这些勇士心中的希望，也变得无限地大。

他们中有不少人，甚至产生了这样的感觉：

今日之壮举，必为后世之传奇。而自己，就是有惊无险、力挽狂澜的主角幸运儿。

毕竟是人族中优中选优的精英，潜入天雪城，虽然在普通人眼里为畏途，但对他们来说，并不是特别难的事。

尤其现在巫龙军向南攻击，对人族防线造成极大压力的同时，也拉长了战线，给了他们较大的可乘之机。

只是，他们的幸运，在进入天雪城后，便逐渐消失了。

天雪城中，此时已经如同一座巨大的龙族兵营。

以巫龙军为主的龙族将士，在巨大的城池中往来穿梭，一个不小心就可能和他们狭路相逢。

和龙兵狭路相逢，基本意味着死亡。而现在死亡还不是最可怕的，对惊天死士而言，最可怕的是，被龙族看穿他们此行的意图。

以端木楚为首的死士们，也想创造传奇。但他们很快便发现，传奇只存在于说书人的口头上；真正身处绝境，不但奇迹不可遇，更不可求。

很快，就有背负翡翠惊天雷的死士陆续被巡逻的龙军发现。

遭遇之际，他们按照预先的约定，即使身死，也要伪装成当地原本就存在的游击反抗者。

他们的表演，不可谓不用心，穿戴也模仿得很到位，但很遗憾，他们面对的敌人，并不是傻瓜——

或者更确切地说，在当今的神州大陆上，龙族确实是一个优势种族；他们不仅天赋神力，往往还智慧超群。

惊天死士们的意图，很快就被看穿。

当龙兵看到被引爆的翡翠惊天雷迸发出某种熟悉的恶毒气味时，顿时便和记忆中的那个大事件联系了起来。

要知道，作为灭绝人性的禁忌之雷，翡翠惊天雷可是曾经引起过第二次人龙大战的！

所以，一旦龙族看出这些人竟然携带了如此猛烈的禁忌兵器，想都不用想就知道人族死士们打的什么主意。

“他们要炸血祭大阵！”

在龙兵们的狂呼乱喊声中，曾经的北方王城整个都沸腾起来！

无数的龙兵龙将冲出兵营，冲到大街小巷，搜捕人族的奸细。

到了这时候，端木楚和他的同伴们，都知道万事休矣……

第一百四十五章

端木之殇

而这时，端木楚作为潜入最成功的一名勇士，已经离血祭大阵不到两三里的距离。

这个距离近到可以让端木楚看清，原来那日夜吞吐的可怖血光，并不是纯色，其中竟是有无数诡秘的纹路，似水面油渍，又好像有无数光怪陆离的鬼魂，正被血光风暴拉扯得残缺变形。

这样奇诡丑陋的血光，本身就让人有一种极其强烈的毁灭冲动。

而端木楚，现在是整个神州大陆上，最有可能毁灭它的那个人。

但有什么办法呢？

即使咫尺之遥，已经杀声四起，能全身而退，就了不得了。

说起来，虽然称为死士，但仁厚的光武帝，依然给这些自告奋勇的勇士配给了充足的逃遁装备。

由顶级的天宸阁法师制作的逃遁晶符，以往可以说只要有一张流落到外面，就能引起江湖上一片腥风血雨，直接导致武林权力的更迭；但现在，这样的绝品晶符，却跟不要钱似的，给每个死士配备了十来张。

除了这些装备，天雪国国主雷冰梵，还跟这些人透露了天雪国的绝密信息：

那就是天雪城中藏匿各处的皇家逃遁密道。

这些信息，乃是天雪国的最高军政机密，价值绝不亚于天宸晶符；但现在也被雷冰梵向端木楚等人和盘托出。

所以，虽名曰“死士”，人族联盟的高层们，是绝不希望这些死士真的就死在天雪城中的。他们希望这些人能全身而退，毕竟他们是人族中最忠最智最勇的栋梁之材。

因此当天雪城中围捕声四起时，端木楚和同伴们，不是没有逃脱的机会。

但人就是这样，不能用简单的逻辑来判断。

面对欺压了同胞这么久的残忍敌族，不少人族勇士根本压不住自己的怒火。

尤其当他们深入到天雪城，看到了更多的真相后，便更加怒发冲冠了。

他们看到了许多天雪城中的反抗者同胞被杀死后的尸体，挂在了城中各处。

本来死就死了，龙族还侮辱了尸体。

对待反抗者的尸体，他们不是割耳，就是断臂，甚至还将头颅劈成两半，中间胡乱插上树枝，就那样悬挂在房屋的尖顶，或者街道的墙壁上。

随着潜伏的深入，他们还看到了更多被彻底剥皮的尸体……

如果说，这是战争，对待反抗者做出这样的举动，还有一定的合理性，但最让人不能忍受的是，潜入者们发现，在这些被悬挂示众的尸体中，还有许多妇女儿童！

刚开始看到零星的妇女和儿童，这些人族勇士还以为他们也参与了对龙族占领军的袭扰；但随着看到的数量越来越多，他们忽然意识到，这些妇孺，很可能只是被那些残忍的龙兵杀来取乐而已……

对抗近在咫尺的邪阵血光已经殊为不易；奋起抵抗后，还要遭受如此惨无人道的凌辱，则任何人都无法接受！

尤其，人族还向来奉行“死者为大”“入土为安”，所以，变数就发生在这里。

即使身上带有充足的顶级逃遁晶符，即使心中对天雪王城各处的逃生密道了如指掌，有不少勇士被龙族发现后，知道不可能完成炸毁血祭大阵任务时，他们也没有选择逃走。

面对蜂拥而来的狰狞龙兵，他们镇定自若，然后在某一刻，忽然爆发出凄厉的怒吼和嚎叫，就地引爆了翡翠惊天雷，与残暴的侵略者同归于尽！

听着熟悉的爆炸声，听着悲壮的吼叫，端木楚怎么会不知道发生了什么事。

他四望城中此起彼伏的爆炸火光，再回首看看近在咫尺的血祭大阵，一时间不由得泪流满面。

热泪盈眶之中，他仰望着观星祭台顶端那个阴沉而巨大的身影，眼神流露出刻骨的仇恨。

“撒菩勒伯，总有一天要你付出代价！”

作为当今华夏皇后亲弟、玄武银徽卫，端木楚还是表现出了惊人的理智。

他强压下冲天的怒火，转过身，一猫腰，伏低身子，迅疾无比地朝城外撤退。

和端木楚一样，这时还没有被龙族发现的勇士，也都没有意气用事，返身便朝城外逃去。

只是就在这时，傲立于观星祭台上的巫龙之王，忽然间仰天一阵咆哮，那声音响亮而幽沉，如同九霄上滚过的闷雷。

咆哮方歇，他忽地一伸手，径直从眼前巨大的血色光柱中捞了一捞，然后飞快地朝四周一阵挥洒。

刹那间，便有无数明亮的月形紫芒从他手掌中飞出，如同暴风骤雨般朝天雪城中四散飞射。

紫月凌空，骤如疾电，正是巫龙之王的绝技“紫芒幻月斩”。

紫芒幻月斩，一旦飞出，便如月陨星流，还带着一种虚幻的炫目光晕。

邪祟，霸道，猛烈，还好似长了眼睛，紫芒幻月斩竟是自动朝那些撤退的人族勇士追击。

要知道，这时候许多人，已经将珍贵的天宸晶符激化催动，已经给自己笼罩了一层极好的伪装，但观星台上巫龙之王随手挥发，竟然瞬间破除了所有精妙的伪装。

端木楚因为之前冲在最前，这时撤退时，反而落在了最后；那些呼啸而过的紫芒幻月斩，好似遵循“先远后近”的自动寻路原则，因此端木楚眼睁睁看着致命的流光从头顶尖啸而过，朝自己的同伴战友扑去。

很快就有十多名勇士，被电射而至的紫芒穿身而过，哼都不哼一声就扑地死去。

见此情景，端木楚目眦欲裂，一时间血灌瞳仁，双目赤红，几乎想返身回去观星祭台拼命。

就在如此冲动之时，他忽然听到身后一阵尖啸之声传来；他本能地想要就地扑倒躲避，但他的目光，忽然看到前面那个惊慌失措的熟悉身影。

铜徽卫张锦成！

这些天里，端木楚和这些舍生取义的同袍处得十分熟悉了。

生死考验的关头，让这些不善表达感情的大老爷们儿，在短短的几天里，就建立了深厚的情谊。

就拿前面那个张锦成来说，虽然是玄武卫的同僚，但因为分属不同的金徽卫，端木楚这么多年来，和他并不熟。

但就因为这次任务，他开始熟悉和了解了这位同僚。

他发现，这位二十来岁的小伙子虽然有些腼腆，但做事却极为细心，甚至被同僚嘲笑做事跟“大姑娘绣花”一样。

不过端木楚却知道，作为玄武卫，这是一种极为宝贵难得的特长。

通过这几天的闲谈，他知道了，果然因为张锦成如此细致的性格，曾经好几次从不起眼的细节上，破获了大案。

但是具备如此宝贵才华的年轻人，这时候却要被呼啸而至的幻月斩变成一具冰冷的尸体！

“不——”几乎没经过任何思考，端木楚大吼一声，奋起全身的气力，脚尖一用力，迅疾无比地朝前面冲去。

才冲到一半，“噗”的一声，飞射而至的紫月，正中端木楚的背心。

听到身后不寻常的响动，张锦成立即停步转身。

他第一眼就看到，一朵紫色的光芒，正在那位端木大人的后背爆裂，映入眼帘时，就如同瞬间开放了一朵明烈的花，虽然凄美，却饱含了死亡的气息。

“怎、怎么会这样?!”能够入选五十位惊天死士,张锦成的功力毋庸置疑。

所以他才奇怪,刚才明明感觉到身后那朵呼啸而至的紫月锋芒指向自己,怎么在半路击中了端木大人——

“不对!”张锦成立即想到,刚才往血祭大阵急速潜近时,端木大人的位置自己一清二楚;毕竟在前进过程中,他们两人作为相邻的战友,刚才一直不停地交换位置,互相掩护。

正因为这样,张锦成才会困惑,因为无论如何,身份尊贵的端木大人,绝不可能出现在现在受害的位置,除非……

除非是他自己主动扑过来,替自己挡了这一击!

“大人……”明白了真相的年轻铜徽卫,霎时间热泪盈眶。

他再也不顾头顶尖啸掠过的死亡紫光,返身跑回了端木楚的身畔。

因为身穿软甲,再加上功力深厚,端木楚并没有像别人那样当场死亡。

但这时候,也已经是出气多、进气少了。

贵为最强大人类王国皇帝小舅子的年轻人,就要死了。

跑到他身边的年轻铜徽卫,看到他面如金纸、口角渗血、气若游丝的样子,不由得痛彻心骨。

“大人! 挺住! 挺住!”张锦成压抑地叫着,俯身想要将端木楚背到身上。

“别了。”端木楚摇摇头,看着血光耀映中的年轻同僚,平静地说道,“我知道自己的事。我不成了。你若背上我,只会多死一个人……

“你听我的话,把我身上那些晶符都带上,还有我的行囊,尽量活着回去吧……”

听得此言,张锦成泪流满面,泣不成声。

他有心劝说,但抬头望了望四周的环境,他知道,端木大人的话一点都没错。

他不再多言,俯下身,从端木楚的怀中、袖中把那些宝贵的天宸晶符掏出来，都放到了自己的身上；然后又小心翼翼地扳了扳端木楚的身子，将他半压在身下的染血行囊解下来，系在了自己的腰上。

看着他做这一切，端木楚越来越苍白的脸上，一直保持着欣慰的笑容。

当看着张锦成将宝蓝色的行囊系在腰间时，端木楚鼓足了力气，说道："你若能逃出去，我的包裹遗物，交给苏渐苏大人——他，你知道吧……"

张锦成一愣，马上点头道："知道，属下怎么会不知道苏大人？"

这时张锦成的心中，充满了疑惑：

为什么端木大人的遗物，不交给华夏皇族，却交给那个孤胆屠龙苏大人？

但这时候不是纠结的时候。他站起身来，躬身对端木楚行了个大礼，准备转身踏上逃亡之路。

只是刚刚转身之际，他却听到端木楚虚弱的声音传来："你拿走了我的东西，你的东西，该留下来……"

张锦成闻言，又是一愣，但当他转身看到端木楚的眼神时，瞬间便懂了。

本来已经流干眼泪的年轻玄武卫，眼泪又夺眶而出。

他默默地解下自己腰间那只特殊的包裹，弯腰递给了端木楚。

"谢谢……"端木楚已经快说不出话来了，这一声道谢，几乎是他从牙缝中硬挤出来的。

张锦成再一次弯腰，对着地上的同僚前辈行了个大礼——

以前，他觉得这位银徽卫大人只是出身高贵，但这一刻，他认为，端木楚是他这一辈子，见过的最高贵的人。

当张锦成奔出半里多地后，听到刚才的来路上，爆发出两声惊天动地的巨响。

他本能地回头，只看到来处火光冲天、飞灰四散、血肉横飞。

"……"

他忽然像发了疯一样，脚步不知快了多少倍，身形变得灵活无比。

那一刻，他仿佛神明附体，帮助他从炼狱般的陷落王城中，有惊无险地逃了出来。

许多年以后，每当回忆起这段经历，他都会像中了魔咒般，反复地说道："那是端木大人英灵未远，在天保佑！"

由于撒菩勒伯亲自出手，人族联盟这一次精心准备的行动，宣告失败了。

他们没能炸成血祭大阵，但临死愤怒的殉爆，让部分天雪城变得如同鬼域。

伫立于北方冰原的不落王都、白玉王城，美轮美奂但多灾多难的躯体上，再添一道难以磨灭的伤痕。

这些天来，苏渐一直在幽州城等待兄长挚友的归来。

从未有过的不祥预感，让他坐立不安。

当张锦成归来时，不祥的预感变成了现实。

听着张锦成的叙说，看着手中端木楚的玄武卫银质徽章，苏渐泪如雨下。

友人死去的悲痛，固然笼罩了整个身心，但其中还夹杂着一丝愧疚。

直到这时，苏渐才明白，那位兄长一样的端木楚，自始至终对自己都是如此的牵挂爱护。

但自己呢？

虽然与他相善，称为挚友，但内心里，还是因为那个尊贵的皇家身份，导致自己对端木楚一直存有一丝天然的隔阂。

至少，无法像和唐求那样，谈笑无间。

察觉到这一点，苏渐十分痛苦。

更痛苦的是，斯人已逝，自己的这个错误已经无法改正，甚至，连说一声抱歉的机会也不会再有。

乐莫乐兮新相知，悲莫悲兮生别离。

说起来，在乱世之中，固然要对生死坦然面对，但事情真的临到自己的头上，哪那么容易做到？

尤其对苏渐来说，他在短短的时间内，接连失去了两位兄弟好友，这样的打击，可不是一句“要坚强”就能解决的。

所以，在得知端木楚死讯后的好几天里，苏渐整个人都变得如同行尸走肉。直到面临了新的危机，他才稍稍缓解。

这个危机，不是他个人的，而是整个人族、整个人类文明的。

端木楚参与的这次行动，乃是人族面对残暴侵略时极其正义、正当的反抗，但这样的事，却激怒了撒菩勒伯等侵略军首脑。

他们对人族的侵攻更加急迫。

虽然冰龙国的反叛让撒菩勒伯的运兵线变得更加曲折，但那延迟的只是时间。

更多的龙族侵略军还是响应巫龙摄政王的命令，绕道兽龙国，然后向北贴着风暴之墙，从当初隐龙君雪冽迩攻破的风暴之墙要塞进入天雪国。

倚仗着远超人族的战争水平，以巫龙族战士为主的龙族侵略军，向南前进的步伐越来越快，越来越让人难以阻挡。

就在端木楚牺牲的半个多月后，龙族侵略大军已经兵临绛雪城下。

绛雪城，在天雪国中位列天雪、玄霜、幽州三城之后，乃是天雪国第四大城。

它位于幽州城北方二百多里的地方，正是幽州城向北防守的重要门户。

在以前很长的一段时间里，人族与龙族双方拉锯的战线主要还在绛雪城向北四五百里的地方。现在巫龙侵略军将战线南推到绛雪城一线，情况已经变得极为危急。

当然战线的前压只是一方面。更重要的是，今日之态势，意味着有成千上万的人族生力军倒在了龙军的兵锋之下。

战争的局面已经变得无比危急。不过在此危机之前，还出现了一个交战双方都没料想到的插曲。

原来，经过了这么多天，大家忽然发现，端木楚和他的战友们并没有白白牺牲。

临死义愤引爆的翡翠惊天雷，引发巨大爆炸的同时，还引起了长时间燃烧的大火。

而天雪城，筑城于北方冰原上，这一场超乎想象的大范围、长时间的火灾，千万年来第一次真正烤热了天雪城脚下的亘古冰原。

从未融化的冰原，开始融化。

这一融化，就出现了前所未有的问题：

许多在远古时代得了瘟疫、怪病死去的巨大古兽的尸体，被温热融化的泥水翻出；人族还好，但现在占领天雪城的龙族，因为和这些古兽的尸体距离很近，所以极易被瘟疫传染。

结果，一场大火，竟导致许多龙族占领军染上了远古的瘟疫从而重伤，甚至死去。

有撒菩勒伯和狂禅等一众龙族将帅坐镇，经历了开始的慌乱后，天雪城中很快进行了正确的应对，没让可怕的瘟疫大规模地暴发和蔓延。

但不管怎么说，这一场汹汹而来的意外瘟疫，在某种程度上还是延缓了龙军南侵的步伐，出人意料地为人族的抵抗多争取了一两个月的时间。

从这个意义上讲，端木楚，还有他的战友们，并没有在天雪城失败的爆破行动中白白地牺牲。

虽然意外获利，但从这件事上也可以看出，人族即使侥幸小胜，也胜得极为随机。

人族的有识之士看清了这一点，加重了内心的无力感。

侥幸而得的机会，转瞬即逝。

撒菩勒伯发动了更多的侵略军，由狂禅作为主帅，疯狂地向南侵攻。

兵临绛雪城下，只是其中之一；有许多强力的龙军，已经从东起风暴之墙、西至大漠国的漫长战线上，向苦苦防守的人族王国联军，发动了暴风骤雨般的攻击。

局势的严重性，得到了前所未有的明确认知。

到这时候，就算是最乐观、最不肯正视事实的那些人，也彻底认清了局势。

亡国灭种，就在眼前！

绝大的危机下，人族抵抗军也风起云涌，前仆后继，组织了一波接一波的攻击。

但很可惜，至少到目前为止，所有这些反击都好像是自杀性的。

灭亡的阴影，前所未有地笼罩在人族全体民众的头上。

人族上上下下，上至帝王权贵，下至贩夫走卒，全都陷入了绝望。

更绝望的消息，在不断传来。

从西往东，先是大漠国都城大漠城陷落，留守的大漠王朝官员出逃。

巫龙军屠城。

没过多久，绛雪城陷落，身为文官的绛雪城城主、幽州观察使仲思源，本有机会逃脱，但他与全城军民共存亡，最后被愤怒的狂禅分尸。

巫龙军依旧屠城。

比绛雪城更难啃的虎牢关，在天雪国镇国大将军孙天翰的率领下，和别国支援的盟军一起，坚守了十七天后也终告陷落。

面对蜂拥入城的龙族军，孙天翰并没有选择殉国，而是带领残兵败将，退回到幽州城。

同样，龙军屠杀了所有虎牢关来不及撤离的残兵。

无论对殉国的仲思源，还是率领残兵逃亡的孙天翰，天雪国国主雷冰梵都予以了隆重的嘉奖。

除了这三城，整条人族防线上，还有无数个城镇堡垒陷落。

但在所有的失败之中，虎牢关孙天翰的失败，最令人震动。

经过这么多年的风和雨、血与火，所有人族联军的首脑，都十分清楚地认识到，天雪国镇国大将军孙天翰，是所有人族将帅中最能实战的将军。

现在，他拼光了多年积蓄的生力军，还有充足的盟国援军，却只坚持了十七天，就宣告回天乏力。

这一点带来的震撼，一点不比这些城池陷落本身来得少。

可能原先还有些侥幸，但当孙将军城破败逃的消息传来，大部分人已经真正地绝望了。

情绪绝望，现实更加绝望。

法术方面，血祭大阵的威力越来越大，几乎已经覆盖了整个天雪国；更多的人开始变得狂乱虚弱，并且一个新的情况出现了：

撒菩勒伯的阴冷笑声，突然开始出现在一些人的头脑里；这些人变得如同牵线木偶一样，开始做出一些有明确目的的悖乱行为——

比如，不由自主地向敌军投降，或是说出宝贵的情报。

在常规战斗方面更不用说，人族防线已经退到了幽州城一线，所有的残兵败将，都被挤压在星降高原与幽州城一线狭小的空间中。

这时候，不用说反攻了，他们担心的是，会不会被已在咫尺之遥的龙军瞬息一网打尽？

事实上，几乎所有人族能够抵抗的实力本钱，已经全部在这里；现在战略空间如此狭窄，很可能会将人族所有的抗争可能性，彻底毁于旦夕之间。

巍巍高耸于天地之间的星降高原，以前是阻止龙军铁蹄迅速南侵的屏障。但到这时候，大家才认识到，也许，巍巍的高原挡住的，是他们最后可能的生路。

士气，迅速地瓦解；人心，一夕之间奔溃。

原本团结一致的抵抗军中，出现了越来越多的逃兵。

到这时，人族联军的统帅们悲哀地发现，也许，他们要争取一个体面的失败也不可能了。

撇去大局不谈，再说苏渐。

如果要用一个最合适的字眼来描述苏渐，那便是：

“爱”。

首先他爱人。

由此爱国。

进而爱族。

如此方能重情重义。

苏渐能为寂灭林一桩陈年旧案追索数年，也能为一系列奇异幻梦中呈现的爱恨情仇，孜孜以求，追寻真相。

正因爱人爱国爱族，看到如此崩坏的局面，苏渐陷入了极端的苦恨。

他是一个乐观的人，但谁叫世事崩颓到如此地步？

面对这样的崩坏之局，就连最没心没肺的人，也笑不出声来。

更何况，这里有苏渐牵挂的一切，为之奋斗至今的一切。

往日乐观豁达的少年，现在变得沉郁、颓废。

虽然每日依旧在幽州城忙忙碌碌，但连他自己好像都不知道在忙什么，宛如行尸走肉。

连他都如此，更不用说其他人了。

但从另一种角度来说，现在能留在幽州城并且还在履行自己职责的人，都是八大古国中最杰出、最爱国、最富有责任感的人了。

但苏渐还是变得如行尸走肉一般了。

他头一回真正明白，在呼啸而至的时代大潮前，一个人的力量，是多么的渺小。

明白这个真相，滋味并不好受，以至于每晚入睡前，他只能靠喝烈酒麻醉自己。

这样的事情，在以前从没出现；“酒饮微醺”，一向是洒脱少年克制欲望的体现。

但现在，他却开始大口大口地喝酒了，喝的还是烈酒。

只有最熟悉少年的人，才能理解他现在多么无助和苦恨。

寄魂于他胸前星降之链中的圣龙公主，就是这样最熟悉他的人。

看着自己最熟悉的人变成如此模样，月歌心如刀绞。

和别人不一样，看见少年如此绝望，月歌可以说更加难过。

因为，在她的内心深处，其实，隐藏着一个秘密。

没有人能想到，月歌的这个秘密，竟很有可能在当前局势下，帮到苏渐。

既然能帮到苏渐，以月歌对他的挚爱程度，应该第一时间就说出来。

但很可惜，她还是如此纠结。

因为，这个秘密确实有很大的好处，好到不仅可以帮助人族扭转已经崩溃的战局，拯救日渐颓废的苏渐，还可能拯救她自己。

这种“拯救”，是真正的拯救。可以让她从此不用寄魂于一个死物之中，而是完全恢复到当年正常时。

她会获得重生！

好处如此之丰巨，但月歌依然纠结。

因为，如果按她的主意去做了，所有好处发生的可能性极小、极小；更大的可能是，什么好事都不会发生，苏渐却会死去。

所以，作为最佳的选择，是什么都不说，什么都不做，让这个秘密烂在心里。

不过，苏渐是月歌最熟悉的人，而苏渐对月歌，也绝无隔阂。

毕竟，现在他们二人，心与魂相贴。

转折就发生在这一天。

这一天，应该是人族再次被龙族压制到狭小区域后的第二十多天。

时间已经到了傍晚。

苏渐协助幽州军疏散难民，忙碌了一整天。

像这样强度的工作，苏渐已经做了将近一个月。

这种情况下，就算以他强悍的身体素质，也是吃不消。

所以，这一天，当他忙碌了一整天后，终于撑不住，在幽州城的某个街角，找了个相对干净的地方，盘膝坐了下来。

他背靠着墙壁，喘了一阵气，便取下腰中的酒葫芦，开始往嘴里灌酒。

一边喝酒，一边看着街头慌乱奔走的军民，他心中的愁苦再次泛了上来。

目之所及的一切，都显露出破败灭亡的迹象。

即使是治安极好的幽州城，这时候也出现了偷摸抢掠的事件。

这绝不是个好兆头。

这意味着，秩序的崩溃，可能比实际城破还要来得早。

而秩序的崩溃意味着什么？

国破家亡。

在心中推导出这一切，苏渐忽然觉得有些哭笑不得。

哭自不必说，面对国破家亡的命运，没人笑得出来。

但他现在却有些想笑，笑自己曾经志比天高，做了那么多事情，只想完成心中夙愿，并让这个世界变得更美好正义一些。

他以为自己是能做到的。

至少在力所能及的范围内，一定能取得应有的效果。

但现在，想到“力所能及”这个词，他笑了。

他笑自己如此幼稚，光顾着想“力所能及”之事，却没能早点认识到，“力所不能及”时的残酷。

如果这时候，有谁路过这里，就会看到一个胡子拉碴的年轻人，醉醺醺地喝着酒；一把浑身尘土的剑胡乱地靠在一旁，看这模样，谁能想得到，这位竟曾是名动京华的“孤胆屠龙英雄”苏渐？

当半壶酒下肚，那日头也落到了西城门楼上。

本来被阴云缭绕而光辉黯淡的天日，落到西边后，回光返照，发出明亮的红光。

血一样的夕阳，涂满了大街小巷，往日可能引起文人墨客的诗兴，但这时候在很多人的眼里，仿佛是翌日城破后，血染全城的惨状。

同样的联想，也在苏渐的脑中盘桓。

看着满城如血的残阳，已经半醉的苏渐，忽在心中暗暗做了一个决定：

幽州城，已是人族有效防线的最后一座堡垒；他苏渐，要始终留在城中，疏散难民，抵抗龙军，战斗到最后一息——他要与幽州共存亡！

做出这个决绝惨烈的决定后，苏渐觉得整个人都变得轻松；先前因为连续忙碌而疲倦的身心，这时候却好像所有筋骨毛孔都舒展开来，让他感觉到一阵久违的惬意。

体会到这种感觉，苏渐笑了。

他手抚酒葫芦，自言自语道：“变轻松了啊……看来，这个决定，是对的。”

一言说罢，他看着眼前一派破落景象的大街小巷，沉默了许久，忽然幽幽地说道：“原来，今日才知道，我苏渐此生的终点，是在这里啊。”

说罢，他拍拍身上的尘土，站起身来，就要离开这里。

只是就在这时，他忽然心里一动。

“怎么回事？”他想道，“最近这星降之链，经常忽冷忽热；现在这会儿，更是变得明显的灼热，月歌她……不行，太不正常了，我得好好问问她！”

重新振作的少年，对一切事物重新敏感起来，所以月歌因为痛苦纠结而表现出来的异状，终于真正引起他的注意……

奇异的幽暗空间里，苏渐的神魂，再次面对如月光般皎洁的少女。

“月歌，你怎么了？”他询问眼前的少女。

“没有，没有……”少女的目光闪烁躲闪。

“别骗我了，”苏渐道，“月歌，你太不擅长对我说谎了。”

“是……”月歌再也难以坚持下去，忽然间泪流满面。

“我、我很难受……”她抬起流泪的眼，看着苏渐，“你知道吗？有些话我知道不该跟你说，但看着你天天这样子，我又不忍心……

“不对不对！如果真跟你说了，才是对你真的残忍呢……苏渐，我、我好难受……”

看着痛苦纠结的少女，苏渐心里也十分难受。

正因为心魂相依，他对月歌的矛盾和苦痛，更加感同身受。

他并没有立即开口，而是将圣龙公主颤动的魂影，轻轻地揽入怀中。

少年的拥抱，让惶惑的少女，稍稍安定。

“不要怕，”苏渐说道，“还有什么事情会比现在更糟糕呢？你要相信我，有任何心里话都应该跟我说；就算有痛苦，多一个人承担，也总比一个人苦闷难受好。”

“不、不……”怀中的少女，仿佛受了惊一般，连连摇着头道，“我不能说！有什么苦痛，我一个人承担就好。这个事情对你来说，还是不说更好。嗯，我不能说！”

“这样啊……”听了这句话，苏渐心中灵光一闪，仿佛捕捉到什么。

他想立即思索清楚，但很可惜，月歌的话零散而掩饰，很难得到真正的信息。

不过苏渐惊人的直觉和过人的智慧，这时再次发挥了作用。

从这些只言片语中，他前后联想了一遍，便觉得，惶恐的圣龙公主之魂，百般忍耐不说之事，说不定对解决眼前的困局，有着意想不到的效果。

想到这里，苏渐的神色，反而变得从容。

想了一下，他便对怀中的女孩儿说道：“月歌，我是什么样的人，你还不知道吗？虽然你不想说的事，具体是什么我还不知道，但是请相信我，你若说出来，绝对是对我好。

“你要相信我，我苏渐绝对有能力明智判断，并趋利避害。

“如果不是这样，我还能走到今天吗？”

“是、是吗……”听得此言，本就摇摆的圣龙公主，终于有些意动。

“当然啊！”苏渐察言观色，立即趁热打铁道，“月歌，你肯定知道，我刚才在心中下了什么决心。

“我都决心不惜一死，和幽州城共存亡，而眼前战局必败无疑，所以，很明显啊，对我而言，还会有什么比这更惨的结局？”

“所以，你一定要告诉我。”苏渐的灵魂直视少女，“你知道的，到底是什么？说不定，我还能起死回生，不用埋葬在眼前的城池中。”

“这……真的吗？”听到这里，月歌的神情，明显更加动摇。

“当然是真的。”苏渐坚决道，“我的经历，你都知道；那么多凶绝的险境，那么多看似不可能战胜的对手，我不都想方设法闯过难关了吗？

“所以，请相信我。再说了，我苏渐武力不是最强，智力不是最好，但要论‘幸运’，绝对是当世一等一的啊！”

“是啊……”月歌闻言，踌躇一下，便喃喃说道，“你经历的这些事情，哪怕是与我的相逢，真的都好像是不可能的奇迹呢……”

“对啊！”苏渐叫起来，“月歌，你还不明白吗？现在就是需要奇迹的时候啊！”

“好。”终于，犹豫纠结的圣龙公主，下定了决心。

面对着眼前的爱郎，月歌敞开了心怀，娓娓地诉说道：“并不知何时，只是近来，忽然有记忆的碎片，在心魂的深处闪华。

“初时不得其解，几番拼接沉思，这才记起，是我在封印时刻、身魂分离前的一瞬间，自己给自己留下的一个启示。

“这个启示，是给自己留下一个可能；如今看来，恰巧也能让眼下的神州劫难，可能有解。”

听到这里，苏渐本来颓废沉郁的眼神，立即亮若星辰。

但他没有说话，只是屏住了呼吸，继续聆听。

第一百四十六章

群星之巅

“这个启示便是，”月歌幽幽地说道，“我被封印的本体，位于‘星陨乱流’的‘永恒之棺’；如果有谁能将我的本体救出，和我的神魂相合，我就将重临世间。

“到那时，圣龙公主重临神州，必将拨乱反正，且经过永恒之棺的禁锢历练，我之力量必将更加强大，圣华之力轻易铺满人间，净化邪念，扭转民心。

“而我圣龙皇朝，讲究的是‘圣血继承’‘龙皇天定’；若天命怜我，虽无意改朝换代，但必定能有机会。

“到那时，有我的存在，撒菩勒伯那个邪恶的‘净化之日’，恐怕要长久地推迟……”

说到这里，月歌的眼眸熠熠发光，仿佛她自己也被自己描述的这一切，深深地吸引。

当然苏渐就更加被吸引了！

又惊又喜，一丝一毫都不敢作声，直等到月歌暂时停住了叙述，他才敢小心翼翼地问道：“月歌，你听一下，是不是这样：你，有可能复活；撒菩勒伯，有可能失败？”

“是。”月歌简洁答道。

“那，你说的星陨乱流、永恒之棺，在哪里呢？”苏渐问道。

“就在圣龙城的‘龙渊圣殿’，在父皇‘光暗王座’的底下。那里连接着星陨乱流空间，父皇的王座便是入口。”月歌说道。

“怎么王座底下连接着什么空间？”苏渐惊问道。

“也不奇怪，”月歌解释道，“星陨乱流，是时空紊乱回环之所；不过按我光暗圣龙皇族世代相传的秘法，能从中劈开一条通道，直接传送至龙渊列岛。

“你也知道，我们来自东北大洋深处的龙渊列岛，虽然凭武力占领了神州，但族中长老也不知千百年后有无变故。

“有备无患，父皇和长老们便议定，一定要留有后路。

“于是，在最初建筑都城圣龙城时，在我们皇族所居的龙渊圣殿中，在父皇的光暗王座下，动用了数百名巫师的力量，合力打通了星陨乱流的通道。

“父皇的王座，从此就成了星陨乱流的入口。

“这样一来，若是日后生变，我族还能从星陨乱流中回归家乡龙渊列岛。

“当然，不可能大规模传送，启用星陨乱流中的通道需要大量灵力，远时空传送本身也要承受超乎想象的痛苦。

“所以，星陨乱流之路只是一个万不得已的最后退路，能够进入其中的，只能是少数精英贵族。”

“这、这……居然如此！”对月歌这番叙说，苏渐已是听得目瞪口呆。

好一阵子，他都有一种做梦的感觉。

好不容易等这种不真实感稍稍退去，苏渐便急忙问道：“月歌，是不是说，只要我能去你们的圣龙城，进入那星陨乱流，找到永恒之棺，不仅能救出你，还能解决我族眼前的危局？”

“是的。”月歌应声答道。

但很快，她就如同惊醒一般，无比惶急地叫道：“不要去！你不要去！”

“为什么？”苏渐不解地问道。

“因为太难了！”月歌急道，“别说现在你们已经接近溃败，就算鼎盛之时，有什么人能深入我龙国核心？

“更何况，我族圣龙王都，建立在大法师利用星海晶河之力平地唤起的万仞高峰‘群星之巅’上；上得山巅已是不易，还要潜入龙渊圣殿，接近光暗王座，想想也不可能啊！

“苏渐，相信我，我父皇的伟力，何等磅礴？那撒菩勒伯的力量你已见识过，我父皇的力量，可还在他之上啊！

“而且，就算不看这些艰难险阻，这些天里我已经偷偷地推演过，若你前去，几乎没有活路啊！”

说到这里时，恬静高洁的圣龙公主，满面惶急，几乎已是声嘶力竭了。

“我知道。”看着焦急的女子，苏渐却完全平静下来，“月歌，虽然你已经推演过，但你想过一件事吗？”

“什么？”月歌疑惑地看着他。

“我不去，你就不可能活啊。”苏渐静静地说道。

“我知道，”月歌急忙道，“但这只是一点点可能！”

“就是为了这一点点可能！”苏渐神色坚定道，“别说一点点可能了，就算完全没可能，只要我知道了有这么一条路，我也一定要走！

“月歌，别忘了，你当初为了救我，付出了什么样的代价！

“我苏渐没什么别的本事，作为人族也没你们强，但一个‘义’字，让我等顶天立地！”

听得此言，尤其心魂相通、亲密无间，月歌精确无误地知晓苏渐心中这一不容更改的决心。

于是，没有预兆地，月歌陷入了一种隽永而深沉的感动。

身为魂魄，其实清冷，但这时的她，好似被无边的春日春水包围。

悸动之际，泪弥双眸，良久之后，她才轻启樱唇，轻轻说道：“父皇、巫龙王，你们就是没看清人族这一点，才做下了天大的错事……”

当苏渐做出决定后，按理说，如此大事，他应该先去求得联盟高层的认同。因为不管怎么说，还需要他们提供人力物力的支持。

他并不是一个肆意妄为的人，但这一回，他知道，这件事他做定了。就算天王老子来，也无法将他阻止。

如月歌所言，光是前去圣龙城，就绝不是一件容易的事。

或者更确切地说，这是一件不可能之事。

不过，这些天一直低沉颓废的苏渐，一旦心中有了希望，哪怕这个希望极其渺小，对他而言，这世上便再无“不可能之事”。

很快，他就想到了一个人。

准确说，这是一个魔。

“魅姐姐，在吗？”通过体内特殊的天魔之气，苏渐向远在数万里之外的魔界之王搭讪。

“什么？”正在魔界之中忙于解救部下的恶魔女王，听到这句甜甜的声音从心底升起，好一会儿都没缓过神来。

“是、是那个惫懒的小鬼头？”一想起当年万蛛母巢、镇魂龙殿之事，魅帝姒就有些头疼。

对苏渐这人，魅帝姒是非常了解的。所以听他现在肉麻地称自己为“魅姐姐”，魅帝姒就心中一紧，觉得准没好事。

她有心不答应，没想到“魅姐姐”“魅姐姐”的声音开始在心底响个不停，语调还变得越来越肉麻。

“好了好了，小娃儿，别吵了！本座在此，有什么事？”不堪其扰之下，魅帝姒只得在神魂中没好气地回应。

当然应答之时，她也心中凛然，心想道：“哎呀，当初真是失策了。本来逞威严、显大方，也是为了报恩，所以把魅惑天魔女赫拉瑞斯的天魔气送给他；本来觉得没什么，没想到他竟能据此跟我直接心灵相通——这以后他要是嘴碎啰唆，成天跟我叽叽歪歪，那可怎么办啊？”

心中惆怅之际，她听得苏渐在心底说道：“魅姐姐，小弟想请你帮一个忙。”

“什么忙？”魅帝姒一听，便警惕起来。

“别怕，小忙啦，”苏渐笑嘻嘻道，“只是想请姐姐想个办法，小弟和一些伙伴，要去龙之帝国的圣龙城龙渊圣殿一游。”

“什么？！”魅帝姒嚷了起来，“这还是小忙？那地方我自己都过不去！不行！”

“你过不去，不等于我过不去啊，”苏渐坚持不懈道，“我们是人族，相比你们而言，深入龙境时，不那么容易被他们发现。”

“不行！说不行就是不行。”魅帝姒根本不接苏渐的茬儿，而是恼恨叫道，“小鬼头，你敢跟本座玩花招？

“刚才你说只不过是个‘小忙’，但现在却要我掩护你去龙国的都城，还不止一个人去！”

“哎呀魔王姐姐，别急啊，听我解释一下，就知道我没耍花招了。”苏渐不慌不忙道，“您不用想也知道，现在这局势下，我要带人去龙国都城，肯定不是上门送礼去的。

“找龙国的晦气，不正是你们梦寐以求的吗？

“要说起遭受龙族的荼毒，你们可比我们不知大了多少倍啊。

“当年你们可是整个神州的主人，结果被龙族击溃不说，整个种族都被他们镇压封印了。

“所以说起来，你们跟龙族的仇恨，用‘一天二地恨，三江四海仇’来形容，完全不夸张啊。

“如此奇耻大辱，你们不想着报仇吗？而现在就有个机会。

“您只需要送我们到那边去，之后找你们仇人晦气的事，完全由我们来；你看，这么一想，是不是只是个小忙？我没说成是在帮你们，已经算十分客气谦虚的啦。”

“哈？”魅帝姒怒极反笑，“这么说，还是你在帮我们的忙？”

“魔王大人果然一点就透！”苏渐赞道，“一家独大的害处，您一定比我清楚；现在小弟我真的是豁出去了，是拿命在帮你们魔族啊！”

“呃……”魅帝姒哭笑不得，想道，“苏渐这厮，还真是恬不知耻啊！”

心中感慨一声，她便转过头去，口中发出一连串稀奇古怪的音节，最后又用苏渐听得懂的语言问道：“此事，如何？”

话音落定，静默了一会儿，忽然她身旁的黑暗之中，浮现出一张邪魅苍白的脸。

“一切全凭圣裁。不过，”黑暗国师看着女王道，“不过女王陛下，他说的话，有点意思。”

“是啊，有点意思，虽然很生气，但这个忙，好像还得帮，唉。”魅帝姒叹了口气道。

“对啊。”黑暗国师也叹了口气道，“为了利益，哪怕被这厮气得脑仁疼，也得帮啊。”

“嗯。”决定之后，魅帝姒便在神魂之中对苏渐道，“好了，小子，这个忙，我帮了。”

“好啊。”好似早就料到一般，苏渐语气平常地说道，“魔王姐姐啊，忽然想起来，还有件事，也想请您帮忙呢——

“哎呀，脸色别这么难看嘛，我们人族有句话说得好，‘一事不烦二主’，这不求到您头上了嘛，您就顺便好人做到底吧。”

“好人……好吧，你先说吧。”眼见苏渐如此无赖，魔界之主真的开始恼怒了。她决定不管苏渐再说什么，她都要一口回绝。

“魔王姐姐，是这样，也没什么大事，”苏渐嬉笑着说道，“您肯定知道，光把我们送过去，简直是送死；我们的战力相比圣龙皇朝的守卫来说，简直像蚂蚁对上大象。

“所以呢，要想我帮你们魔族报仇，您还得帮我一个小忙，就是随便凑合着，给我点力量，什么翻江倒海、惊天动地的魔王绝技，随便给我来七八十样吧！”

“哈？七八十样？”魅帝姒气得那张花容月貌的脸都开始扭曲起来。

“是啊。啊……瞧您这激动的样子，我说少了？算了，也不贪心，就七八十样吧。”苏渐大大咧咧道。

“哼！想得美。”魅帝姒开始咆哮，“无耻的凡人，竟然贪得无厌，小心本王灵力投射，让你神魂俱灭！”

“哎呀，我好怕呀——可是，魔王姐姐，你让我神魂俱灭前，我也能让你那缕魂魄灰飞烟灭。”说到这里时，苏渐的语气，已变得似有千钧之重。

他话音刚落，魅帝姒忽然感觉到，好像自己的整个心魂都受到某种牵引，又好像被烈火灼烤一般，竟是透露出一种难以言喻的痛楚。

感应到这种不适，魅帝姒开始还没反应过来，但很快她就恍然大悟。

她先是震怒，转而一脸无奈，心想道：“这臭小子，还真是胆大包天，敢绑架本王一丝魂魄不说，还敢拿来要挟，这胆子，还真是不小啊。”

看清这一点，她却不怒反喜，心里竟对这个既无赖又无耻的人族少年，产生了些好感。

毕竟，魔界以武为尊，弱肉强食，思维方式和人间很不相同；苏渐这一连番不要命的讨价还价、耍赖要挟，反倒是对了魅帝姒的胃口。

于是，她不再多啰唆，直截了当道：“小鬼头，本女王很欣赏你。那缕魂魄，对本女王很重要，待我传你真正天魔女王之力后，你就将它归还于我。”

“好！”苏渐叫道，“果然爽快。那就来吧！”

到此时，一个胆大包天的人间少年，终于和威凌魔界的恶魔女王，达成了交易。

很快，魅帝姒就将一股血红色的浑厚魔气，在神魂之中灌注给苏渐。

不过，才灌注了片刻，魅帝姒却停了下来，用无比郑重的语气说道：“苏渐，本王的魔灵之力，虽然能带来短期的强大力量，却会造成长期可怕的恶果。怎么样？你还要吗？”

“我要。”没有任何停顿，苏渐立即斩钉截铁地答道。

见他回答得如此之快，恶魔女王为之一窒，眼波流转嗔怪道：“哎，跟你这人说话，真没劲。但我刚才的话，不一定是假的哦。”

“知道。”苏渐淡然说道，“都到这时候了，还说什么怕不怕？最多一死而已。来吧！”

“好。”见他如此坚决，魅帝姒继续给予苏渐魔灵之力。

不过这时候她脸上的神色，却变得若有所思。

当魔灵之力传渡完毕，那在冰潮岛上被苏渐“绑架”的一缕残魂，也被归还到魅帝姒的身上。

“这个‘人’，你怎么看？”当切断和苏渐的联系后，魅帝姒转向旁边的黑暗国师，一脸凝重地发问。

“很有趣。”黑暗国师也是若有所思，“他和我知道的那些‘人’，似乎一样，又似乎不太一样。”

“怎么说？”魅帝姒道。

“他本心似人，血脉如龙，行事又如我等魔族，竟是数百年未曾见此人物——他竟敢对女王陛下您‘威逼利诱’啊！”黑暗国师伊尔丹说道。

“那你看，他将来是否会成为我族大敌？”魅帝姒问道。

“是否会成为我族大敌尚且不知，但至少目前，我族大敌倒要头疼一下了。”黑暗国师的嘴角，流露出一丝邪气的微笑。

“呵……正是。”魅帝姒也幽幽一笑，然后转过那张艳压天下的脸，看向了阴云迷离的南方。

此后这两位魔族最高的统治者，静默无言，一起看向南方神州大陆的方向，静静地出神。

也不知过了多久，那张有着最俊美邪气脸庞的男子，忽然开口：“也许，我主不必担忧。属下最近才得小女告知，说她和苏渐，近几年一直同居……”

“哦，那就好，那就好……”魔界女王的回应，幽幽渺渺。

确认得到恶魔女王的帮助后，苏渐这才去找联盟的首脑们，报告自己的计划。

按理说，都到了这时候，应该“死马当活马医”，不放过任何的可能性。

但当苏渐去幽州城议事厅中，向各位王侯将相说出自己的计划后，却得到几乎众口一词的反对声。

其实，得到一致反对是很合理的，因为苏渐这计划，听起来太不靠谱了。

“什么？通过恶魔女王的帮助，潜入圣城，救出什么死去多少年的圣龙公主，然后我们就可能得救？”

“什么乱七八糟的！”

“魔王、龙公主，是你能认识的？太荒唐了！”

这时候，就连人族的首席智囊陆山宾，都无法相信、无法理解苏渐的计划了。

他都不能相信和理解，李翊等联盟首脑就更不用说了。

并且多事之秋，风雨飘摇，他们不仅不能理解，还很没有心情。

这时候的局面，已经糜烂到无可救药的地步；虽然身在同一个议事厅，但无论气氛还是心情，和先前苏渐前往冰龙国前的那次议事，已经完全不可同日而语。

见得如此，苏渐自知再逗留下去，已经没有什么意义。

看了看满座王侯将相和他们毫不在意的眼神，苏渐长叹一声，拱了拱手，就往门外走去。

一边走时，他心中一边想："不管如何，就算没有官家的帮助，这件事，我也是做定了！"

只是，就在他快走出门时，身后忽然传来两个不寻常的声音。

"我相信苏渐。我会和他一起去。"这是个虽然年轻，但透露着威严的声音。

"我也信他。我陪他一起去。"这也是个年轻的声音，清婉动听，又宛如冰雪清泠。

"雷国主？洛国主？"议事厅中所有人都看向这两个发声之人，脱口而出的惊呼声中，满是不可思议。

原来出言支持苏渐的，正是天雪国国主雷冰梵和雪晶国国主洛雪穹。

听见二人的声音，苏渐停住了脚步，转过身来，微笑着看着他们。

这时候他的心中，并没有"终于有人相信自己"的激动，而是萦绕着一种温暖与温馨。

"谢谢二位国主相信我。"虽然那么熟了，但在此场合，苏渐依旧一丝不苟地朝两位君主深深地躬身行礼，诚声相谢。

"其实，你的计划，我是不相信的。"出乎众人意料，雷冰梵开口说的第一句话，却是这样。

"嗯？"苏渐一愣，问道，"那你为什么还要和我一起去？"

"那不是因为没办法嘛。"雷冰梵一摊手，那终年冷若寒霜的脸上，竟然露出一丝无奈的苦笑，"现在的局面，大家都看到了。我也没办法了。

"提前那么多年的预防措施，现在也全都消耗殆尽了。还能怎么办呢？

"没办法了，死马当活马医吧；还能怎么样呢？至少支持你一下，还能有希望。"

"希望？"苏渐一愣。

事实上，如果站在别人的角度，苏渐也很难相信，自己会给他们带来什么希望。

“是啊，”这时雷冰梵凝视着他，说道，“所以，我说相信你，是相信你的运气啊。

“回过头来想想，好多时候，你都像在送死；但奇怪的是，那些看似无法阻挡的强敌，最后非死即残，你却还活蹦乱跳的，以至于到今天，你都能在我的议事厅中，提出这个荒唐的计划。

“所以啊，没办法了，什么办法都没有了，只能相信你的运气啦。”

天雪新皇雷冰梵，其冷冰冰的性格，乃是众所周知的。

今天他说了这么一大通话，在场有许多人，并没有听得进去话语本身的内容，反而对他如此的一反常态，心中忽有所感。

感应到这一点，他们觉得万分悲哀。

雷冰梵如此反常，何尝不是连他也陷入绝望的迹象？

他这一大段话，与其说是对苏渐的回答，不如说是在解释给自己听。

甚至从某个角度来说，他是在说出自己的遗言啊……

因为，不管从哪个角度看，苏渐这个所谓的计划都极度疯狂，怎么看都是在送死啊。

虽然雷冰梵这一番话，怎么听都有点泄气，但苏渐环顾整个议事厅，看着那满座衣冠依然沉默不语，他还是朝自己这位尊贵的老友，深深地弯腰行礼。

“谢谢你！”苏渐真诚地说道，“有希望就好。”

这时候，座中那位天雪国护国大将军、老将雷华晖，忽然如梦初醒，大叫道：“主公不可！您、您这是在盲从啊！顾惜兄弟之情，何至于此乎?!”

“不用说了，”雷冰梵一挥手，坚定说道，“我意已决。今后天雪国之事，就拜托您老啦！”

“冰梵你……”身为下属、实为长辈的老将军，听得如此年轻有为的君主说出这样的话来，不由得老泪纵横。

这时候，苏渐又转向了洛雪穹。

他看着这位宛如梅雪精灵的雪晶国君王，轻声问道：“你呢？你陪我走这一趟似是赴死之旅，究竟又是为了什么呢？”

“我?”雪晶国女王的心神,好像有点飘忽;听得苏渐问起,才如梦初醒。

“我,不为什么。”她冷泠泠的眼眸凝视着苏渐,“我,只是,想和你,在一起。”

一言既出,偌大的议事厅中,一阵骚动。

不过很快,其他人的心情,就和刚才听了雷冰梵的话一样,很不是滋味。

是啊,如果不是到了穷途末路,作为一国之主,怎么会对一个身份普通之人,在如此大庭广众之下,说出这样表白一般的真心之言?

所以,无论是雷冰梵的反常,还是洛雪穹的表白,都让议事厅中的人族精英们,陷入一种难以排解的悲伤。

看着气氛凝重,已经下定决心的三个年轻人,就准备离开此地。

不过就在这时,又听到有人声如洪钟地说道:“好!有志气!”

这一声大喝,有如惊雷,在这个庄重的最高首脑议事厅中,其实很是不合时宜。

但这时候谁会计较这个呢?

被这声大喝一惊,众人齐齐向声音来源处看去,正是华夏国的玄武卫大统领轩辕鸿。

作为实权派的巨擘,在人龙二族的惊天大战中,怎么可能少得了他呢?

在局势如此糜烂之时,他的玄武卫因为功能特殊,甚至要比那些正规军还要忙,还要有用。

正因为深入战局,轩辕鸿对当前局势的理解,要超过在座的大多数人。

有着切肤之痛的大统领一鸣惊人后,霍地站起,朝四下团团一拱手,大声说道:“陛下、诸位,都到这时候了,我轩辕鸿这个大老粗,就说点真心话吧。

“我轩辕鸿,忝为玄武卫大统领,这么多年,只能说没有功劳,只有苦劳,没办成什么大事情。

“不过呢，有一点，我轩辕鸿十分自豪，便是从等同杂役的锡徽卫中，拔擢出苏渐这个人。这是我这辈子最大的功劳！

“刚才他说，有个计划，可能会反败为胜——你们知道吗？如果换了其他任何一个人说，我会当笑话听，甚至要赏个大耳刮子给他。但是，这是‘苏渐’说出来的啊！

“如果我不相信他，质疑他，那岂不是在质疑和推翻我这辈子最大的成功吗？

“诸位，可能我这话，听起来自私、没道理，但是诸位，你们已经看到了，这些天来，我们不自私，我们讲道理，有用吗？有用吗？？还是被打得如同丧家之犬啊！

“你们还不太明白，我们玄武卫太清楚了，就连这幽州城中，到处都有人当逃兵，有人去当龙族的奸细啊。

“我着恼吗？说实话，我不着恼。

“我不怪他们。

“谁不惜命？

“他们当逃兵，当奸细，是我们这些大人物事情没办好，没办好啊！”

说到这里时，整个议事厅中的人，都看到这位老谋深算、心狠手辣的老江湖、大枭雄，眼角竟然渗出了泪光。

轩辕鸿哭了。

但没人笑他。

他们都知道，老轩辕现在说的都是实话。

事实上，他们也想哭啊！

含着泪花的轩辕鸿，又继续说道：“所以各位老伙计，我比你们更清楚，在这个时候，有人敢挺身而出，还说要杀向龙族王都，有多宝贵啊！

“为了这份‘宝贵’，我轩辕鸿，今天也豁出去了，我要把我那个宝贝儿子——轩辕承天献出来，陪这些年轻人，一起走一遭！

“我知道，这事儿能成的可能性，太小太小。但犬子其他不成，武艺还行，只希望到时候不成功之时，能护卫着大家，让这些我们人族最宝贵、最有希望的种子，多一分逃生的可能性。”

轩辕鸿今天真的是真情流露了。

当他说到这里，那一双老眼之中蓄积的泪水，终于再也控制不住，“唰”的一下，顺着他饱经风霜的脸颊，肆意地流下了。

当他说完，开始流泪之时，本来都端着架子的议事厅中众人，开始窸窸窣窣地哭泣起来。

到这时，本来完全不准备考虑苏渐计划的众人，也终于开始认真地考虑了。

在轩辕鸿发声后没多久，联盟共主李翊就决定，即使局势如此艰难，他还是尽量抽调一批精锐的四灵武士，包括玄武卫、青龙军、朱雀法师，甚至还包含四五名星流武士，一起协助苏渐的进击。

陆山宾也当即表态，在雷冰梵和洛雪穹暂离的这段时间，他会全力协助天雪国的雷华晖和雪晶国的洛雪筝，尽量让两国的军政事务正常运转。

这时天宸阁的太叔无用，也颤颤巍巍地说，只要苏渐他们需要，埋伏在龙境中最后残存的龙血者，也能为他所用。

于是，在提出一个看似不可能的计划后，苏渐奇迹般地得到了比期望还多的帮助。

战局如火，他们根本不可能充分准备；在议事厅请示后的第三天，他们就出发了。

这一支“死马当活马医”的偏师，除协助的那些战士法师外，核心的成员有：

苏渐、雷冰梵、洛雪穹、唐求、古玉妃、红焰女、轩辕承天，以及精锐的玄武卫、青龙军、朱雀法师、星流武士。

就在撒菩勒伯统合龙族大军，由狂禅指挥，全面压境，展开灭绝人族的最后攻势时，这一支人数很少的偏师，开始越过人龙边境，朝圣龙帝国的心脏地带出发了……

没有人会相信，这一支不起眼的偏师，能够给已经一边倒的战局带来任何影响和改变。

甚至，对整个人族王国来说，大多数人根本不知道有这么一支为了一点点的可能性，就踏上这次死亡之旅的偏师。

整个人族王国，已经陷入了巨大的绝望之中。

对大部分人来说，整个国族的最终时刻，已经来了。

当苏渐这行人，终于穿过了人龙边境的泪原，踏上龙族国土时，那雷冰梵便抽出“快雪时晴剑”，一脸的杀气。

“开始吧！”他仰天大叫道，“不就是送死吗？来吧！”

面对他视死如归的豪情，苏渐却是神秘地一笑，摆了摆手道：“雷兄，不必着急。我们再等等看。”

“嗯？”雷冰梵十分愕然，暂放下手中剑，盯着苏渐问道，“等？等什么？”

苏渐抬起头，仰望长天，悠悠说道：“等、云、来……”

此言一出，远在数万里之遥的魔界中，忽然产生了一个明显的异动。

具备某些特征的强大恶魔，开始向恶魔女王所在之地会集。

与此同时，恶魔女王魅帝姒、黑暗国师伊尔丹，这两位站在魔界顶端的巨擘，开始双双悬浮在一座巨大的火山之上，施展起神秘诡异的魔技。

从这一刻起，诡秘难明的巨大法印，开始在昏暗的天空闪耀；佶屈聱牙的上古魔歌，终日回响于魔界幽暗的四角。

忽然间，魔王身下的巨大火山瞬间喷发，无数明亮烈燃的熔岩直冲云霄。

在熔岩和烈火之中，恶魔女王和黑暗国师岿然不动，用幽明难辨的吟唱，向山下黑压压的强大恶魔发出了神秘的指令。

千百个强大的恶魔，一齐施法。

这时候，苏渐等人，已经进入了龙境。

从这一刻起，上古魔族特有的“混沌魔云”，开始在苏渐等人头上聚集、蔓延。

它们好似无形无色，却遮蔽了龙族的一切耳目。

它们本身也如有灵识，蔓延的方向全是龙族力量薄弱的荒野。

有关混沌魔云的情况，魅帝姒已经通过魔灵之气告知了苏渐；所以从魔云生成开始起，苏渐便带领着众人，十分巧妙地和魔云配合，朝圣龙帝国的中枢“圣龙城”潜行，一路有惊无险。

不过，远在魔界的力量，毕竟难以持续太久，并且也非万能。

当苏渐等人接近圣龙城的龙渊圣殿时，混沌魔云便再也难以支撑，倏然消散。

在这之后，即使强大如魅帝姒和伊尔丹，也需要足够的时间来恢复力量——也就是说，从魔云消散的这一刻起，苏渐等人就要完全靠自己了。

虽然一路上，苏渐等人已经远远望见了不少龙境城池，但当他们亲自来到圣龙城中时，还是被这个前所未见的壮丽王城给惊呆了。

说起来，越接近圣龙帝国的核心，龙国的城池越倾向于“另起炉灶”，而不是在二百多年前占领的人族城池上进行改造。

作为龙国都城的圣龙城，更是直接建筑在一座万仞高峰上。

这座高峰，本身也是由龙族大法师利用了星空之力，在浩阔中原大地的核心，平地而起的一座万仞高山，号称“群星之巅”。

所以，就“另起炉灶”这件事来说，圣龙城做得太过彻底，不仅自身新建，连筑城之基也完全新造。

建在群星之巅的圣龙王城，壮丽恢宏，采用了龙族特有的建筑风格，用巨大的长条白石筑成。

城池的建筑，线条流畅，左右对称，多用穹顶，高耸巍峨，看上去就如天空之城，让拜访者平生一种跪倒膜拜的冲动。

作为光暗圣龙皇朝的王都，圣龙城的铸造材质，如果不是本身特殊，就是由圣龙族大法师施加了某种魔力，因而即使在明亮的阳光下，也依然通体散发出圣洁柔和的白光。

所以，在这个年代，圣龙王城被称为“万城之母”，完全名副其实；即使苏渐对龙国怀有国仇家恨，也不得不承认，来自龙渊列岛的奇异种族，在建筑这一方面，拥有着神州人族难以企及的水平。

圣龙王城通体散发白光，那位于中心的龙渊圣殿，更是散发着像星辉一样的光芒。

这样的光芒，自然有魔法的加持，但和整个圣龙城不同的是，龙渊圣殿的门楣廊宇，还镶嵌着金色的奇异美玉，远远看去，如同整体镶满了金箔，但却有一种金箔无法企及的柔和、圣洁的美感。

龙渊圣殿的位置，在群星之巅的最高处，也是整座圣龙王城的制高点。

恶魔女王等千百个强大恶魔耗尽心力支撑的混沌魔云，也只能将苏渐等人，掩护到龙渊圣殿之前。

一旦失去了魔云的庇护，苏渐等人被龙渊圣殿的圣洁光芒，照得身影分外鲜明。

本来苏渐这些人，心中有千百种潜入龙渊圣殿的变通办法，但真正到了这里才知道，他们的面前，只剩下一条路，那就是“杀”吧！

就在魔云失效的一瞬间，他们就被龙渊圣殿的守卫发现。

十来位穿戴宛如天界神将的圣龙战士，挥舞着流光四溢的神幻大戟，朝苏渐等人迅猛扑来。

一场恶战，瞬间爆发了！

一旦交手，苏渐等人立即发现，所有的心理准备，都没用。

第一百四十七章

光暗王座

这些龙殿守卫的力量如此之强，几乎他们每个人的战力，都能和队伍中最强大的轩辕承天匹敌。

而刚才，他们看到脚下通向龙渊圣殿大门的阶梯，不过三四十级而已，看似一个冲锋便能冲上去；但现在，他们悲哀地发现，短短三四十级台阶，对己方很多人来说，可能用剩余的一生都无法走完。

这一刻，台阶上面的圣殿，变得可望而不可即。

而在预想中，即使进入了圣殿，还会面对那个傲视天下的光暗圣龙皇。

“唉，其实他们说得没错啊，”苏渐想起来之前幽州城议事厅中大家的意见，不由得苦笑想道，“这一次，果然是送死啊……不过就算是送死，只要有一丝一毫的可能，我也不会放弃！”

苏渐心中发苦之际，对面的圣龙守卫首领，心里其实也在暗自吃惊。

圣龙守卫首领，称为守卫长；眼前这位守卫长的龙语之名，叫“英瑟达”，乃是“伏击”之意。

能够成为圣龙守卫，守卫龙渊圣殿，已经是圣龙族武士中百里挑一的人物；能成为他们的首领，更是千里挑一。

但就是这样千里挑一的龙族绝世高手，对付眼前这群人时，也忍不住暗暗吃惊。

“怎么会这样？”英瑟达心中惊异地想，“我等守卫之地，是圣龙帝国的中枢核心,怎么忽然来了这么一群人族?

“不应该啊！撒菩勒伯大人神通广大,算无遗策,怎么会让圣龙城的防卫,出了这么大的漏洞?

“何况,更奇怪的是,除了那个火焰为发的女子,其他人基本都是人族啊,怎么动起手来,还这么强?

“尤其这个黑发少年,跟不要命似的,那把血光闪烁的剑已然出奇,随手挥发的法术里,我怎么闻到一种既陌生又熟悉的气息?

“这是什么气息呢……”指挥着手下攻击入侵者时,英瑟达心中苦苦思索。

没过多久,英瑟达便恍然大悟:“啊呀！竟是魔气,还是极高等魔族的魔气!”

一想到这个,英瑟达立即暴怒无比!

要知道,龙族和魔族,简直是相互仇恨入骨的冤家克星;现在竟然在镇压魔族三百多年后,又闻到了这缕久违的气息,还是极为高等的魔族气息,英瑟达的情绪还不立即波动如涛?

不过,英瑟达此时的表现,果然不愧为龙族精英中的精英。

纵使心中暴怒,他竟还能不动声色,手中照常不紧不慢地指挥和攻击,不过那双威猛深沉的眼中,眼神已经开始变得分外锐利。

他不动声色地打量着战场。

他看到:

那个紫衫银发的少年,剑气纵横跌宕;

那位蓝袍银甲的青年,电光如雷滚动。

他发现,这两个人的武力,似是众人之中最高。

但即使如此,英瑟达还是很快确定,那个手持血色古剑、玄衫银徽的少年,才像是这群入侵者队伍的灵魂。

“必须优先干掉他!”英瑟达确定了最优的目标。

不过,他并没有急于动手,因为在刚才这番窥伺打量中,他发现那个剑如白虹的冰冷女子,有意无意地,始终护卫着手持灿耀血光之剑的黑发少年。

“真麻烦。”

英瑟达看出，洛雪穹的武力极高，并且攻防之间的冰雪、风暴法术，不仅威力强大、时机巧妙，还和黑发少年一样，剑技法术之间透露出一丝不同寻常的气息。

这气息，看似飘逸轻灵，却又古老厚重，一点也不像当前世间任何种族的风格。

又看了一阵，英瑟达心中忽然惊呼：“呀！竟是传说中的晶灵族。她们不是应该灭绝很久了吗？怎么在这里出现了?!”

想到这个，英瑟达对眼前这支队伍的态度，变得更加凝重了。

当然，作为曾经击溃整个魔族的龙族人，英瑟达无论对魔气氤氲的苏渐，还是疑似冰雪晶灵的洛雪穹，又何惧之有？

很快，智勇双全的圣龙族守卫长，就想出了一个完美的方案。

“你不总是要护卫那少年吗？嘿嘿……那你们就一起去死吧!”心中一声冷笑，生出这样恶毒念头的英瑟达，忽然仰天大吼一声，转眼间背生双翼。

双翼一明一暗，正是强大无比的光暗圣龙之翼。

转眼间，羽化的英瑟达腾空而起，在如雷的暴喝声中，一团灿若烈日的辉芒应手激发，朝苏渐与洛雪穹两人之间的某处猛然轰去！

“日冕爆辉”，正是龙殿守卫长英瑟达的成名绝技，乃是难得一见的高级光之法技。

打出威力无穷的光系攻击也就罢了，更可怕的是，其攻击的位置，极为巧妙，极其富有前瞻性。

通过刚才的观察，英瑟达已经算出了，正在激烈战斗中的苏渐和洛雪穹，在面对突如其来的日冕爆辉时，最有可能的三种反应：

互相不救；

洛雪穹冲去救苏渐；

苏渐返身去救洛雪穹。

无论哪一种可能，他的日冕爆辉中都隐藏了相应的后招和变化。

这时候，炫烈的日冕之辉，映在英瑟达的眸子中，从最明亮灿耀，转眼变得暗淡；与此相应，日冕爆辉飞快地离开了英瑟达的身前，朝那边两个奋力搏杀的少年男女轰去。

目送着日冕爆辉的远去，英瑟达的眼神中也充满了期待和快意。

当然，主要是快意，因为他觉得，威力巨大的光之法术击中那两个男女，是必然的。

谁叫他在激烈战场中，还能在这局部的一招里，算无遗策。

只是，自信满满的龙殿守卫长，眼神从快意开始，竟是急转直下，片刻之后就变成了惊异和失望。

原来，只要满足他预想的三种情况中的任何一种，无论苏渐还是洛雪穹，全都必死无疑；但是，让英瑟达始料未及的是，当日冕爆辉轰然而至时，这两个人族小男女的反应，竟是给出了一个他想不到的答案：

苏渐和洛雪穹，不约而同地相对而冲！

在生死攸关的一刻，他们全都抛下了自己的性命安危，奋不顾身地去救对方！

“怎么会这样?!”还在英瑟达震惊发愣之时，那紫衫银发少年的剑光，已如银河倒卷般泼泻而至。

一声凄厉的惨嚎，从龙殿守卫长的喉咙中发出，转瞬之后，守卫长便轰然倒下了。

一旦英瑟达倒下，那十来位圣龙守卫真可谓“群龙无首”，在面对这群人族精英中的精英时，很快就力不从心了。

虽然接下来的过程中，还是有不少青龙军战士和朱雀团法师倒下，但看似强不可摧的圣龙守卫，还是被打伤打散，无奈地从龙渊圣殿前撤退了。

面对这样的进展，苏渐等人自然十分高兴；不过，有一点他们还是觉得有些奇怪，那就是龙渊圣殿如此重要的地方，怎么这会儿只有十来个守卫防御？尤其都打成这样了，也不见中途有龙族其他人前来援助。

当然，出现这种情况，也很可能是因为苏渐等人借助了“混沌魔云”的掩护，打了个出其不意。毕竟圣龙城多年承平，根本想不到有人敢在太岁头上动土，不仅敢来圣龙城，还敢上群星之巅的龙渊圣殿捣乱。

另外，虽然这场战斗轰轰烈烈，但持续的时间其实很短，这也可能导致其他龙族守卫力量一时赶不及前来。

经过这一仗，苏渐这支奇兵，已经只剩下了不到一半，由此也可见龙族的战力有多强。

在受伤之人中，也包括此行的主力之一，唐求。

唐求伤在了大腿上，伤口深可见骨，已经伤筋动骨，再往前走不现实。

所以，他被苏渐留下来照顾那些伤员，争取尽快将他们转移到安全的地方，伺机逃出去。

说起来，眼前这样的伤亡，放到以往，自然大损士气；但这时候他们这群人，不仅没有灰心丧气，反而兴高采烈——

因为本来以为这次完全是送死之旅啊！

怀着相对欣喜的心情，幸存的队伍，跨过圣龙守卫的尸体，朝龙渊圣殿里面冲去。

变故，就在这样心情放松的间隙，发生了。

那龙殿守卫长英瑟达本已倒地，看着已经气绝身亡，没想到就在洛雪穹经过他时，他却猛然纵身而起，扑向了洛雪穹。

纵然苏渐眼角余光瞥见，反手奋力一剑，瞬间洞穿了英瑟达的胸膛，但还是没能阻止他的临死一击。

"星爆余晖"，英瑟达的另一个光系绝技，在他的生命走到尽头时，还为他猎获了一个敌人。

灿耀如火的星之光辉，在少女的右肋猛然爆炸，瞬间的冲击力将她轰出去两三丈远。

等她重新摔在地上时，已经是口吐鲜血、身受重伤了。

即使这样惨烈的结局，还是她努力抵抗的结果。在星辉杀机触体的前一瞬间，战斗的本能发挥了作用，在被攻击的局部瞬时凝结了一层坚硬的冰甲。

如果不是这样，洛雪穹现在就不是重伤，而是气绝身亡了。

即使这样，苏渐等人也陡然大骇，一时顾不得进殿，而是冲到了洛雪穹的身旁。

“雪穹！”苏渐一把将洛雪穹抱在怀里。

望着脸色苍白、口角流血的少女，苏渐前所未有地惶恐，手忙脚乱地给她施展治疗法术。

翠蓝色的治疗光环发挥了作用，让本来濒死的少女，又从鬼门关前转了回来。

“苏、苏渐……”躺卧在苏渐怀中，洛雪穹痛苦的脸色变得有几分安详。

“对不起……”她的眼神中，充满了歉意，“本来……还想陪你走到最后……看来……不行了……”

洛雪穹神气涣散，吐字十分艰难。

见她如此，苏渐心如刀绞。

“雪穹，你不要说话了，否则伤情可能加重。”苏渐说道。

“不……有句话……你让我说完……不说……就怕没有机会了……”洛雪穹艰难而执拗地说道。

“你说吧，我听着呢！”苏渐紧紧地抱住女孩儿。

“我、我……自从雨宿湖边相遇……听你用晶符念了那首诗……我就、就喜欢上你了……”

说完了这句话，洛雪穹的神情，终于变得平静、安详。

想想也是可怜，位高权重、冰清雪冷的女子，只有生命受到威胁、自觉快走到人生尽头时，才有勇气说出这句不知在心里说过多少次的话。

见她如此，苏渐神色凄然。

“谢谢你！”他郑重地回答一声，便大叫道，“唐求！”

唐求一瘸一拐地走来。

“你带着雪穹，还有其他伤员们，赶紧撤离这里吧！”苏渐看着他，郑重下令。

“好！”唐求应道。

其实洛雪穹也是唐求的好伙伴，就算没有苏渐的郑重嘱托，他也会极力保护她的周全。

他立即凝聚身体中剩余的灵力，开始施展各种土灵法术。

一阵眼花缭乱的土黄光辉中，唐求席卷了包括洛雪穹在内的所有伤员，从旁边临时打出的地道中，土遁而去。

当然，和那些神话传说不同，唐求费尽功力的“土遁”，完全不可能瞬息千里。他只是借着不长的临时地道，将伤员们赶紧撤走。

当他们到达临时地道的尽头时，他又施展灵力，在群星之巅的山体中，打出七拐八绕的地道。

每当他带着人通过一段地道，地道就在他们身后坍塌，重归原样。

如此反复几次之后，唐求确信龙族很难再追踪到他们的气息，便用身体中仅存的灵力，在圣龙城地底一个僻静之处，临时打出了一个大洞，供他安置这些伤员伙伴。

到这时，无论他还是洛雪穹，或是其他的伤员，已经不知道苏渐那些人的情况，也帮不上任何忙了；他们这时所能做的，只是为苏渐、雷冰梵他们真诚地祈祷……

本来苏渐等人还做好了心理准备，面对龙渊圣殿恢宏沉重的大门，准备使出平生绝技，誓死将门轰开；没想到，冲在最前的苏渐，刚要轰出一记沉重的火雷，却脱口惊呼道：“这门怎么是虚掩着的？”

“哈！天助我也！”他大叫道，“想必是龙国都城承平太久，连这殿门也忘了关了。好！我等来也！”

说着话，他也不客气，一马当先闯入殿中，雷冰梵紧随其后，所有人就要鱼贯冲进龙渊圣殿的大门。

只是，苏渐刚进门，便见一片强烈的紫光扑面袭来！

“不好！”苏渐大惊失色，正要闪避，却见那些紫色奇光竟如有实质一般，从身边横扫而过，如一阵风暴，将雷冰梵等人猛然轰出了殿门外。

还没等他们反应过来，雷冰梵等人已经被巨力轰然弹出；等他们回过神来时，正看到圣殿大门轰然关上。

“……苏渐呢？！”雷冰梵第一个察觉出不对劲，立即大呼道。

话音刚落，他便听得沉重的脚步声响成一片，举目看时，无数的龙族武士正从山下潮水般涌来！

突如其来的龙族武士都穿着亮银铠甲，蜂拥冲上来，被天边的日光一照，就如融化后的白银洪流，滚滚而来。

虽然这时候雷冰梵、轩辕承天、古玉妃、红焰女等人，并不知道身后的圣殿中究竟发生了什么事，但有一件事他们知道：

如果他们守不住圣殿大门，那已经被关在门里的苏渐，就任何机会都没有了。

当然，这时候他们还有个选择，那便是转身就逃。那些青龙武士、朱雀法师未必能逃脱，但就凭雷冰梵和轩辕承天这些人的身手，想从群星之巅逃得一条生路，并非不可能。

但他们没有选择逃跑。甚至“逃跑”的念头，都没在他们的脑海中出现过。

轩辕承天等人，很快便结成了最稳固的防守阵势，守在龙渊圣殿的大门外，拼尽了毕生的功力，抵挡敌军，死不后退。

这一番激战，凶险的程度可想而知；流窜的光焰中，不时有人倒下。

无论龙族还是人族，重伤濒死的哀嚎，全都无法自控的凄厉和难听。

这很难听的惨叫，很好地提醒着还活着的人们，要小心再小心，拼命再拼命。

这时候，一个不留心，下一个惨叫的人，就是自己了。

残酷的战斗里，不仅那些战力相对较弱的青龙战士、朱雀法师逐渐倒下，就是雷冰梵、轩辕承天这些核心主力，也渐渐地浑身染血，身上多处受伤。

这一场战斗，让雷冰梵等人深深地知道，就算龙国都城承平了数百年，他们战士的战斗力，完全和传说中一样，极为强悍。

照这样下去，他们很快就会交代在这里。但雷冰梵等人，渐渐看出一个奇怪的迹象。

他们发现，虽然圣龙武士如潮涌来，不停攻击，但他们好像并不急于杀死入侵者。

他们轮番换人，车轮作战，那样子不像是在杀敌，倒好像在练兵一样。

“练兵？”雷冰梵等人意识到这一点后，忽然心中那点不安，终于蔓延开来，很快便难以自抑。

这一点不安，其实心中早有。

自从他们到达龙渊圣殿起，虽然一切看起来都很合理，也与龙殿守卫苦战，但一些细微之处，还是颇为可疑。

本来身处险境，见相对顺利，还本能地自我安慰，觉得这些疑点只是巧合。

但这一刻，明确发现龙兵猫戏老鼠似的攻击，雷冰梵等人内心中的不安，就开始酝酿、扩散，如乌云一般，很快笼罩了整个身心。

“怎么回事？”

“怎么办？”

满腔疑虑，渐渐惶惑，但雷冰梵等人，别无他法。

到这时，他们只能苦苦支撑，把所有的希望，都寄托在那个被关入门后的少年身上。

但最不安的一点，就在这里。

自从苏渐单独一人被诡异地关入圣殿大门后，这么长时间过去了，外面打成一锅热粥，他却在门后，如同石沉大海，毫无动静……

当苏渐进入圣殿后，他被这突然发生的变故，吓得陡然一惊。

不过他很快平复了心情，小心翼翼地看着眼前的圣殿。

他发现，偌大的圣殿中，空荡荡的，好像进入了另一个静谧的时空。

这时空，和外面的世界如此不同，有无数色彩柔和的光线在往来穿梭。

它们扭曲、飞舞、纠缠，呈现出一种奇诡的形态，无论姿态还是轨迹，都不像自己已知世界中的事物。

“奇怪……”看到这些光线，苏渐觉得似曾相识。

“在哪儿见过呢……”他苦思冥想，片刻之后，忽然恍然大悟，“呀！想起来了，这不是落入落魂渊时，看到的奇怪光线吗？”

想到这一点，他越看眼前的光线，越觉得像当年在落魂渊中所见。

不过，观察了一阵之后他发现，这里的奇怪光线，和落魂渊中的还有些不同。

比如，眼前的光线，并没有显得诡秘，反而有种梦幻和庄严感。仔细观察后，苏渐发现，这里的奇异光线扭曲交缠的姿态，并不似落魂渊中那般杂乱无章，而是暗中呈现出某种规则，就像、就像……

“蜘蛛网？！”

苏渐猛然一惊，朝这张蛛网一样的纵横光线看去。

按照蛛网的规则凝视，苏渐顺着纹路，看向光之蛛网的核心。

这时候，他突然发现，在自己目光触及核心的那一瞬，忽然一座巨大的通体光明的王座，就好似一轮明月，闪现在黑暗的苍穹中。

仔细观看，光明如月轮的王座中，又时刻流转着幽冥的暗色；它们奔涌蜿蜒的姿态，就仿佛来自深渊的冥河。

“光暗王座！”苏渐心中顿时闪现出一个名字。

他又惊又喜，立即想要向光暗王座奔去。

不过就在这时，忽然从四周无边无际的黑暗中，传来一个声音：

“你，终于来了。

“我，等你很久了。”

这声音幽沉浑厚，又跌宕空灵，在奇异的圣殿空间中往来回荡，似浪奔潮涌，又如空谷传音，余音滚滚不绝。

“谁？”苏渐一惊，叫道，“你是谁？”

孤身一人，走进敌国最核心的区域，还突然发现眼前的环境前所未见，要说苏渐不慌，那绝不可能。

但当他问出“你是谁”的那一刻，他真的平静下来了。

他忽然前所未有地理解了秦玉老师曾说过的那句话：

“勇气也许不能所向披靡，但胆怯根本无济于事。”

“我？”这时，那声音继续从四面八方传来，“我是你曾经的师尊啊。”

“这样啊……”苏渐看着光暗王座的方向，按剑冷冷说道，“那你就是最邪恶的龙族之人——撒菩勒伯。”

“哈，聪明。”随着这一声话语落下，一个巨大的阴影从黑暗中浮现。

这时候，所有奇诡交缠的光线一齐震荡，似无声，又有声，就好像在给撒菩勒伯的现身，奏一支只在灵魂中震响的欢迎序曲。

巫龙之王撒菩勒伯，圣龙皇帝最好的兄弟，整个圣龙帝国的摄政亲王，在这一刻，终于现出了他的真身。

撒菩勒伯的身形巨大魁梧，他身披熔岩黑甲，就如一座浮空之山，悬浮在龙渊圣殿的半空中。

虽然身形巨大，体魄强健，但他的脸型却尖锐狭长，肤色如同黝黑的玄武岩，还带着一种诡秘的晶润感。

他的一双眼眸更是奇异，虽然带着巫龙族的红色特征，但眸色却更加炽热鲜红，似两团不停翻动的血池，又好像永恒烈燃的赤狱冥火。

撒菩勒伯这样的相貌，实在和主流的俊美龙族迥然而异。用人族的两个词来解释，可能是“相由心生”“走火入魔”。

正因为撒菩勒伯千百年来修炼极霸道猛烈的神秘巫术，才导致他现在不像俊美神圣的龙族亲王，反而更像是混乱界域的九幽魔王。

看着金红色的炽烈岩浆之血在巫龙王黝黑如岩的甲胄肌肤间流淌，苏渐忽然若有所悟。

他沉默了一小会儿，便冲着撒菩勒伯叫道：“今日我一人走进这里，是不是你早有预谋?”

“哈哈哈!”撒菩勒伯一阵闷雷般的长笑，叫道，“你终于想通了！这一天，我已经等了很久了!”

“苏渐，我问你一个问题。”撒菩勒伯诡秘的血池巨眼看了过来。

“你说。”苏渐平静道。

“你知道，‘恸天灭地血祭大阵’，其真正的中枢在哪里吗?”撒菩勒伯问道。

“应该……就是在这里了?”苏渐淡然道。

“哈哈，果然不愧我看中的‘中枢之钥’啊，哈哈!”撒菩勒伯的狂笑声再次响起。

“什么?!”听到“中枢之钥”，苏渐再也无法保持镇静，整个人都激动起来。

先前他在天雪城观星台下，偷听到雪洌迩和狂禅的对话，知道了需要有一个中枢之钥，才能让血祭大阵的净世之光真正成形。

自打那以后，他一直在想这件事，却怎么都想不到，那个所谓的“中枢之钥”，竟是自己啊！

想到这里，他猛然醒悟：“呀！难怪那隐龙君说这把钥匙是‘宿命之钥’；现在看来，我和各方势力多有纠缠，今日又历尽千辛万苦，还求助了魔界，这才一人站在了龙渊圣殿中——

“啊呀！这不是自己把自己送到了撒菩勒伯的面前吗？这、这不就是‘宿命’嘛！”

本来，能走到这一步，苏渐早已将生死置之度外。

他本人走到今日，杀伐决断一点都不亚于雷冰梵。

但这一刻，意识到如此诡秘的命运之手，他还是惊得张口结舌！

见他如此，本来早就铁石心肠的撒菩勒伯，也忍不住十分得意。

“曲高和寡”，整个龙之帝国，甚至整个世界中，能和撒菩勒伯匹敌的人都不多。

所以，无论智还是勇都堪称无与伦比的巫龙之王，却有一个不为人知的特点，那便是“孤独”。

因为他特殊的身份，即使他所做的一切再惊艳绝伦，再惊世骇俗，也无从炫耀宣泄。

但现在，他忽然发现，苏渐，这个说是敌人，却又像自己工具的特殊存在，竟然是十分理想的炫耀对象。

于是撒菩勒伯放下了矜持，带着得意叹息一声，说道：“唉，既然乖徒儿你这么配合，本座不妨多告诉你一些真相，让你的心情变得更糟一些。

“你知道，为什么选定你为中枢之钥？

“那是因为你具备我龙族‘巫龙王之血’、魔族‘恶魔女王之灵’、人族‘天宸勇士之心’，又经历了所有凶绝险境的淬炼。

“你以为，你身体中纯正得离奇的龙族之血，所来何自？

“你以为，作为人族的间谍，你在我龙境中搅风搅雨，还能在本座的眼皮子底下，全须全尾地回到人国当你的小杂役，真的是你比世人幸运么？

“你以为，你真的就那么幸运，随便落个秘境，就能得到血瞳绝技？

“那不过是为了让你能更好地经受凶绝险境的考验；因为这些历练，是中枢之钥所必需，是宿命的一部分；即使本王，也无法替你作假安排。

“你又以为，我那个月歌傻侄女，会这么轻易地爱上你？”

“也因为你？!”前面那些事儿，苏渐虽然震惊，但表面依旧强自镇静，但听巫龙王说到这里，他却忍不住脱口惊问。

“这倒不是因为我，嘿嘿！”撒菩勒伯桀桀怪笑一声道，“这件事，你倒要谢谢那位恶魔女王。

“她在被我兄长封印前，耍了个小小的花招，用眼神在月歌侄女的灵魂中，种下了一个小小的‘因果可能’。

“你看，‘可能性’是多么可怕的一件事啊！它是多么值得敬畏的力量，竟然改变了九大龙国公主的命运！

“可能性，不仅让她爱上了一个卑贱的凡人，最后还落得个魂体分离、身败名裂的下场！”

听到这里，苏渐已是脸色煞白。

只不过，等撒菩勒伯说完，他却忽然仰天大笑道：“哎，哈哈！听你这么说，那我回头还得谢谢魅帝姒姐姐。没想到啊，她竟然是我这段美好姻缘的媒婆，哈哈，不错不错！”

“呃……你倒很乐观嘛，到这时，竟然还没有崩溃掉。”撒菩勒伯用嘲讽的眼神看着他。

“我为什么要崩溃？”苏渐恢复了以往的神气，紧握血歌剑，一脸无畏地大叫道，“大不了，我自杀就行了！”

说着话，他已经将血歌剑横在脖颈上，下一刻就将自刎身亡。

“嘿嘿，”撒菩勒伯的眼神，阴冷如毒蛇，“傻孩子，如果我是你，就不会选择自杀了。”

“为什么？!”苏渐疑惑问道。

“你自杀也没用啊。因为无论你活着还是死了，你具备龙、魔、人三族的淬炼魂力都还在啊，你的尸体，一样还是我能用的中枢之钥啊。”

说到这里时，撒菩勒伯似乎已经宣泄炫耀完毕，也失去了耐心。

他的神色忽然变得凶狠，整张脸如同一块阴冷顽石，朝苏渐紧紧逼来。

“等等！”苏渐忽然又大叫道，“巫龙之王，我已认命，但你能不能再回答我一个问题？”

“说！”撒菩勒伯虽然不耐烦，但还是停住了身形。

在他的心目中，苏渐已是砧板上的鱼肉，完全没有任何脱出自己掌控的可能。

“我想知道，”只见苏渐一脸诚恳地问道，“这里离你的天雪城血祭大阵本阵，有万里之遥，怎么大阵的中枢却在这里？”

这样的诚恳，看在撒菩勒伯眼里，那就是彻底认命的信号。

不知道为什么，见苏渐放弃、彻底认命，凶悍狡诈的巫龙之王，也忍不住心底一阵轻松。

他心情变得更好，就知无不言地答道：“这有何奇？可见你等人族，果然低微卑贱。

“你不知，这世间有一样奇事，便是两物无论相距多远，相互间都有极强的羁绊。

“这种羁绊，具有鬼魅般的远距作用，所以血祭大阵本阵虽与中枢相距万里之遥，又有何妨？”

巫龙王的声音如浪潮一般，回荡在空旷的圣殿之间。

布满圣殿空间的异样光线，这时忽然如同有了灵性，似龙，似蛇，违背了物理和常识，竟是凭空扭曲蔓延，一齐朝苏渐席卷而来。

“等等！”面对这诡异的场景，苏渐猛然大叫一声。

“等等？就等等。”撒菩勒伯手一挥，千头万绪的光线竟是一齐停住。

“你等什么？”最后关头的撒菩勒伯，竟是一扫先前的阴沉凶猛姿态，换成了一种惊人的气势，宛如通天达地的神佛，以无比的自信和威严，俯视着苏渐。

这一刻，撒菩勒伯的目光，宛如造物主之眼。

被这突如其来的气势一震，刚才言语自如的苏渐，竟是气息为之一窒，不由自主地低下了头。

不过很快他便抬起头来，用一种沉稳有力的姿态，缓缓地举起了手中之剑。

“巫龙之王，我忽然想起一件事。

“你刚才跟我说了那么多，我总觉得有哪里不对劲。

“现在我明白了，自始至终，你都没有提到这把剑。

“血歌剑，对你来说，应该是一个意外吧？

“现在，我的战友和伙伴，都在外面浴血奋战；现在，我能倚靠的，就只有我手中这把剑了。”

说到这里时，血歌剑高高扬起，那莹如日月的剑锋，正映照出少年的脸。

坚定。

无畏。

面对世间最强大种族的最强大王者时，苏渐用这样一种表情和眼神来面对。

他曾是人中龙凤。

却从天空中跌落。

但又从尘埃中奋起。

直到踏足群星之巅。

所以他特别知道坚守信念的宝贵。

他知道不到最后一刻，绝不要轻言放弃。

最重要的是，他知道，有些事情，值得自己用生命去捍卫。

所以这一刻，他举起了剑。

现在他所能倚仗的，不仅有这把剑，还有一腔热血和永不言败的心。

看着他忽然如同换了个人一样，巫龙之王撒菩勒伯，变得有些吃惊。

不过他很快就仰天狂笑，那张狂的笑声宛如惊雷怒涛，滚滚划过天际。

“你以为，能赢过我？”撒菩勒伯给了少年一个最不屑、最恶毒的眼神。

巫龙族王者的眼神，本身就带着难以言喻的魔力。

但苏渐却不为所动，静静说道：“那就试试。”

“好。”狂笑如雷的巫龙王，这一声应答，虚无缥缈，仿佛来自九幽地狱。

这一刻之后，龙渊圣殿中仅有的两位生灵，忽然都在刹那间转换了模样。

灿烂辉煌的朱雀羽翼，从苏渐背后轰然升起！

无数璀璨华耀的流光焰羽朝四处傲然流溢，不仅阻隔了诡秘的光线，仿佛还能隔绝时空。

来自上古巨龙口中的神秘古剑，这时候也爆发出日冕般的灿烂光华，似能逼退一切黑暗。

本就像火山一样的巫龙之王，好似真的火山爆发，忽然朝四面八方飞射出无数紫色光焰；它们呈扭曲锁链之形，仿佛能将整个天地锁住。

与此同时，他的手中忽然闪现一支奇形兵刃，似权杖，似重锤，顶端穿插一只鬼怪凶兽的骷髅，这时正蒸腾着一层层惨白的光影，如同来自九幽炼狱的魔王张开了巨口，要将眼前的一切吞噬。

“黄泉咆哮”，巫龙之王的独门兵器，据说数百年来很少有人能逼他拿出这把武器；由此可见，他表面对苏渐十分不屑，但暗地里，似乎并没有掉以轻心。

敌对的两人，都呈现出不同寻常的强大形态。

很快，他们便相对冲击，摈弃了一切华丽的战技，返璞归真地朝对方杀去。

一个是并不算强大的凡人，一个是威镇寰宇的龙族尊者，这一刻，如流星赶月，相对冲击。

如雷奔袭时，撒菩勒伯向四周散发的紫色光链，呈现出一种人间未见的姿态。

那就像，无数时光的线条化成数不清的缰绳，被巫龙之王紧紧地攥在手心。

随着他向前冲击，时光的缰绳越来越明亮，仿佛天空流窜起无数绚烂的紫色流星；但作为代价，他更外围的时空，却变得越来越黑暗。

这，也符合巫龙之王的特质。

一切以光明与美好之名，但却饵以黑暗的饲料。

这时的苏渐，也奔击如怒涛惊雷。

出身卑微的少年，从来没有像这一刻那样扬眉吐气，他将身后梦幻瑰丽的神鸟羽翼张开到最大的程度，如此舒展，如此肆无忌惮。

杯酒问情

神焰朱雀，辅之以完全顺服的血歌剑灵之心，正爆发出古今罕有的光之能量。

就好像，被撒菩勒伯变得越来越幽沉的黑空中，突然间有一亿条金焰骤然爆发，如水藻一样缠绕于永恒燃烧的骄阳上，让整个时空通明透亮，仿佛整个宇宙乾坤都投入了一场炽烈的焚燃。

但这一场炽烈燃烧的最核心，却没有这么暴烈和炽热。

从旁观者角度来看迅如疾电冲击的少年，这时他自身的感受，却是如此的轻柔和空明。

身负一亿匹的光焰，却似御风而行。

迎面而来的风，仿佛源自天地初分，咆哮，轻拂，呼啸，叹息，纵然身外的光焰与黑暗无尽地纠缠，但此刻迎面而来的，却只有风。

假如，有一丝可能，在这样的对冲中，苏渐能够获胜，那他手握血歌剑、背展火焰羽翼、冲向巫龙王的奋勇身姿，注定将凝固在后世人族的传说之中。

当然更大的可能是，苏渐失败，巫龙王强大威猛的身姿，投下了巨大的阴影，吞噬了渺小且不自量力的挑战者，其威猛神武的身姿，将凝固在后世龙族的传说中。

胜负很快就会分明。

苏渐和撒菩勒伯轰然撞击在一起。

撞击震响如雷。

无论誓言或忏悔，无论暴虐或仁爱，无论背叛或本心，这一刻都融入仿佛从远空传来的轰然雷声中，然后在血脉中奔流，在骨骼上镌刻。

撞击的时刻，只不过是很短的时间，但两人已在这片刻之间，又搏杀了上百回合。

这时候他们没有任何花巧，忘却了任何技能，驱动自己的，只有战斗的本能。

在这一过程中，巫龙王的身姿并没有什么改变，大部分时间里苏渐的姿态也没什么改变，只是就在最后一瞬间，在苏渐几乎已经被“黄泉咆哮”砸成肉饼的前一瞬，原本金红焰羽的苏渐，忽然黑气蒸腾。

眨眼之间，苏渐的整个星流化形，就变成暗黑、血红、幽紫三色流动的奇怪形态；这一瞬间，原本面对着至纯至阳火灵力量的巫龙之王，猛然间觉得好像整个黑暗世界都朝自己压来！

本来已经占尽上风的撒菩勒伯，猛然急速后退。

苏渐似乎没反应过来，看着飞速后退的巫龙之王，竟是一动不动。

当然这只是错觉；就在某一个时机，静止不动的苏渐，骤然飞身追赶，如一颗黑暗陨石，轰然砸向不断退避的巫龙之王。

这一刻，他手中的血歌剑血光大盛，就像黑夜中忽然绽放的一轮血色月亮。

血歌剑灵，在这一刻盛放了她所有的光华！

一片黑夜，一轮血月，以强大无比的动能，轰然撞向了极力后退的巫龙之王。

一阵巨响，山崩地裂般；无数的光焰朝四外飞射，这一刻如天地大劫、日月爆炸一样。

龙渊圣殿被混乱的光焰充斥，到处是黑暗和光明的纠缠，并在如此极端的属性碰撞时，爆发出惊天的巨响。

作为血祭大阵中枢的神秘光线，陷入了紊乱。

整座龙渊圣殿中，这时只有光暗王座还岿然不动，如同一位亘古恒存的创世巨人，沉着冷静地俯视这一切。

纷乱之中，一时看不清谁输谁赢。

但这时候，龙渊圣殿大门外，原本好似戏弄敌人的圣龙武士，忽然间一阵骚乱。

只是转眼之间，这群龙族的精兵猛然变得凶猛异常，拼命向大门前的入侵者攻击！

面对敌人的这一转变，雷冰梵等人先是一愣，很快便似意识到什么。

连最镇定的轩辕承天，脸上都露出一丝不敢相信的神情。他们这群人立即鼓起余勇，奋力抵挡如潮而来的龙兵，誓死守住身后的龙殿大门。

这时候，他们身后的大门里，正上演着本不可能发生的一幕。

傲视天下的巫龙之王，这时候竟已摔落至尘埃；火山岩石一般的胸口上，竟是破了一个大洞……

这个洞，边缘光滑，却在焦黑之余，布满了冰霜——

就好像，他的胸口同时被至阳至烈的神器洞穿，又被来自九幽炼狱的恶魔之手拂中。

它流着血。

血流如注。

如瀑布。

在雄伟身躯旁的尘埃中，

流出了一条血河。

但苏渐的代价也不小。

他整个人的骨架好像都被震散，这时候即使站立，也站得歪歪斜斜，手里提的剑也摇摇欲坠，不用说战斗，好像稍微大点的风吹来，剑都会脱手。

但即便如此，巫龙之王在地上徒劳挣扎时，还是一脸的不敢置信。

“为什么?!”他惊慌而绝望地吼道。

“为什么？呵，你应该知道啊。”刚才巫龙之王脸上的不屑神情，现在出现在苏渐的脸上。

“果然还是你说的对。”苏渐俯视着撒菩勒伯，“你说得对，我不仅有龙血之体，还有恶魔之灵、人族之心。

“真的要感谢你，刚才告诉我恶魔女王临被封印前还不忘耍花招，所以我也耍了个花招，不到最后一瞬，不使出最强绝技。”

“这、这怎么可能？”撒菩勒伯喘着气叫道。

“是啊，应该不可能啊，”苏渐道，“如此生死决斗，面对强大的巫龙之王，世间没有一个正常的生灵，敢像我这么冒险，竟敢不到最后一刻，不使出压箱底的绝技。

“所以啊，恶魔之灵给我以诡计，人族的勇敢之心让我敢于实施，你的巫龙之血嘛，让我极其精准地拿捏速度和时机。

“所以，巫龙王，你是对的，我苏渐确实是三族合一，只不过不是什么血祭大阵中枢的钥匙，而是消灭你的屠刀！”

听得此言，重创倒地的巫龙之王，良久不语。

最后，他终于开了口：“你，怎么能这么坏？”

“对啊，我是坏。”苏渐毫不否认道，“这也是没办法。你也知道，光是滥好人的话，一般打不过坏人啊。对了撒菩勒伯，看在你告诉我那么多秘密的情分上，我也告诉你一个秘密。”

“什么？是什么？”撒菩勒伯叫道。

“嗯，我告诉你，这个秘密就是——

“你等待这一天，已经等了很久；你却不知道，我苏渐，等待这一天，也已经很久、很久……”

说出这句话时，本来有着极富亲和力的英俊容貌的苏渐，这一刻看在撒菩勒伯的眼里，同样一张脸，却变得极为陌生、极为神秘、极为特殊。

愣了片刻，撒菩勒伯忽然笑了。

“我，始终还是对的。”他拼尽最后的气力，努力保持着微笑的面容，仰望着苏渐，“当初，本王收你为徒，许多族人不理解、反对；但，我终究还是对的，苏渐，你跟你那些卑贱弱小的同类根本不一样。”

说到这里，他的语气，已变得极为平和亲切；那饱含温暖深情的语调，甚至让人一时产生错觉，以为这位不是阴沉如渊的撒菩勒伯，而是苏渐那“好为人师”的秦玉教习。

“苏渐，我的爱徒啊，”巫龙之王继续说道，“我现在明白了，对于你，我还是错了。

“我低估了你。我不应该只把你当成一件工具。

“苏渐,我真切地恳求你,请你原谅为师的错误,你真的是我巫龙王衣钵最好的继承者。”

“你的衣钵?”苏渐看着他,冷冷道,“什么衣钵?”

“就是这血祭大阵净世计划!”巫龙王垂死的眼眸中,忽然射出奇异的神采,“苏渐啊,本王的计划,你肯定知晓。

“你看,崇尚混乱和灭绝的恶魔一族,正是这天地间最大的毒瘤。

“一旦我的净世之光完成,用那些本来就该淘汰的弱者命魂,消灭盘踞亿万年的邪恶,为这世间创造无限的美好——”

“哈哈!”本来趁他说话之机紧张调息、恢复体力的苏渐,听到这里,却再也忍不住了。

这时候,他也终于回复了一些气力,便提起血歌剑,对着地上的巫龙之王大叫道:“巫龙王,难道到现在你还不知道自己的话是一派胡言?!

“你一边要消灭邪恶,却一边摧毁美好;则无论最后你是否成功,始终与美好无缘!”

听到他这番愤怒的话语,血污尘埃中的巫龙之王,忽然把眼神从少年的身上移开。

他的目光,看向了龙渊圣殿高渺的穹顶,仿佛从那里穿越,看入了无尽的虚空。

“苏渐,”他的声音,变得幽幽渺渺,仿佛在整个苍穹虚空里回响,“我看到了时光流转的秘密,我看到了世间万物的本源。这世界由一个个‘可能’组成,而苏渐你,也是我的其中一个‘可能’。

“叛师者,无论你愿不愿意,认不认同,你注定会继承我的衣钵。

“你虽是‘人’,却流淌着我的龙血,还有我取自先祖巨龙的‘血瞳心眼’。

“你可能不相信,但我现在,很欣慰。

“当年种下的一颗种子,一种可能性,现在终于长成了参天大树,这个可能性终要变成现实。

“今日屠龙的少年，请相信，翌日你也将身覆龙鳞。”

听得撒菩勒伯的这一番话，饶是苏渐已经有了前面那么多信息的铺垫，这一刻，还是无比的震惊。

不过只是惊愕了片刻，他便俯视撒菩勒伯，沉声说道：“对，这世间，是由大大小小的‘可能性’组成；但你别忘了，决定万事万物真正走向的，还是在面对可能性时的‘选择’。

“现在，我选择我心中的光明之路。”

说到这里，他庄严地举起血歌剑，面对着龙渊圣殿中漫天迷离的光影，铿锵说道：“万物缭乱，我心光明。”

伴随着这话音，他手起剑落，奋力一剑，彻底洞穿了巫龙之王的心房。

走向死亡的撒菩勒伯，临死前的脸上，忽然露出了一丝诡秘的笑容。

“终有一天，你会成为我……”

伴随着这句余音不绝的话语，巫龙之王的如山身躯忽然破碎、虚化，最后化作点点的血色、片片的乌光，在虚空中飞速流向了大殿深处的光暗王座。

通体光明如日月的圣龙王座，在巫龙王遗体化作的流光触碰到它的那一刹那，忽然变得光色黯淡。

就好似，本来灿烂明朗的晴空，忽然飘来了一片乌云。

光与暗的界限，在这一刻变得模糊。

光与暗的边缘，忽然交织错落，如梦幻空花般悄悄绽放。

光暗王座，张开了虚空的入口；巫龙王的残影，如流萤归鸟，转瞬飞入了光与暗的罅隙，融入了通向异域空间的混沌乱流里。

当所有的血色乌光都飞入了连通龙渊列岛的星陨乱流，象征着龙族无上荣耀的王座才又恢复了光明，重新明如日月当空，只是隐隐有暗纹流转。

看得此景，苏渐若有所思。

沉默片刻，他忽然开口，朝眼前的一片寂静空冥说道：“月歌，我终不负所望。

“我，守护了你。”

伴随他说出这句话，冥暗的虚空中，忽然浮现出那个曾在梦魂中无数遍出现的倩影。

“嗯……”圣洁空灵的龙女之魂悬浮半空，朝苏渐微微点头。

“怎么了？”看清月歌之魂的神情，苏渐有些讶异，“你怎么，好像并不开心？”

“我、我……”月歌神色踌躇，欲言又止。

看到她这般模样，苏渐大奇；正要细问时，他却忽然听到，有一个声音从圣殿的正上方轰然响起：“凡人，她是在担心我！”

话音刚落，刚才昏暗的空间里，忽然间大放光明；转眼无数水晶般的光之锁链破空飞来，穿透了月歌之魂的虚影，重重地击在苏渐的身上！

好不容易恢复了点气力的少年，受到这重重一击，瞬间便倒飞出去，然后重重地摔倒在地。

突如其来的攻击包含的力量如此宏伟浩瀚，根本容不得年轻的玄武卫有丝毫的防御。

刚才亲手洞穿巫龙之王心房的少年，这一刻已经濒临死亡。

弥留之际，苏渐甚至连敌人的面目都看不清。

他只能凭着残存的知觉，感觉到圣殿上空的虚空中，正有个面目威严的人物，被裹在一团灿烂明耀的华光之中，整个人如同传说中的天神一样。

他的眉目仿佛日月云雨，他的容光仿佛星河流转。

“难道是他……”苏渐想到了一个人，浑身的肌肉经脉一下子不由自主地收缩紧绷起来。

不得不说，恶魔女王魅帝姒，这一次真的帮了他的大忙。

传自魔界之主的至尊魔灵，在苏渐遭到无与伦比的重创时，还能护住他的心脉，并开始修复他受损的筋肉灵脉。

当然，大敌当前之际，这样并不算快的修复，看起来更像是徒劳无功的自我安慰而已。

但不管怎么样，魔灵的自动护主异能，此刻至少能让苏渐隐约听见发生在虚空中的对话。

他这时候还不可能意识到,这一场迷迷糊糊中听到的对话,有多么惊世骇俗,会对今后的神州局势产生多么深远的影响。

“父皇,”轻柔的声音,虽然平静,却饱含了悸动,“您现在终于知道,这么多年来,您被撒菩勒伯蒙蔽。”

“蒙蔽?哈!”虚空中传来一声冷笑,“普天之下,六界之中,谁能将我蒙蔽?”

“啊?”清灵的声音一阵慌乱,“那、那怎么会……”

“怎么不会?”威严的声音如洪钟巨鼓般震响,“你啊,就是太天真。谁能蒙蔽我?他做的,就是我想做的;由他帮我背负骂名,有何不好?”

“不、不可能!不可能会这样!”动听的声音已经开始有些声嘶力竭,还掺杂着深深的惊恐。

“怎么不可能?

“有一件事你要记住,这世上,没什么不可能。

“到这时,不怕跟你说实话,当日为了所谓的荣誉,我只是下令封印魔族,没有将他们全体屠戮。但没多久之后,我就后悔了。

“但英明伟大的光暗圣龙皇帝,怎么会做错事?

“所以,我的好兄弟、好亲王,撒菩勒伯,就和以前一样,再次帮我解决难题。

“只不过这一次,他不自知而已。

“哈哈!为什么巫龙一族空有野心,却永远也当不了龙族之皇?就因为他们只有小聪明,没有大智慧!

“如果不是我愿意,你以为区区一个撒菩勒伯,就能让我封印了自己的女儿?

“唉,这位好兄弟,还真是只有小聪明啊。

“他以为那个什么净世计划,是世间最完美、最宏大的计划吗?唉,这计划,太霸道了啊。”

“啊!”柔美的女声再次惊叫,“既然您也这么认为,那您为什么不阻止他?”

“又幼稚了!”庄严宏大的声音吼道,“为什么要阻止他?这样不好吗?

霸道，猛烈，不得民心，有伤天和，那不就让本皇在他完成计划之后，可以拨乱反正吗？

“到那时，魔族被一劳永逸地解决了，人族也灭绝了大半，消除了我们龙族的心头大患，受到诸神祝福的神州福地，就永远是我们龙族的了！

“而我达纳瑞姆，依旧是那个英明神武，虽然威严但不乏仁慈的万龙之王啊。

“你看，这样多好啊？

“呵，我那个好兄弟，虽然也有些才能，却差得太远。他以为一直无形地掌控我，却不知道在本皇的眼里，整件事都要反过来啊。

“月歌啊，你始终要记得，普天之下、六界之中，没有人能分走父皇一丝一毫的荣光！撒菩勒伯今日重伤兵解，就是他心存妄念的下场！

“哈哈！撒菩勒伯，巫龙之王，圣龙皇朝摄政王，可惜啊可惜，没有上百年，你是回不来了。

“呃？唉……我跟你说这些干吗？月歌，我可怜的女儿啊，你现在只不过是个无影无形的游魂罢了！”

“父皇……”虽然看不见月歌的神色，但光听到她这一声浸透了无尽悲哀的“父皇”，苏渐就仿佛能亲眼看见，女孩儿此时的脸上有多么悲伤和黯然。

他曾经也被全世界抛弃，但此时被亲生父亲抛弃的少女，心情应该比他当年更加悲伤。

“父皇，你知道吗？”月歌颤抖着声音说道，“在被封印的日子里，女儿固然满心悲伤，但这样的劫难，也给了我足够的时间来思考一些以前从未想过的事情。

“当初这一切，为什么会发生？

“女儿想到了很多很多种可能。

“其中有一种可能，让我如此恐惧和哀伤。

“我没想到，这个让我恐惧哀伤的答案，竟然是最正确的答案。

“我没想到，原来我心目中，所有圣龙帝国臣民心目中，永远光辉伟大的皇帝，背后竟有这样的内心。

“你……还是当初那个我敬爱依恋的父皇吗?!”

“哈哈！很高兴，乖女儿，你终于明白了。”光暗龙皇带着嘲讽揶揄的咆哮声再次响起，“怎么，对父皇不用敬语了？那又能怎样？

“今日既然让你知道了真相，我便不再仁慈，要你这随风飘移的魂魄，从今日起，再也无枝可依，就此消散在虚空中吧！”

话音未落，苏渐只觉得整个圣殿中轰然一声，刹那间眼前闪过一片强光，那感觉就好像天日在眼前爆炸了一样。

强光过后，便是无尽的黑暗，仿佛世间一切的光芒都被刚才那个强光耗尽，整个世界陷入了永恒的黑夜。

面对如此迅疾而诡异的变化，昏迷中的苏渐还来不及震惊，忽然感觉到自己的身体起了奇妙的变化。

“是要灰飞烟灭吗?”在这样惊惶的心情中，苏渐胸前的星降之链忽然发出前所未有的亮澈星芒。

下一刻，苏渐仿佛落入了长久以来的梦境。

他的身躯，漂浮于半空，看天地异变。

转眼间一头巨大凶猛的龙，展翼破空扑下，要将他瞬间毁灭。

无尽的死亡，如山压来。

绝美的龙族公主，从天而降。

那灵动的身姿，神幻华丽，愤怒的叱喝，响彻云空。

那身后飞舞的神圣羽翼，每一根羽毛都如月华般空明，水晶般澄澈。

就在恶龙的利爪攫住苏渐前的那一刻，圣龙公主抓住了少年，朝天顶残余的一丝光明飞去。

这样的情景，和曾经无数次出现的梦境几乎一样。

所以苏渐一时陷入了恍惚，不知道当初这个熟悉得不能再熟悉的梦境，究竟是对往事的映像，还是对未来场景的预言。

但眼前的场景，和往昔的梦境，既相似，又有不同。

这一回，不是月歌将自己抱起，而是她和自己融为了一体！

那感觉，怎么形容？

就好像，自己在这一刻，新学会了一样星流术，叫作“月歌龙魂”，其星流化形，就是张开羽翼的圣龙公主，将自己紧紧拥抱！

星流之术，需要“融魂”。

他们两个，早就心与心相通，魂与魂相融。

还不只如此。

此时还在龙渊圣殿大门外苦苦支撑的红焰女，忽然间心魂悸动，仿佛受到什么召唤一般，刹那之后整个娇躯化作千万个璀璨鲜红的光点，穿门而入。

一待飞到圣殿奇异的空间中，这无数的光点便凝结汇聚，转瞬间便凝聚成那个传说中的晶海神器“焰魂晶杖”。

金焰蒸腾的神异法杖，无巧不巧地飞入苏渐的手中。

于是，背倚月歌飞翼之形，一手握紧血歌古剑，一手执掌焰魂晶杖，苏渐带着无尽的风声，呼啸着朝天顶那头光暗轮转的凶猛巨龙冲去！

如果说撒菩勒伯遭遇威胁时，龙殿外仰攻的圣龙守卫只是加紧了攻击；那这时候，他们简直陷入了全体暴动，极其狂暴不安地朝雷冰梵等人迅猛攻击。

这时候，雷冰梵和轩辕承天、古玉妃，已是伤痕累累。

他们的身边，已经只剩下三名青龙军和朱雀法师，以及两位星流武士。

本来身具异能的红焰女，这时候还化作光影，飞入门后。

所有人都遍体鳞伤，苟延残喘。

但敌人却还如潮水般涌来。

面对这样的局面，纵使雷冰梵等人再不服输，到这一刻也终于知道了自己的宿命。

他们这时候，已经只剩下了一口气，无论气力还是灵力，全都接近油尽灯枯。

并肩奋战的战友们，此时相视苦笑；他们都从对方的眼神中，读懂了彼此的心意。

“终于要放弃了啊……”

仅剩的八名人族勇士，不约而同地将手中兵器倒转，指向了自己的咽喉……

只是，就在这时，他们身后的圣殿猛然间传来巨大的震动，还发出耀眼的光芒……

巨大的声响，灿烂的光芒，仿佛充塞了整个天地。

转眼之间，群星之巅上，铺满了圣洁的光辉，所到之处黑暗退散，如月明洁。

这一刻，少年胸口的星降之链也发出耀眼的白光，带着他已经伤痕累累的身躯，朝光暗流转中那一具高贵静谧的躯体，悠然飞去。

光影迷乱。

梦魂萦绕，不知多少回。

这一刻，早就心魂相通的两人，指尖的肌肤重新触及。

魂影迷离。

原本紧闭双眸的躯壳，忽然睁眼——

那是何等平和、明媚、圣洁的眼神……

分别已久的两个身体，终于紧紧地相拥在一起。

“你，没有忘记我。

“你，终于来找我。

“你，拯救了我……”

梦中无数回少女的凄凉呼唤，这一刻都有了答案。

“是么……我救了你？可我怕，这又是一场梦，醒来又是一场空。”

“这不是梦。以后我俩的一切，都不再是梦幻虚空。”

坚定的话语，响彻了少年的心魂。

这一刻之后，那座宏伟壮丽的龙渊圣殿，开始破碎、崩塌。

圣殿外的龙兵龙将，全都陷入了慌乱；正当他们不知所措时，一个月歌之形的巨大辉煌幻象，升起在逐步塌方的圣殿废墟上方。

从这一刻起，一缕清越缥缈的歌声，蕴含着高渺仁慈之意，开始回荡在整个圣龙城的上空。

“星降月歌！”当歌声回响了片刻之后，苏渐和雷冰梵不约而同地脱口惊呼！

原来，他们无比惊异地听到，徘徊于天地苍穹之间的奇妙歌声，竟然正是当年星降高原月空下，苏渐用芦笛随心吹响的歌调！

刹那间，无数往事涌上心头，苏渐和雷冰梵，全都热泪盈眶……

圣龙公主的光辉和星降月歌的音波所到之处，龙族将士全都发生了异变。

凶恶杀心，忽被光辉融化，被歌调击碎。

如潮龙军中，只是奉命而为、心中仍存善念的龙族将士，这一刻被感化得泪流满面。

在纯洁而强悍的圣华之力面前，他们抛掉了兵器，扑通跪倒，顶礼膜拜。

拜服之时，他们口中还猛呼圣龙公主之名。

万众的呼喝汇成了汹涌的浪涛，席卷了整座巍峨高耸的圣龙城。

这时候，那个苏渐孜孜以求的凶残龙族厉华楚，还正急匆匆地赶来，想助撒菩勒伯大人一臂之力；但等他赶到时，一看到这情况，顿时震惊了。

惊怔片刻，厉华楚毫不犹豫，没有丝毫停留，带着一缕阴狠的表情，悄悄地往远方的黑暗中遁去……

重临人间的月歌公主，因为在星陨乱流中，借助这时空之门，结合本身惊艳绝伦的天赋，竟淬炼出超乎圣龙皇达纳瑞姆想象的力量。

于是在群星之巅的这一场对决中，月歌公主竟是击败了威名赫赫的圣龙皇，将他封印入光暗王座下的星陨乱流中。

光暗圣龙皇达纳瑞姆，当初将自己的女儿封印入时空的乱流；没想到今日，竟被自己的女儿封印入同一个地方。

这一点，恐怕心智超群的圣龙皇自始至终都没能想到。

不过，以他的威能，即使星陨乱流这样奇异的秘境也困不了他太久；当圣龙皇再度归来，这圣龙帝国中，注定将出现两个君王。

他们虽为父女，却反目成仇。他们拥有迥然不同的信仰理念，拥有如水火不相容的忠实追随者。

在他们之外，还有狂禅统领的巫龙之王残部。

可以想见，在不久的将来，当圣龙皇归来之时，这片神州大地上，定会再次掀起一场可怕的腥风血雨。

不过，至少在这时，重临人世的圣龙公主占了上风。

她以奇绝的伟力，在高耸入云的群星之巅，投射出自身巨大的幻象。

于是皎洁月华般的圣洁之力，开始铺陈于眼前血祭大阵的遥控中枢上。

没过多久，那万里之外的天雪城中，便发生了激动人心的神奇变化。

这样的变化如何神奇，只有身处其中的人才知道。

但至少，所有人都知道，巫龙之王精心筹划建立的“恸天灭地血祭大阵”，爆炸了，毁灭了。

从此以后，那些受血祭之光影响并不深重的受害军民，开始从可怕的伤害之中逐步脱离了出来。

但即使如此，巫龙之王的可怕计划带来的流毒实在深远，纵使拨乱反正，也给这片神州大地上许许多多的生灵，造成了永远不可磨灭的创伤……

大事已定。

春日的华夏国，草长莺飞，万物萌动。

走在京华街头的苏渐，触目所及的，都是翠绿欲流的草木和缤纷娇艳的花树。

悠悠然然地走在春日的街头，苏渐心头萦绕的，却是撒菩勒伯临死前诡秘的表情，还有那一句令人不寒而栗的话：“终有一天，你会成为我……”

心念徘徊之时，他忽然一愣，竟是悚然想到：“不对！好像后来恍恍惚惚间，又听那龙皇说，撒菩勒伯似乎并没有死！

“可是，真的没有死吗？不可能啊，都变成那样了……

“唉！只怪当时重伤昏迷，不确定龙皇到底有没有说，到底是怎么说的。”

苏渐在春日的京华街头踌躇时，这片天地中的另外两处地方，恰好也正在发生着不寻常的事。

世界的边缘，湮灭地带混乱界域，魔族世代所栖的魔界之中，魅帝姒正站在一座火山之巅仰天狂笑。

黑暗国师伊尔丹伫立在她的身旁，傲然俯视着火山下——在那里，阵列着无数恶魔战士，无边无涯，一直延伸到天际。

伴随着魅帝姒的狂笑、伊尔丹的凝视，点兵台一样的火山之巅上空，忽然凝聚起一团黝黑的魔云。

随着狂笑的持续、目光的延伸，魔云投下的阴影逐渐扩大。

于是，这无边无际的恶魔战士眼中，忽然闪耀起狂热的碧绿魔火，他们举起锋利的兵器，怒吼着向远方出发！

几乎与此同时，西海大洋深处的万妖灵洲，那统领千妖万族的惑梦女王，正抬起她那只戴着“幻象之戒”的纤纤玉手，朝臣民们发布谕令。

她宣布，从今日起，妖族大军要远征东土神州！

此番远征，将以万妖之祖女娲大神的荣光为指引，以援助神州西部蛮荒妖族为名义，并支援人族抵抗龙族，光复故土。

劳师远征，并非小事。

这实在是因为以惑梦女王为首的妖族首脑，自上回白骨圣杯之事后，便深刻地认识到，原来世界一体，纵使灵洲僻处西海，也不能置身事外。

否则唇亡齿寒，当龙族横扫神州，或是等龙族和蠢蠢欲动的魔族两强争霸尘埃落定后，胜利者的兵锋有极大的可能直指灵洲。

当然，居安思危，只是妖族劳师远征的一个理由；另一个理由便是，他们也要拓展生存空间。

虽然灵洲广大，但毕竟孤悬海外，妖族的生存领地，有着天然的边缘和界限。

今日尚能衣食无忧，但妖族人口日渐繁多，一个显而易见的结果便是，在将来的某一天，在疆域天然局限的灵洲，妖族人口将会饱和，有限的土地和资源再也难以承受如此多的人口。

所以，为了子孙后代的生存，他们也必须东进！

可以说，这时还在明媚春光中漫步徜徉的少年并不知道，一个比以往更加风云变幻的四族争霸时代，正在蝶舞花飞的此刻，悄悄地拉开序幕……

谁终将声震人间，
必长久深自缄默。
谁终将点燃闪电，
必长久如云漂泊。
我之时代还未到来，
必有人死后方活。

后世异域的一个书生，偶然写下如此的诗句，仿佛是对苏渐即将面对的血火纷争年代，做了一个最好的隐喻。

街头漫步之时，苏渐还遇到了一个老熟人，童大方。

苏渐和这位仁兄，可谓不打不相识。

最开始因为高敞的缘故，苏渐和童大方就在此时脚下的长街上，爆发了一场激烈的争斗。

等后来扳倒奸相司徒威时，本在奸相阵营的童大方忽然醒悟，阵前倒戈，从此成了“苏渐一派”的人。

经历了血祭大阵、群星之巅的大劫，此时街头相遇，两人再想起往日之事，便宛如梦境一般。

往昔傲慢的中郎将，路遇苏渐之时，已变得极为谦逊。

在他深自谦抑、热情寒暄之时，苏渐却注意到，经历了这一场浩劫，身为华夏国重要将领的童大方，不仅面容憔悴，两鬓的头发也已经变得斑白。

见得此景，纵使满目灿烂的春光，苏渐心中也极为感慨，便主动邀请童大方今晚一同饮酒。

职级并不比少年低的京城中郎将，听得苏渐的邀请，似受宠若惊般，连连点头答应。

这一天入夜，当夕阳西坠，暮色四起，苏渐便和童大方饮酒于太白居。

推杯换盏之际，童大方酒意上脸，发自真心地说道：“苏老弟，你少年英杰，近日不意竟解了滔天大劫，只是爵位才升了八级，才为‘大庶长’。”

说话之时，他似有不平之意。

苏渐却哑然失笑，举杯向他道："童大哥，升了八级，还不多啊？你还说'才不过升了八级'。"

"当然啊，"酒意微醺之际，童大方也放开了心怀，说道，"连升八级，对别人来说，别说祖宗坟头冒青烟，就算失火也没用啊。

"但对老弟你来说，这爵位是升了八级，可还是卿级爵，和你之前的左庶长爵还在一个勋爵等级啊。为什么圣上他老人家不再给你多升一级，那就是侯级爵的'关内侯'啊！"

"又有何妨？"苏渐抿了口酒，从容笑道，"这样不好吗？高才不寿，奇葩晚放，不着急，不着急。"

"不着急……"童大方看着他，摇头叹息道，"唉，知道你年轻，可是劫难已平，今后数十年便都太平，'马上封侯'的机会，很难得了啊。

"而老弟你先前还谦逊，最近随着天雪城那边回来的受难军民越来越多，便渐渐传出风声，说他们那一日，竟然在天雪城的血祭大阵血光中，看到你大闹龙国都城的神勇英姿！

"那一刻你飞扬朱雀神翼，挥舞血歌古剑，视死如归地猛冲向龙族敌酋；那一刻的英勇风姿，不知道怎么回事，竟然映射在血祭大阵的光影中——那可是相距数万里之遥啊！

"且不说这等奇事；光是你这样神迹般的奋战英姿，分明将会成为万众景仰、千古传颂的大英雄啊！可即使这样也没能封侯，以后肯定天下太平，再想封侯就难啰。"

"哈……"苏渐对童大方说的奇事，不置可否，不过听到他反复说起"天下太平"，便微微摇头，目光闪烁，笑而不语。

这一刻，曾在龙城之巅如一柄利剑迎着血光狂舞的少年，却锋芒尽敛，含蓄宽仁得像一个朴实的书生少年。

沉默片刻，苏渐看到童大方虽然专心地喝酒，脸上却依旧有怏怏不平之色，便摇了摇头道："童大哥，也别太替我可惜；封侯之事固佳，可小弟现在也不是没有殊荣啊。"

"什么？什么殊荣？"童大方醉眼蒙眬地看着他。

"咦？你没注意到吗？"苏渐笑嘻嘻道，"我们这个位置，不仅是临窗雅座，位置还是最佳的，一般人就算有钱也坐不到。

“但现在，这太白居的张掌柜，却已经把咱这桌子设为我苏渐的专座了！

“只要我预先跟他说了要来，不消细说，他定会留这位置给我。

“你看，我现在，在太白居中都有专座了，还有比这更值得荣耀的吗？”

“呃！”听得苏渐这话，童大方一时语塞。

良久之后，他才猛灌自己一杯酒，口齿不清道：“听你这意思，好像这太白居很了不起似的。

“对了，老哥心里有一事不明，便是你苏渐名动天下，为什么总喜欢来这一家喝酒吃菜？

“要知道偌大的京华城中，比太白居豪华美味的酒楼多得去了；只要你去，不消说有专座，就是为你清场，他们也愿意啊！”

“哈，这你就不懂了。”苏渐神神秘秘地道，“我来这里，不仅因为这儿酒水醇厚、菜对胃口，还因为这儿的掌柜张彭发张老板啊。”

“嗯？”童大方一愣，立即好像酒也醒了几分，略带紧张地问道，“莫非，这个张老板，是什么隐士高人？”

“哈哈，那倒不是。”苏渐摇头笑道，“只因我知道，这张掌柜，不仅酒菜做得好，为人还极忠厚善良。就如小弟我被称为‘孤胆屠龙’，这张掌柜也有个外号，叫‘张一年’。”

“什么？张一年？开张一年到头？”童大方一脸莫名其妙，胡乱猜道。

“那倒不是。张一年，便是说，”苏渐耐心解释道，“便是说这位张掌柜，凡是有人欠了他的钱，到年关时，他也会按规矩到人家家里去讨；但如果今年大年三十没讨到，他这笔债就不要了。”

“啊？为啥？”童大方有些惊讶。

“张老板是觉得，今年年关给不出，就说明这家真困难，那明年也不用再讨了。”苏渐道。

“哈！”童大方一听，惊奇笑道，“有趣，有趣，那看来老哥以后，也要在太白居多赊赊账了！”

这时候，听他们说得热闹，那太白居的张掌柜还真走过来，赔着笑道：

“两位大人,说得这么热闹,小的听得一耳,好似提到了小老儿?是不是酒菜不合您二位的口味啊?”

“不是不是。”童大方咧嘴笑着,摆了摆手,一指苏渐道,“掌柜啊,是你这位老主顾,刚才没口子夸赞你哪。”

“啊?”张掌柜一愣,一时没反应过来。

“哈,掌柜的,”苏渐见状笑道,“刚吃了这盘银鱼笋丝,您最近的刀功见长啊。”

“多谢大人谬赞!”张掌柜恭敬地笑道,“其实,这还要感谢两位大人啊。”

“感谢我们?”苏渐和童大方同时一愣,不明所以。

“对啊,是要感谢你们。”张掌柜认真道,“我等庖厨的刀功,最重要的是斩切时心情要足够平静。

“所以,真的要感谢你们这些大人物,用你们出生入死的不平静,才换来了我们小老百姓日子的平静。”

本来,苏渐和童大方只是和酒家掌柜随意地闲聊;当听到掌柜这番话时,他们的神色忽然变得凝重起来,内心也受到了极大的触动。

在这一瞬间,酒饮微醺的两位华夏朝廷大员心中灵光一闪,似乎抓住了此生为官为将的真谛。

见两位大人表情忽然凝重,张掌柜连忙告罪。

连连作揖之后,他回过头,冲着大堂中央呼道:“小翠,小翠,快唱起小曲来,给两位大人佐酒解闷!”

于是,烛影摇红的太白居中,响起了婉转妖娆的女儿歌调,伴随着铮铮淙淙的琵琶声。

女子的歌声柔美婉转,确实舒缓了苏渐和童大方的情绪。

伴随着清如流水的歌声,他们都陷入了悠悠的沉思。

清柔悠扬的曲调,让苏渐的神思渐渐飞扬。

他忽然想到,现在的冰龙国,自当初的反叛后,又追随了拨乱反正的圣龙公主一脉,和圣龙皇的势力、巫龙王的余党斗得不可开交。

那,是不是说,在某种程度上,那位天才龙巫女,已经不算敌人了?

想到这里时，正听那酒家的歌女唱道：

临湖门外妾身家，
郎若闲时来吃茶。
黄土筑墙茅盖屋，
门前一树紫荆花。

听得这歌中之意，触动了苏渐的心事，他一时心肠百转，那酒不由得也喝得有些急了。

不大的酒馆，暖意融融。

苏渐所坐的位置，正背对着门。

酒喝得急，脸变得通红，酒意迅速上头，神思便有些恍惚。

正在这时，忽听到背后酒楼的大门"咯吱"一声，似是被谁推开。

苏渐不以为意，继续喝酒，忽听到有个熟悉的女子声音，从背后惊喜地响起："苏渐，你真的在这里呀！"

醉眼蒙眬，酒意醺醺，面红耳赤。

苏渐并没有听得清，叫他的女子究竟是谁。

曾经磊落洒脱、杀伐果断的孤胆屠龙英雄，这一刻，却患得患失，不敢回头。

"童大哥，"慌乱之际，他求救般看向对面，急问道，"那入门的女子，究竟是何模样？"

作为过来人，童大方看到少年的模样，不禁哑然失笑。

"是何模样嘛……"他沉吟道，"老弟啊，我看她看着你时，正是春风扑面、眼泛桃花，分明是老弟你好事近了啊！"

听得此言，苏渐更加惶惑。

曾在龙国的心脏敢跟强大龙王对峙的英豪，这时候却紧张得像个孩子。

看着少年既急切又纠结的表情，童大方咧开大嘴，开心地笑了起来。

停了片刻，他才用温暖的眼神看着苏渐，笑问道：

"你希望，她是谁？"

后记

苏渐和小伙伴们的传奇，暂时落幕。

我和你们一样，依依不舍。

当我写到结局时，心里竟没有完结的喜悦，反倒有一种淡淡的哀愁。

毕竟，同行了两年，书中的世界，对你我而言，就好像一个真实的梦境。

而那些人，苏渐、月歌、雷冰梵、洛雪穹、亚飒、唐求、沧雪、古玉妃、红焰女、端木楚、轩辕承天、轩辕鸿、惑梦女王……哪怕是那些反派，都好像一个个真实存在的人。

但天下没有不散的筵席。

精心拟定的剧情大纲，写到这里，正该完结。

暂别之际，我也想说一说心里话，讲讲这本书幕后的故事。

对，我真的想跟你们表个功。

你们可能还不知道，《少年屠龙传》的影视改编版权，在书写到一半的时候，就卖给了明星杨洋所在的上市影视公司。

所以说作为这部书最大头的收入，其实写到本书第四册时，我已经获得。

但那时，离计划好的150万字的剧情，才进行不到一半。

对于这种情况，可能大多数人都会抵不住利益的诱惑，在主要收入到手后，开始灌水，飞速写完。

这一定是个极大概率发生的事。毕竟影视版权,根本不看你的字数。

这一点,我是网文圈的老兵,类似的情况见多了。

但我没有。

因为即使和读者"签订"的是无形的契约,也要"君子一诺,贵逾千金"。

这本书后半部的质量,有目共睹,你们应该也看在眼里。

我相信广大书友的心里,一定有一杆秤,能公平地称量出作品的质量和水平。

所以,我相信,你们一定能看出《少年屠龙传》自始至终,态度端正,文笔卖力,创作用心。

真的,我来写作,主要不是为了钱。

我真的有一个永不熄灭的文学梦想。

我希望用我的努力,为喜爱我的读者,创造出更精彩的世界、更鲜活的人物、更好看的剧情。

限于水平,我无法做到完美,但我努力了。

我真的是在用工匠精神写这本书。

仅举一例,作为反派势力的侵略者龙族中的人物,其具有西方风格的名字,我就不是凭空编造,而是参考了拉丁文。

比如龙族皇帝达纳瑞姆,就是拉丁语"donarium"的音译,原意为圣庙、牺牲;第一反派巫龙之王撒菩勒伯,就来自拉丁语"sublabor",意为"堕落";恶魔女王"魅帝姒"来自拉丁语"medicatus"的缩写,有魅力之意;就连一个不太重要的反派,蛇龙女翡蕊obra,也都来自拉丁语"ferus",原意为凶猛、野性、猛兽。

这些拉丁词,也不是随便选就,而是我仔细分析了人物设定后,选择了能够体现人设的恰当拉丁文。

所谓"见微知著",从这个小小的例子大致可看出,我在写作之时,态度有多么严谨和认真。

对,写作,我是认真的!

再说另外一个幕后故事。

在《少年屠龙传》写到第七册时(全书共八册)，我还没开始写的新书，仅凭一个创意，就卖掉了影视版权，钱也拿到了。

但这时候，我还在认认真真、老老实实地，写早就卖掉影视版权的《少年屠龙传》最后两册。

这很正能量，不是吗？尤其在急功近利、气氛浮躁的当下。

真的，我觉得，文要如其人。

我在《少年屠龙传》中，塑造了一个个正能量的角色。

他们满怀侠义，为了理想、大义和兄弟，前仆后继，舍生取义。

试想，如果作为创造他们的我，现实中却急功近利，唯利是图，那岂不是天大的讽刺？

不过，创作《少年屠龙传》两年多的尽心竭力，我真的也有点累了。

所以，完结了，也是件好事吧。

我也需要一点空闲，“竹里坐消无事福，花间补读未完书”，给自己充充电吧。

毕竟，我最了解我的读者了，你们的水平和眼界真的很高；如果我不及时充电和学习，真的很怕跟不上你们的提升步伐。

对了，相信你们刚刚看了结局。其实对《少年屠龙传》的结局，我做了个小小的艺术性实验。

常规意义的结局，可能写到高潮，即群星之巅的大战、月歌公主的复活、四族争霸的开端，就应该已经可以了。

但我还加了太白居中的饮酒闲谈，还有最后那一个“你希望，她是谁”的开放式结局。

对的，“你希望，她是谁”，这个问题是童大方抛给苏渐的，但其实是作为作者的我，抛给作为读者的你们的。

本意就是，你希望，她是谁，就是谁！

真的，我不完全想写一个纯商业的文，我也想实验，甚至开创。

所以，我就让大的高潮作为确定性的结局，小的感情来个开放式的结尾，正是缓急相济、动静相宜。

当然，作为一个爱看书的人，我也十分了解作为读者的心情。

我们看书时，往往还是希望看到一个确定的结尾，更喜欢有一个“官方”的说法。

好吧，那我就试着说说看：

我个人觉得，此时在酒馆外推门而入的，很可能是沧雪。

这一路走来，苏渐不断在骗她，特别是“欺骗”她的感情。

对，苏渐是在“为国而骗”，但男女的感情，真的可以用理智来分得那么清吗？

凡因必果。

有情皆孽。

苏渐骗了沧雪那么多次，是要还的。

我想，苏渐苏兄弟，可能要用他一生的陪伴，来作为对沧雪的偿还——他还亲了人家呢！

而在苏渐诸多的红颜知己中，我个人认为，沧雪其实是最痴情的。

也许，在这个春光烂漫的季节，我们的天才冰龙巫女，正代表冰龙国来华夏外交访问，顺便访访情郎，也是很有可能的。

你们可能注意到了，在说出我的理解时，我反复强调，是我“个人认为”。

为什么会这样？

因为一本书写出来，被读者读到，那就不是作者一个人的书了。

所以，即使我觉得是沧雪，你们也完全可以认为是月歌、洛雪穹、古玉妃、红焰女，甚至是幽小眉、灵洲的惑梦女王中的一位，这又有什么不对呢？

所以，对于全书的结尾，我还是想问你们一句：

“你希望，她是谁？”

希望《少年屠龙传》对你们的陪伴，是一个愉快的过程。

如果你们还希望继续这样的历程，那恳请你们等待管平潮的下一本新书吧。

我也希望，在网文越来越像快消品的时代中，能有更多的读者支持和喜欢我这样精细化的写作。

感谢，感恩！

至于有读者想说，“我还想看《少年屠龙传》的续集”，我想，这是一个很合理的想法和要求。

毕竟，它里面的世界观如此宏大，故事如此精彩，人物如此众多，在结局部分还预示了许多未完的传奇。

所以，期待《少年屠龙传》的续集，也很合理啊。

这个合理的想法，我个人觉得，也很可能成为现实。

别忘了，《少年屠龙传》的影视版权已经被杨洋所在的影视公司买去了；一旦《少年屠龙传》拍成了影视剧，有了广大读者观众的支持，将来我续写《少年屠龙传》，也是一个极可能发生的事呢。

好了，说了这么多八卦和心里话，最后我再告诉你们一个秘密吧：

管平潮最大的爱好是什么？

是看你们读者的评论啊！

无论赞扬的还是批评的，管平潮都爱看！

是的，读者朋友们，

我、爱、你、们！

管平潮
2017年5月6日于杭州钱塘江畔

图书在版编目(CIP)数据

少年屠龙传 / 管平潮著. —杭州：浙江大学出版社，2018.10

ISBN 978-7-308-18653-7

Ⅰ.①少… Ⅱ.①管… Ⅲ.①长篇小说—中国—当代 Ⅳ.①I247.5

中国版本图书馆 CIP 数据核字（2018）第 217816 号

少年屠龙传

管平潮 著

责任编辑 冯社宁 刘序雯 杨利军
联合策划 傅晨舟
编辑策划 周燚鑫 沈明月
营销策划 寿勤文 徐 乙
联合出品 咪咕数媒
文字编辑 周 群 丁沛岚
责任校对 赵 珏 邵吉辰 夏斯斯
特邀编辑 郑超杰 袁莹莹 环 媛
封面设计 刘 明
插 画 师 李 堃
出版发行 浙江大学出版社
（杭州市天目山路 148 号 邮政编码 310007）
（网址：http://www.zjupress.com）
排 版 杭州林智广告有限公司
印 刷 三河市吉祥印务有限公司
开 本 680mm×990mm 1/16
印 张 147.5
字 数 2195 千
版 印 次 2018 年 10 月第 1 版 2018 年 10 月第 1 次印刷
书 号 ISBN 978-7-308-18653-7
定 价 299.00 元(全八册)